「わたくしはベルナール様のことを、
お慕い申しております」
アニエス・レーヴェルジュ
ベルナール・オルレリアン

「ふふふ、お熱いこと」
ジジル・バルザック
オセアンヌ・オルレリアン

「今日から、お前の仕事は子猫の世話係だ」
アニエスははっと、目を見開く。
言葉の意味を察し、驚いたのだろうか。

没落令嬢、貧乏騎士のメイドになります　上

江本マシメサ

ぶんか社

C O N T E N T S

第一章　屈辱的な出会い

社交界に誰もが高嶺《たかね》の花だと認める完璧な娘がいた。その名はアニエス・レーヴェルジュ。

伯爵令嬢でもあるアニエスは輝く金色の髪を持ち、〝高貴な青《ノーブルアジュール》〟と呼ばれる瞳は美しく、抜けるような白磁《はくじ》の肌は見る者をうっとりと魅了させる。

そう、彼女は、〝麗《うるわ》しの薔薇《ばら》〟とも囁《ささや》かれる絶世の美女であった。

容姿だけでも注目を集めていたが、アニエスは歴史のある大貴族、レーヴェルジュ家の一人娘でもある。男達の喉から手がでるくらい、伴侶《はんりょ》として望ましい女性だ。

多くの友人や知人に囲まれたアニエスは、宝箱の中に納められた煌《きら》めく宝石のよう。

社交界デビューを祝福され、彼女は幸せの絶頂にあるようだった。

そんな伯爵令嬢を、感情のない目で見つめる男がいた。

ベルナール・オルレリアン。アニエスより二つ年上の十七歳。

彼はオルレリアン子爵家の五男で、伴侶を探すために宮廷舞踏会《きゅうていぶとうかい》に参加をしている。初対面の女性に名乗ると、くすくすと笑われることがあった。それは、都会では珍しいベルナールという名前が原因といえる。父は子に「名は体《たい》を表す」と言って、意味のある名前を授《さず》けた。長男から輝かしい名声《ロベール》、次男、勝利する者《ヴィクトール》、三男、強い戦士《マティルド》、四男、名高い戦士《ルイ》。だが、五人目の子も男で、ネタ切れを起こした彼の父が授けた名は〝ベルナール〟。意味は熊のように強い男。略して熊男だ。

そんなおかしみのある名を子どもに付ける親などいない。熊を冠する名前のせいで、初対面の人に笑われることも少なくなかった。

そんなベルナールは茶色い髪に、茶色い目、毛先に癖《くせ》のある髪の毛だったので、子どもの頃はぬいぐるみのように愛らしかった。母親は「子熊ちゃん」と呼んでたいそう可愛がっていたが、大きくなればそれも鬱陶《うっとう》しくなり、騎士団に入った年に一つに結んでいた長い髪の毛は短く刈った。

現在、彼が癖毛持ちだったと知る者は家族以外いない。熊のようにがっしりとした体型には育たなかったものの、背はぐんぐんと伸びた。昨年無事に一人前だと認められ、騎士団でそこそこ活躍をしている。従騎士から騎士となったベルナールに、昨年より宮廷舞踏会の招待状が届くようになった。冬になれば都《みやこ》は社交期となる。春にかけて各地方から貴族達がこぞって集まるのだ。その中で開催される宮廷舞踏会は大規模な社交の場で、そこでは独身貴族が伴侶探しをする。

けれども年若い彼にとって結婚はまだまだ現実的な話ではなかった。騎士の給料はささやかなもので、五男の彼は大きな財産分与もない。唯一の財産が、街の郊外にある白亜《はくあ》の屋敷のみとあっては、嫁《とつ》いでくれる女性もいないだろう、と二年目は諦《あきら》めの境地にいたのだ。

ベルナールの生家であるオルレリアン家は、王都より離れた田舎《いなか》街を領している。王都にある屋敷は、元々社交期だけ暮らす街屋敷《タウンハウス》だった。それを正式な騎士となった昨年に、父親より一人前の証《あかし》として譲り受けたのだ。

そこで暮らすのは、ベルナールを育てた乳母《うば》一家。屋敷を取り仕切る元乳母ジジル・バルザックに、庭の手入れをする夫ドミニク、執事《しつじ》をする長男のエリックに、厨房《ちゅうぼう》を預かる次男アレン、メイドを務める双子の次女キャロルと三女セリア。ちなみに、長女アンナは二ヶ月前に嫁にいった。

ベルナールは彼らを従え、共に生活をしている。

元乳母であるジジルは、素敵なお嫁さんを選んでくれと、期待の眼差しと共にベルナールを宮廷舞踏会に見送った。だが、当の本人はまったくやる気がない。去年はそれなりに頑張った。父親の知り合いや、声をかけやすそうな令嬢と踊ったりした。だが、付添人《つきそいにん》からベルナールの生活環境や境遇を聞いた途端に、会話はぱったりと途切れてしまう。それを数回繰り返せば、それほど女性に慣れていないベルナールも気付く。結婚に大切なものは〝財産〟なのだと。

そんなわけで、美少女アニエスを目にしても、ベルナールは冷静でいた。あのように華やかで美しい女性は、金がかかるのを十分に知っていたから。

同僚、ジブリル・ノアイユはアニエスに声をかけにいこうと誘ってきたが、彼の年収や財産もベルナールとそう変わらない。無駄なことだと言ったが、彼は聞く耳を持っていなかった。ジブリルに無理矢理引きずられながら、アニエスの取り巻きに近づく。長い時間待ち続け、ようやく声をかける機会が巡《めぐ》ってきたのだが、そこで思いがけない出来事に遭遇してしまう。

ジブリルとベルナールの情報を把握《はあく》していたらしい付添人がアニエスに耳打ちをする。話を聞いた彼女はベルナールを見やると、眉を顰《ひそ》めつつ不愉快そうに目を細くしたのだ。

それは、人を蔑《さげす》むような目だった。目と目が合った刹那《せつな》、カッと全身が熱くなるのを感じる。

当然ながら、それは、照れや羞恥《しゅうち》からくるものではない。別の感情だった。

――どうして初対面の相手に、あのような目で見られなければならないのか!?

彼は十一歳の頃より親元を離れ、一人、王都で騎士になるために身を立ててきた。自分の人生にも、生まれにも恥ずべきことは何もない。騎士である自分にも誇りを持っている。そのため、あのような目で見られたことに、燃えるような怒りを隠しきれない。ベルナールはそのまま回れ右をして、宮廷舞踏会の会場を飛びだし、そのまままっすぐ家に帰って、風呂も入らずに自室に籠《こ》もる。炎のように滾《たぎ》った怒りはなかなか治まらなかった。

翌年――十八歳になったベルナールの耳にも、アニエスの噂《うわさ》は聞こえてくる。彼女の父親は宰相《さいしょう》で、結婚相手を慎重《しんちょう》に吟味《ぎんみ》しているという話も同僚から聞いた。

「やっぱ、将来性のある文官から婿《むこ》を選ぶのか……。なあ、ベルナール、どう思う?」

「知るかよ」

アニエス・レーヴェルジュ、世界で一番幸せなお姫様。

ベルナールには、一生縁がない相手だと思った。怒りの感情は一年も経てば忘れてしまった。我ながら熊のように単純でよかったと安堵《あんど》している。

だがしかし、妙な所で彼女と再会してしまった。

それはベルナールが王宮庭園の巡回任務に就《つ》いている時だった。第二王子が大勢の女性を招いて大々的な茶会を開くことになり、念のためにと、警護をする騎士は多めに配置された日の話である。

普段は王宮内の警護をしているベルナールも駆りだされたのだ。茶会といっても一つの机で会話を楽しむものではなく、園遊会《ガーデンパーティ》のような大規模な催《もよお》しで、ベルナールは迷路のようになっている薔薇園を巡回していた。すると、男の甘い声が聞こえてくる。

「アニエス～、ふふふ、なんてお転婆《てんば》な子なんだ～」

恋人同士仲よく追いかけっこでもしているのかと、ベルナールは舌打ちをする。なるべく鉢合《はちあ》わせしないように、声から遠ざかろうとした。ところが角を曲がった瞬間、ふわふわと、甘くて柔らかい砂糖菓子のような少女が、ベルナールの胸元に飛び込んできたのだ。

「きゃあ！」

咄嗟《とっさ》に、地面に転がっていきそうだったその身を抱き留める。微かにその少女の肩が震えているのに気付き、慌てて離れた。そして、向かい合う形となった少女を見て、ぎょっとする。

絹《きぬ》のように輝く金色の髪に、宝石のように澄《す》んだ青い目、抜けるような白い肌――忘れもしない。彼女はアニエス・レーヴェルジュだ。

あれから一年が経ち、あどけなさの中にひっそりと色香《いろか》を漂わせるアニエスが、濡れた瞳でベルナールを見上げていた。短い期間でこれほど変わるものなのか、とついついまじまじと眺めてしまう。それと同時に異変にも気付いた。飛びだしてきた勢いといい、荒くなっている息遣《いきづか》いといい、今まで走っていたのだろう。追いかけっこをしていた男女の片割れなのか。人気《ひとけ》のない薔薇園で、しようもないことをしているものだと、深い溜息《ためいき》を吐《つ》いてしまう。

そんな中で、ベルナールをじっと見ていたアニエスの瞼《まぶた》が、突然すっと窄められる。それは一年前に見たものと同じ、蔑みの目。またしても馬鹿にされたのだと思ったベルナールは、怒りの感情を蘇《よみがえ》らせてしまった。文句を言おうと一歩前に踏みだすと、カチャリと腰に佩《は》いた剣が音を鳴らす。

そこで彼は我に返った。

今は勤務中で、私情を持ちだしていい時間ではないということを。苛立《いらだ》ちはぐっと抑える。

――いや、彼女は悪くない。悪いのは、取り巻く環境。

そう、自らに言い聞かせ、その場から離れようとした。しかしながら、予想外の展開となる。

「アニエ～ス、どこにいるのかな～、可愛い子猫ちゃん～♪」

その声が聞こえたのと同時に、背後にいたアニエスはベルナールの上着を握り締めて懇願した。

「騎士様、お願いします、その、助けていただけないでしょうか？」

まさかの願いにベルナールは目を丸くする。このまま何事もなかったように去っていきたかったのに。相手は気に食わないアニエス・レーヴェルジュである。それなのに彼女はベルナールを「騎士様」と呼び、助けを求めてきた。

――弱き者を助け、礼儀を重んじ、悪を打ちのめす。

騎士道精神が体に染みついているベルナールは、助けを求める声を無視することができなかった。

聞けば、アニエスはとある貴族の男に迫られ、困っている最中《さなか》だと言う。

男の声はだんだんと近づいてくる。アニエスは怯《おび》えきった表情で再び助けを求めた。

「子猫ちゃん～、こっちかな？」

アニエスが息を呑《の》むのと同時に、ベルナールは彼女の細い手を取って走り始める。何度も警護で巡回していた薔薇庭園は、勝手知ったる場所だった。迷路のように入り組んだ先に、隠れ家のような東屋《あずまや》がある。そこまで逃げれば安全だと思った。だが、想定外の事態に見舞われる。ドレスを纏《まと》い、踵《かかと》の高い靴を履く女性は速く走れないのだ。みるみるうちに男との距離は縮まり、前方に回り込まれてしまった。曲がり角で男と鉢合わせして、ベルナールは口から心臓が飛びでそうになる。

「私の可愛い子猫ちゃん――ではない!!」

甘い笑みを向けていた男が一瞬で真顔になり、嫌悪感を示す。そして、すぐにベルナールの後ろにいたアニエスの姿を発見する。

「子猫ちゃん、こんな所にいたんだね」

ベルナールの肩を手で避けてアニエスに微笑みかけたが、当のアニエスは涙を浮かべて俯《うつむ》く。

「そろそろ広場に戻ろう。おいしい菓子の焼き上がる時間だ」

男が手を伸ばすが、アニエスはベルナールを盾《たて》にするように背後に隠れた。これほどわかりやすく拒絶をしているのに、どうして強引に迫れるのかと、信じられないような気分になる。埒《らち》が明かないので、間に割って入った。

「おい、嫌がっているのがわからないのか？」

「君には関係ないだろう？　それに、彼女は恥ずかしがっているだけだよ」

その言葉が発せられた瞬間、ベルナールの上着をアニエスがぎゅっと握ったことに気付いた。明らかに嫌がっている。ベルナールはこの呆《あき》れた男に見覚えがあった。

エルネスト・バルテレモン。侯爵家の次男で、茶会を主催した王子の親衛隊員でもある。

「任務を放りだして、女の尻を追いかけていいのかよ」

「なんだと？」

ベルナールの暴言に、今までよくもなかった場の雰囲気が、さらに悪くなる。

ムッとしたエルネストは、声を荒げながら要求を口にした。

「と、とにかく、子猫ちゃんを解放したまえ！」

つかつかと大股《おおまた》で近づくエルネストに、ベルナールは足をだした。不意打ちの足かけは、見事に成功。エルネストはごろん、とその場に無残な形で転倒していた。その隙にベルナールはアニエスを荷物のように持ち上げ、その場から全力疾走した。

エルネストが怒号を上げながらあとを追ってきているのがわかったが、迷路のようにくねくねと入り組んだ庭園の中では、追いつくことはできなかった。

会場から離れた東屋へ到着し、アニエスを下ろす。

「まだ戻らないほうがいいだろう」

「え、ええ」

アニエスはいまだ落ち着きを取り戻していないからか、胸の前に手を重ねて目を潤ませている。

東屋の裏手には庭師の小屋があった。帰り道はそこにいる老夫婦に頼るように伝える。

任務中なのでこれ以上ここに止《とど》まるわけにはいかない旨《むね》を話し、その場から去ろうとする。

「あ、あの！」

呼び止められて振り返ると、アニエスが目を細め、険しい顔でベルナールを見ていた。

またその目か、と苛立ちが募《つの》る。だが、騎士の制服に袖を通している間は、私情を挟んではならない。再び困ったことがあれば庭師の老夫婦を頼るように言い、その場を早足で離れることにした。

これがアニエス・レーヴェルジュとの二度目の出会いだった。


三度目は、また一年後の話となる。

十九歳となったベルナールは昇格を目指すため宮廷舞踏会には参加せずに、会場警備の任に就く。

同僚のジブリルはまたとない出会いの機会を逃していると、呆れ返っていた。

「ベルナール、お前、結婚願望はないわけ？」

「さあな」

興味がないわけではない。だが、結婚するとしたら、貴族の娘はありえないと思っていた。満足に養える財がないのが一番の理由である。よって、宮廷舞踏会への参加は意味がないものとなる。

ベルナールの任された場所は、夜の庭園だった。誰も任に就きたがらないそこは、気分が盛り上がった男女を会場に戻すだけの簡単なお仕事が主な任務だ。ベルナールは感情を殺し、逢引《あいび》きをしている者達の行く手を阻《はば》み続けた。その場で、まさかの再会をする。

がさがさと草木をかきわける音がしたので茂みにいくと、見知った顔と鉢合わせる。それは、麗しの伯爵令嬢アニエス・レーヴェルジュだったのだ。至近距離での遭遇だったので、薄暗い中でも互いに相手が誰だかすぐに気付いた。アニエスは驚いた顔をしている。付添人は見当たらないので、ここでひそかに誰かと待ち合わせをしていたのだろうとベルナールは決めつけた。

「あ、あなたはもしや――」

「ここは立ち入り禁止地域だ。会場に戻れ」

「あ、あの！」

「駄目だ。どんな言い訳も聞けない」

結婚前の女性が、付添人も連れずに伴侶や婚約者以外の男と会うなどあってはならないことだ。呆れながら、アニエスを会場へと追いやる。背後より慌てて何か取り繕《つくろ》うような声が聞こえていたが、ベルナールは無視してその場から去っていった。

翌年、二十歳となったベルナールは、アニエスと顔を合わせることはなかった。けれど、ジブリルより彼女の噂話を聞かされていたので、お腹がいっぱいになっていた。第二王子に見初《みそ》められたとか公爵家の長男に嫁入りするとか、話題はどれも華やかなものばかり。結婚適齢期になっても、まだ結婚相手を選り好《え》みしているのかと、ベルナールは呆気《あっけ》に取られながらも話に耳を傾けていた。

「つーか、レーヴェルジュ家のお嬢様もそろそろ結婚しないとヤバイだろうが」

「そうなんだよねえ～」

この国の貴族令嬢の結婚適齢期は、十五歳から十八歳まで。アニエスは十八歳なので、今年は絶対誰かと結婚をするだろうと誰もが噂をしていた。しかしながら、それから数ヶ月経っても、彼女の結婚話は浮上してこなかった。一方、ベルナールは日頃の勤務態度や成果が認められ、異動と共に小隊の副隊長を任されるようになっていた。給金も大きく上がったので、屋敷の使用人達に賞与でも与えようかと考えていたその最中、召集がかかる。時刻は深夜。夜勤中の話であった。急な呼びだしだったので何かと思えば、とある貴族への強制執行の手伝いをしてほしい、という話だった。いったい何が起こったのかと、上司であるラザール・セリエに聞いてみると、驚くべき事実が語られる。

――宰相シェラード・レーヴェルジュが、長年にわたり虚偽《きょぎ》の政治資金収支報告書を提出。ありもしない経費を支出していたことが判明した、と。

アニエスの父、シェラードは辞任に追い込まれ、歴史ある大貴族、レーヴェルジュ家は没落《ぼつらく》。

今から、屋敷のあらゆる物を差し押さえにいくという。現場に向かったのは指示をだす執行官と、十人の騎士だった。屋敷は無人で、滞《とどこお》りなく作業は進んでいく。三時間ほどで撤収となった。

明け方、撤収の合間に地平線が明るくなってきた様子を眺めながら、ラザールが話しかけてくる。

「残念だったな。ここの娘さんも」

アニエスはさっさと結婚をしていなかったばかりに、貰《もら》い手がつかなくなってしまった。

気の毒だと思ったものの、ベルナールを蔑むようなアニエスの視線を思い出し、ぶんぶんと首を横に振った。

それから一ヶ月が経った。宰相の不祥事と、レーヴェルジュ家の没落という大事件は、いまだ人々の噂の種だった。食堂で会ったジブリルはベルナールに話題を提供してくれる。

「いやあ、すんごい事件だったたな」

「もうその話はしなくてもいい。聞き飽きた」

そう言っても、勝手に語り始める。話の中心はアニエスについてだった。

「なんでも、身寄りがなくて宿屋で借り暮らしをしているらしい」

毎日、牢《ろう》に入れられている父親の元に通い、差し入れを持っていっているという、内部事情をペラペラと話していた。驚きの口の軽さだと、ベルナールはスープに千切ったパンを浸《ひた》しながら思う。

「酷いよなあ、あんなに周囲に人がいたのに、誰も助けないって」

それも仕方がない話だった。不祥事で没落してしまった家の者と、個人的な付き合いをしたいとは誰も思わないだろう。

「アニエスさん、これからどうするんだろう」

「お前が嫁に貰ってやればいいじゃないか」

「いやあ、それはちょっと」

あんなにアニエスに夢中になっていたジブリルでさえも、すっかり熱が冷めている様子だった。

世知辛《せちがら》い世の中だと思いながら、スープを飲み干した。

二度とアニエス・レーヴェルジュが、ベルナールの人生に関わることはない――そう思っていたのに、ある日突然再会することになる。それは、運命的な出会いといっても過言ではなかった。

その日、仕事を終えたベルナールは、更衣室で騎士の装《よそお》いから私服へ着替えていた。皺《しわ》一つないシャツに、タイを巻き、最新の形ではないが、きちんと手入れされた胴着《ベスト》に上着《ジャケット》、脚衣《ズボン》を纏う。最後に外套《コート》を着込んだ。ベルナールは両親から言われた、「王都では服装に気を付けろ」という言葉を、今でも律儀《りちぎ》に守っていた。両親の言いつけ以外にも、理由がある。騎士の中には制服で通勤する者も多かったし、許されてもいた。だがしかし、勤務時間以外で面倒事に巻き込まれたら大変なことになる。慣れない場所で心の準備もないまま、騒ぎに首を突っ込めば、騒動を大きくする要因にもなりかねない。そんな思いから、私服で通勤をするようにしていたのだ。着替えを終え、隊舎の廊下を歩いていると、上司、ラザールとすれ違う。

「ああ、オルレリアンか」

「お疲れさまです」

「なんだ、今からデートか？」

「いえ、違います」

部隊に異動してきたばかりのベルナールのこだわりを知らないラザールは、騎士にしては身綺麗な格好をしているのを見て、女性とでかけるものと勘違いをしたようだ。

「たまには息抜きもしてこいよ。って、どうでもいい話だったな」

「そんなことないですよ」

職場での人間関係も大切だとベルナールは思っている。ついでに誘われていた週末にある隊の飲み会も、喜んで参加する旨を伝えた。

「わかった。幹事に伝えておこう。では、また明日」

「はい。お先に失礼します」

ベルナールは上司が去っていくのを待ってから歩き始めた。

騎士の証である銅製の腕輪を片手に持ち、守衛所を通過しようとしたが、その時――。

「お願いします！　どうか、一目だけでも」

「駄目だ、駄目だ！　家族以外の面会は禁じられている！」

何やら守衛騎士と、女性が揉めていた。だが、それはベルナールにとって、些細《ささい》なことであった。

たまにこういうことは起きる。見目の良い騎士に一目惚《ひとめぼ》れをした女性などが会いにくるのだ。

当然ながら勤務時間に個人的な面会など許されていない。気の毒なことだと思いながら、通行証である騎士の腕輪を示しつつ、女性と騎士の横を素早く通過する。しかしながら、ここで想定外の事態となった。

「ああ、オルレリアン卿《きょう》じゃないですか！　ちょうどいいところにいらっしゃった！」

「ん、どうした？」

なぜか女性を追い払おうとしていた騎士が、ベルナールを引き止める。

「彼女が、貴公《きこう》に会いたいと言っているんです」

「は？」

女性が面会を熱望していたのはベルナールだった。いったいどこの物好きかと思い、騎士の背後にいる女性を覗き見る。茶色い頭巾《ずきん》を被《かぶ》り、着古したようなくたびれたワンピースを纏っていた。その上に北風が肌に突き刺さるような寒さの中、肩を覆うだけの薄い外套を着ているだけのみすぼらしい姿をしている。手には籠《かご》を持っていて、布が被さっていたが、酒が入っているのがわかった。

ぱっと見れば、田舎の村娘といった装いであったが、顔を見てぎょっとする。輝く金の髪を持ち、〝高貴な青《ノーブルアジュール》〟と呼ばれていた青い目に、白磁のような白い肌――麗しの薔薇、アニエス・レーヴェルジュ。ありえない格好をしている彼女を前に、ベルナールは呆然とする。

「あ、あの、オルレリアン卿、勤務時間外のようですので、あとはよろしくお願いします」

そう言って守衛所の騎士は持ち場に戻っていった。

彼女はいったい何をしにきたのかと首を捻《ひね》り、あることに思い至る。ベルナールは彼女の家の差し押さえにいった。そのため恨《うら》まれているのではないか、とちらりとアニエスを見れば、ベルナールをすさまじい形相で睨《にら》んでいる。やはり、文句を言いにここまできたのだと確信をできた。しかしながら、彼は混乱の中にある。不遜《ふそん》な態度のアニエスに怒っていいのか、実家が没落してしまった境遇を憐《あわ》れむべきなのか。彼女の今の境遇や姿も含め、以前とあまりにも落差がありすぎた。睨むのを止《や》めたアニエスが、消え入りそうな声で話しかけてくる。

「あ、あの、べ、ベルナール・オルレリアン様、でしょうか？」

人違いだと言いたい。だがしかし、他人に嘘を吐くことをよしとしないベルナールは、そうだと答えた。それを聞いたアニエスは、どうしてか「よかった……」と消え入りそうな声で呟《つぶや》いている。

何がよかったのかと、眉をひそめていると、彼女は思いがけない言葉を口にした。

「このような格好で訪れたことを、どうかお許しください」

それは仕方のない話だとベルナールは思う。屋敷内の高価な品物はすべて差し押さえになった。アニエスの華やかなドレスの数々も、その中の一つだったのだ。

気の毒な話である。なんて考え事をしていたら、アニエスは再びすっと目を細くする。それを見たベルナールは苛立ちを覚えた。いったいなんの用事なのか。舌打ちをしそうになるのを我慢する。

「わ、わたくし、その、頼る人も、行く当てもなくて……」

ぶるぶると肩が震えているのがわかった。やはり、恨みをぶつけにきたのかと、大きな溜息を吐いてしまう。さっさと文句でもなんでもぶつければいいと思った。だが、アニエスは言葉に詰まったのか、俯いてしまった。沈黙が場を支配する。ベルナールは黙って帰ろうと思ったが、同時にある名案が浮かぶ。それは、今まで散々な態度だったアニエスへの、ささやかな仕返しでもあった。

今日はとても寒いので、さっさと決着をつけよう。

「おい」

声をかけられたアニエスはびくりと肩を揺らし、俯いていた顔をぱっと上げる。

その縋《すが》るような表情に一瞬だけ良心が痛んだが、そのまま言葉を続けてしまった。

「行く当てがないのなら、俺の家で使用人として雇ってやる。衣食住は苦労させない」

ベルナールの名案とは、生粋《きっすい》の令嬢であるアニエスに下働きをさせることだった。我ながら底地の悪いことだと思う。だがしかし、長年の鬱憤《うっぷん》がここで爆発をしてしまった。貧乏貴族に情けをかけられるなんて、さぞかし屈辱だろう。ざまあみろと、哀れな境遇の女性を見下ろす。

アニエスはポカンとした表情を浮かべていた。いつでも毅然《きぜん》としていて気高い彼女が絶対に他人に見せないであろう、気の抜けた顔であった。それを見られただけでも、仕返しは成功だと思った。

ベルナールはさらにアニエスを追い詰める。

「今、ここで決めろ。あとからやってきても、雇わないからな」

アニエスはどさりと、手にしていた籠を落とす。中からは、パンや焼き菓子、酒などが転がってでてくる。どれも下町で売っているような安っぽい品物ばかりで、ベルナールは意外に思った。彼女は落とした籠を気にも留《と》めずに、ただただ呆然とベルナールの顔を見上げるばかり。眉尻を下げて、目が潤んでいるアニエスを見続けるのがだんだんとつらくなってくる。

ベルナールは、悪役にはなれなかった。この先、今日のことを引きずるのは嫌だと思い謝罪を口にしようとしたが――。

「あの、やっぱり止め――」

「ほ、本当でしょうか？　その、雇っていただけるお話というのは」

いったいなんの話をしているのか、ベルナールは理解が追いついていかない。

「わたくし、このあと、母の形見《かたみ》を質屋に持っていこうとしていました」

「形見だと？」

「はい。恥ずかしいお話なのですが、つい先ほど、お金が底をついてしまって」

アニエスはベルナールが考えていた以上に、追い詰められていた状況だった。母親の形見を手放したくなかったので、嬉しいと安堵したように微笑む。ますます、ベルナールは混乱をする。

「そ、そもそも、ここには、何をしにきた？」

「あ！」

その時になってアニエスは地面に落とした籠と散らばった中身に気付き、慌ててしゃがみ込んで拾い始める。

「ごめんなさい。今日は、オルレリアン様に、お礼をと思って」

「はあ？」

ベルナールの反応を見て、アニエスはぎゅっと籠を胸の中に抱き締める。

「お礼といっても、このようなパンとお菓子とお酒しか買えなくって……」

彼女は残り少ない金を、ベルナールへの感謝の気持ちを伝えるために使ったのだ。続けて、「これが精一杯でした」と申し訳なさそうに呟く。なんの礼かという疑問が浮かんできたが、次なる衝撃の一言にかき消されてしまった。

「このご恩は、一生懸命働いて、かならずお返しいたします」

そう言いきった途端、アニエスは突然ぽろぽろと涙を流す。想像もしていなかった展開を前に脳が追いつかないベルナールは、目を見開いたまま彼女を見下ろすばかりだった。

――どうしてこうなった!?　と、そんなふうに考えながら。

アニエスは依然として目元を覆い、泣き続けている。周囲からチラチラと、好奇の目が向けられているのにベルナールは気付く。迷ったのは一瞬だった。

ベルナールはアニエスが手にしていた籠を取り上げ、手首を掴んでその場から離れる。手を引きながらつかつかと歩いていった。幸い、彼女は動きにくいドレスや踵《かかと》の高い靴も履いていないので、歩みについてこれる。人目を避けるようにこの場を去った。

ベルナールは辻馬車《つじばしゃ》で通勤している。王都の郊外にある屋敷へは、隣街行きの馬車に乗って帰るのだ。だが、泣きじゃくっている彼女をそのまま馬車に乗せるわけにはいかない。どうしたものかと考えていたら、そういえば彼女にも所持品というものがあるのではないか、と気付いた。

「おい、荷物は？」

「や、宿……野山《のやま》の山羊亭《やぎてい》、です」

宿屋の名前を聞いたベルナールは歩みを止め、驚いた顔で振り返る。野山の山羊亭。それは下町にある王都で一番ボロと言われている安宿だった。

「な、なんで、そんなとこに⁉」

「ち、知人に、ご紹介いただきまして」

てっきり中央区の、そこそこ綺麗な宿屋に泊まっていると思い込んでいた。涙は止まっていたが真っ赤になった目で、アニエスはこれまでの暮らしを打ち明ける。

「まだ、お皿洗いも部屋のお掃除も慣れていなくて、失敗していましたが」

家を追いだされてからは、宿で皿洗いや掃除などをして日銭を稼ぎつつ、暮らしていたらしい。

かなり切り詰めた生活をしていたことを知る。

あの煌《きら》びやかな社交界にいたアニエス・レーヴェルジュが、皿洗い？　部屋掃除だって？

数分前、自らも同じようなことをしろと命じたにもかかわらず、彼女が実際に下働きをしていたという事実にベルナールは驚愕してしまう。

「オルレリアン様？」

アニエスに呼ばれハッと我に返る。宿までは少し離れていたので、とりあえず馬車で下町までいくことになった。アニエスは数日間お世話になったらしい宿屋で挨拶を済ませ、大きな旅行鞄《かばん》と小さな鞄を持ってでてくる。引きずるように持ってきた鞄をベルナールは奪い取るように手に取った。

「あの、わたくし、自分で持てます」

「お前がこれを持ってちまちま歩くのを待っていたら、家に帰るのが夜中になってしまう」

「あ、えっと、はい」

おろおろとしていたアニエスであったが、ずんずんと前を進むベルナールに近づき、「ありがとうございます」と律儀に頭を下げていた。

ベルナールはその様子を見ながら、本当にベルナールを睨んでいたアニエス・レーヴェルジュなのか？　と疑問に思ってしまった。

隣街行きの辻馬車に乗ってすぐに、ベルナールの屋敷近くに到着する。二人分の乗車賃を払って降りた。小さな鞄の中から財布を取りだそうとしていたアニエスの行動を制す。小銭はまだ残っているようだが、それを受け取るわけにはいかない。

「あの、お屋敷は、この辺りにあるのですか？」

「そうだ」

馬車が停まったのは森の真ん中。この辺りは大規模な養蜂園《ようほうえん》があり、労働者が乗り降りをするのだ。先ほども自分達と入れ替わりに、仕事終わりの男達が馬車に乗り込んでいた。アニエスは周囲の深く生い茂った木々を不思議そうに見渡している。そんな様子を気にも留めず、ベルナールは荷物を持って一人でどんどんと歩いていった。

馬車の停留所から歩くこと十五分。開けた場所に辿り着く。森の奥にあったのは、白亜のお屋敷。屋根は青く、おとぎ話にでてくるような外観で、庭にはささやかな薔薇園がある。門を通り抜けたアニエスは、ほうと溜息を吐いていた。

「まあ、とても可愛らしい」

「そりゃお前の家よりは可愛らしい規模だろうよ」

女性の言う「可愛い」を理解できないベルナールは、アニエスの屋敷への感想を嫌味《いやみ》として受け取った。玄関に近づいた辺りで、使用人の名を叫ぶ。

「ジジル、おい、ジジル!!」

「はいはーい」

返事をしつつ屋敷からでてきたのは、細身で金髪碧眼《へきがん》の美しい中年女性であった。彼女の名前はジジル・バルザック。ベルナールの元乳母《うば》で、現在は屋敷で使用人として働く女性だ。

「旦那様、そのお荷物は――あら？」

ジジルはベルナールが持つ鞄だけでなく、彼の背後にいた女性の姿に気付いたようだ。

照れたような顔で佇《たたず》むアニエスを見て、パッと表情を明るくさせる。

「き、奇跡が起きたわ！」

ジジルは嬉しそうにベルナールから鞄を受け取ると、「エリック！」と、息子を呼んだ。あとからでてきた二十代後半の黒髪の男性、ジジルの長男であるエリックは母親似の見目麗しい青年である。

「旦那様、おかえりなさいませ」

正装で現れたジジルの息子は執事をしているエリック。事務的《ビジネスライク》な笑顔を浮かべ、アニエスの鞄を屋敷の中へ運んでいった。突然やってきた女性《アニエス》にはいっさい興味を示さない。愛想のよい表情を浮かべるものの、淡泊な性格の青年であった。

ジジルは我慢できずに、謎の女性について質問をする。

「それで旦那様、そちらの素敵なお嬢様を、わたくしめに紹介していただけますか？」

「お嬢様じゃない。新しい使用人《ひと》だ」

「ええ、そ、そんな～～！　いい女性を紹介してくださると思っていたのに！」

ジジルはその場に膝を突き、頭を抱える。

「何がそんな、だ。大袈裟《おおげさ》なリアクションをしやがって」

ベルナールは溜息を吐きつつアニエスを振り返り、ジジルを紹介する。

「おい、こいつは使用人頭のジジル・バルザックだ」

ジジルは眉尻を下げながら、はじめましてと挨拶をする。

「はじめまして、わたくしはアニエス・レーヴェルジュと申します」

アニエスはスカートの裾《すそ》を持ち、膝を曲げて完璧な角度で頭を下げる。それは、貴族令嬢が正式な場で行う優雅な挨拶であった。

紹介を受けたジジルはハッとなり、ベルナールの腕を掴んでぐいぐい引いて、アニエスと距離を取る。

「お、おい、なんだよ！」

ジジルはアニエスに聞こえないよう、ヒソヒソと話し始めた。

「彼女はあの、アニエス・レーヴェルジュなのですか？」

「あのってなんだよ」

「ご実家が没落してしまったアニエス・レーヴェルジュです」

アニエスの父、シェラード・レーヴェルジュの不祥事は新聞でも大々的に報じられていた。そのため、ジジルも知っていたのだろう。

「どうして彼女を使用人として雇い入れるなんて考えたのです!?」

「それは、行く当てもなく困っているって言うからだ」

「使用人でなく、妻として娶《めと》ろうとか考えなかったのですか!?」

「はあ!?」

ジジルに指摘されたベルナールは、アニエスを振り返る。

小首を傾げるアニエスはとても可憐で、守ってあげなければならない、という庇護欲が湧いてくる気もしたが、それとはまた別の話である。

「旦那様、今からでも遅くありませんよ！」

いやいやいやと首を横に振る。彼女と結婚するなんてありえない。アニエスをここへ連れてきたのは、バカにされ、蔑むように睨まれた仕返しをするためだったのだ。

「ジジル、彼女は使用人として、ここに連れてきたんだ！」

「そ、そんなーー！」

ベルナールは縋ってくるジジルを振り払い、アニエスの元へ戻った。

彼女はぺこりと頭を下げ、決意を口にする。

「精一杯、頑張ります。ふつつか者ですが、どうぞよろしくお願いします」

なんて言葉を返していいのかわからないベルナールの代わりに、ジジルが言葉を返す。

「ええ、ええ、アニエスさん、よろしくお願いいたします、末永く、旦那様を！」

「な、何、余計なことを頼んでいるんだよ！」

賑やかにしていたからか、ジジルの夫がやってくる。背はベルナールよりも高く、がっしりとした体躯《たいく》だった。黒い髪は目元まで覆い、髭《ひげ》も輪郭《りんかく》を覆《おお》うように生やしている。

「アニエスさん、あれ、うちの人、ここで庭師をしているドミニクっていうの。熊みたいでしょう？」

熊と聞いて、アニエスの目がきらりと輝いたように見えた。ドミニクは軽く会釈をし、いなくなる。

「昔は、夫が大熊さんで、旦那様が子熊ちゃんって呼ばれていたのよ」

「まあ！」

「おい、余計なことを言うな!!」

ジジルの言葉を聞いたアニエスは、可憐な微笑みを浮かべていた。笑顔を見たのは初めてだったので、このように笑うのか、とベルナールはまじまじ見つめてしまう。

そんな視線にアニエスが気付き、目が合った。ベルナールは慌ててそっぽを向き、興味なんてぜんぜんない、とばかりの態度をちらつかせる。

「アニエスさん、ごめんなさいね。うちの旦那様、見ての通り、まだ子どもなの」

「いいえ、そんなことありません。立派なお方だと思っております」

ジジルは額に手を当てて、「なんていいお嬢さんなの……！」と感激した様子でいた。

「ここでの仕事は大変かもしれないけれど、末永くよろしくね」

「はい。皆さんのご迷惑にならないよう、努力しますので」

「ええ、応援をしているわ――さっさと旦那様と結婚してもらうために、ね」

「え？」

「いいえ、なんでも。こっちのお話！」

ジジルはそう言いながら、アニエスに屋敷の中へと入るよう勧める。

没落令嬢となったアニエスの、使用人生活が始まろうとしていた。

◇◇◇

ジジルはベルナールに命じられた通り、アニエスに屋敷の中を案内する。

「まず、部屋を先に案内するわね。エリーック!!」

執事である息子エリックを呼び戻し、鞄を持ってついてくるように命じた。

「あの、鞄はわたくしが自分で持ちます」

「いーの。ここの屋敷では、重い物を持つのは息子の仕事って決まっているのよ」

「ですが」

ジジルはアニエスを振り返り「使用人頭《わたし》の言うことは絶対」と宣言し、しっかりと復唱もさせる。

「わかった？」

「えっと……はい」

それから屋敷内を歩きながら、部屋の案内をしていく。

「三階が使用人の居住区、二階が旦那様の生活拠点、一階が食堂に風呂場、調理場とか洗濯をしたりする仕事場になるわ」

三階にあるのは使用人の個人部屋と、物置、簡易洗面所、リネン室など。

「ここの使用人は全員で六名。みんな私の家族よ。前を歩いているのが長男で、執事をしているエリック、調理場担当は次男のアレン。メイドは娘達、キャロルとセリアがしているの。お世話するのは旦那様一人だし、この通り屋敷も大きくないから」

ジジルの長女アンナが二ヶ月前に結婚をして、新しい使用人を雇うか検討中だったと言う。

「だから、アニエスさんがきてくれてよかったわ」

「そのようにおっしゃっていただけて嬉しいです。お役に立てるよう、励みます」

「よろしくね。まあでも、心配はしないでね。今までも人が足りない日は、日雇いで他の人にきてもらうこともあったから」

「はい、ありがとうございます」

前向きな様子を見せているアニエスに、ジジルはにっこりと微笑みかける。三階にある使用人の居住区は家族で使っているので、男女の区切りはない。

「大昔、街屋敷《タウンハウス》として使っている時は、使用人は地下と三階、男女に分かれて使っていたの。でも安心して、あなたの使う部屋は、厳重な鍵のある場所だから」

二ヶ月前まで長女が使っていた、屋根裏部屋だと説明した。

「男と同じ居住区で心配でしょうけれど、残念なことにあなたは息子達の好みじゃないと思うわ」

ジジルは目を細めながら、その事情について語る。

「私を連想するから金髪の女性には興味ないって、子どもの時から言っていたの。失礼よねぇ」

そんな話をしているうちに、三階から小さな階段で上がった先にある屋根裏部屋にいき着いた。

エリックは扉の前に鞄を置き、何も言わずに去る。アニエスはその後ろ姿に感謝の気持ちを伝え、丁寧にお辞儀もしていた。

「ごめんなさいね。あの子、とっても大人しい子なの」

仕事はきちんとするので許してね、とジジルは軽く謝りながら、腰より吊り下げていた鍵の束を手に取った。

「ここ、アンナが嫁いでからずっと、開かずの扉だったのよね」

基本的に使う部屋しか掃除をしない。雇う人数を増やさない代わりに、ベルナールが決めたことであった。

「まあ、二ヶ月しか経っていないし、そこまで酷いことには――」

鍵を開けて扉を引くと、埃《ほこり》っぽい空気が漂ってきた。

「ごめんなさい、ちょっと思ったよりもすごかったわ」

手にしていた角灯《かくとう》で部屋を照らしながら、窓を開く。ひやりとした、森の澄んだ空気が窓から吹き、室内の埃っぽさは多少薄れた。

「アニエスさん、これ、ちょっと持っていてくれる？」

角灯をアニエスに渡し、ジジルは天井から吊るされていた灯《あか》りを点《とも》した。

「アンナ――嫁いでいった娘が家具とか、運ぶのが面倒って言ってほとんど置いていったのよ。よかったら使ってね」

「ありがとうございます」

屋根裏部屋は天井が低く、広くはなかった。だが、壁も天井、暖炉《だんろ》すら白く、清潔感のある内で、他にも、丸い机に椅子、衣装入れに至るまですべて白で統一している趣味のよい部屋だ。

部屋の中を占めるのは大きな寝台である。壁には本棚があり、書籍が隙間なく詰まっていた。

「全部ね、塗ったのよ。アンナが弟達をこきつかって」

兄妹がいないアニエスは、その話を微笑ましい気持ちで聞いていた。

「汚くてごめんなさいね。綺麗にすれば、よくなるんだけれど……どうかしら？」

「おとぎ話にでてくるような、可愛いお部屋です」

「娘もそんなことを言っていたわ」

布団はあとで運ぶから、とジジルは伝える。

「まずは、綺麗にしなきゃね」

まだ床などにうっすらと埃がある。掃除をする必要があった。洗面所に置いてある掃除道具と、水を取りにいく。

「さて、始めますか」

二人で部屋の清掃をする。アニエスは慣れないなりに頑張ったようだ。

◇◇◇

帰宅後、自室にまっすぐやってきたベルナールは、長椅子に腰かけて頭を抱えていた。

――いったい、どうしてこんなことに!?

ちょっとした意地悪のつもりだった。アニエスが要求を呑むと言った場合、支配下に置いて「ざまあみろ」とこきつかい、清々《すがすが》しい思いになるはずだった。けれど、現状として気分はまったくすっきりしない。雇ってやると提案しただけで、彼女の自尊心を傷つけることができると考えていた。それなのに、その目論見《もくろみ》は大きく外れる。アニエスは雇ってくれることに対して、本心から深く感謝をしているように見えた。

四年前に出会った、ベルナールを蔑むように見ていた伯爵令嬢とは別人のように思える。もしかして勘違いだったのではと思った。しかし、いくどとなく出会った時の記憶を蘇らせ、やっぱり気のせいだと、頭《かぶり》を振って否定した。

部屋でぼんやりと過ごしていたら扉が叩かれる。やってきたのはエリックだった。

「旦那様、新しい使用人の契約書です。内容をご確認ください」

「ああ」

テーブルの上に一枚の書類が置かれたので、ベルナールは書類に触れずに、視線だけで文字を追う。そこには、就業規約が事細かに書かれていた。

――本当の本当に雇うのか⁉

心の中で自問する。早まったことをしているのではと、額に汗をかいた。あんなにも、周囲にチヤホヤされていたアニエスが放置されている理由があるはずだと、いまさらながら気付いた。

だがしかし、一度言ったことを反故《ほご》にするのもどうかと思った。

――ああ、もう、面倒臭い‼

抱えていた頭を乱暴に掻きむしる。いますぐにでも、契約書を破ってなかったことにしたい。あの時、アニエスに出会わなければと、己《おのれ》の運の悪さを呪った。

混乱した中で、ふと、父が言っていたことを思い出す。

――わからないことや困ったことがあれば、騎士の教えに従え。

父親より何度も聞かされた言葉が蘇った。眉間《みけん》に皺を寄せながら、騎士の教えを反芻《はんすう》する。

――弱き者を助け、礼儀を重んじ、悪を打ちのめす。

ならば、答えは一つしかない。


「クソ!!」

肌寒い中、アニエスがみすぼらしい格好で震えていた姿は演技には見えなかった。故《ゆえ》に彼女は、ベルナールが守らなければならない者に間違いないと思う。半ば、自棄《やけ》になりながら執事《エリック》に命じる。

「おい、あの女を呼んでこい」

「アニエス・レーヴェルジュのことでしょうか?」

「そうだ」

「承知いたしました」

執務室からペンとインク壺を応接間へと持ってきて、雑な動作でテーブルの上に置く。

アニエスはすぐにやってきた。

「オルレリアン様、お呼びでしょうか?」

「ああ」

ベルナールは顎《あご》先で向かいにある長椅子に座るように命じる。アニエスは失礼しますと言って、なぜかベルナールの隣に腰を下ろした。

「な、なんで隣に座るんだよ」

「あ、こ、こちらを示しているように見えたので」

「普通は対面する位置だろうが」

「ごめんなさい」

慌てて立ち上がろうとするアニエスを手で制す。座る場所をああだこうだ言うなんて、小さなことだと気付いたからだ。

ふと、心臓がバクバクと激しい鼓動を打っていることに気付く。ここ数年、同じ年頃の女性とあまり接したことがないので、どういうふうな態度でいればいいのかまったくわからないのだ。ちなみに、ジジルの娘達は赤ちゃんの頃から知っているので、異性だと思っていない。

さっさと要件を済ませて、部屋からいなくなってもらおう。そう決意したベルナールはテーブルの上の契約書を手に取り、アニエスへ差しだした。

「これが、労働契約書だ。よく読んで決めろ」

「はい、ありがとうございます」

そのまま契約書を受け取ると思いきや、アニエスは身を乗りだして文字を読もうとする。あまりにも急に接近をしてきたので、再びベルナールは驚いた。

ふわりといい香りが漂い、さらなる混乱状態となる。

「ち、ちょっ、お前、近い！」

眼前にあったアニエスの肩を慌てて押して遠ざけた。契約書は投げるようにして、膝の上に置く。

「ごめんなさい、よく見えなくて」

「紙くらい自分で持てるだろ」

「も、申し訳ありません」

顔を真っ赤にして怒るベルナールは、アニエスの心からの謝罪を聞き流してしまった。

「次からは、気を付けます」

「いいから、早く読め」

ベルナールに促《うなが》されて、アニエスは契約書を手に取る。紙を目の前に持っていき、真剣な顔で契約内容を読み進めていた。

「読みました。あの、これから、よろしくお願いいたします」

給料は決して高くはない。労働条件も、生活環境もいいわけではなかった。だが、アニエスはここで働くと、決意を口にした。

ベルナールは、乗り気じゃない様子を隠そうともせず、契約書への署名を求める。

「内容に不服がないのならば、一番下に自分の名前を書け」

「わかりました」

低いテーブルに顔を近づけ、アニエス・レーヴェルジュという署名を書き綴《つづ》る。

ベルナールはその姿を眺めながら、今日何度目かもわからない溜息をこっそりと吐いていた。


朝。身支度を整えたベルナールは食堂へ向かった。いつものようにジジルが給仕をしてくれる。

砂糖をまぶした三日月型のパンに、半熟卵の目玉焼きと厚切りベーコン。野菜のスープに、ミルクと砂糖たっぷりの熱々カフェオレ。普段と変わらぬ食卓である。

全体的に変化がなさすぎて、ベルナールはジジルに質問をする。

「おい、ジジル。あ、あいつは？」

「キャロルですか？　それとも、セリアでしょうか？」

「すっとぼけるな！　お前の娘達ではなく、アニエス・レーヴェルジュのことだ！」

ベルナールはアニエスが早くも音を上げてここからでていきたくなったのではないか、と期待していたのだ。

ジジルはわざとらしく「あ〜、そちらでしたか」と言ったのちに、アニエスについて報告した。

「アニエスさんの今日の勤務は、午後から夜までになっております」

疲れているように見えたので、そのように決めたようだ。

「ご不満があるようならば、変更もできますが？」

「いや、いい。どうせ大して役に立たないだろう」

そんなふうに言いながら、ベルナールは食事を始める。

途中、銀盆《ぎんぼん》に載せた新聞をエリックが持ってきた。行儀が悪いとわかりつつも、時間がないのでパンを齧《かじ》りながら新聞を開く。いまだアニエスの父親のことは、一面記事として扱われていた。昨日、一回目の裁判があり、国政資本金規正法違反容疑で告訴されたと報じられている。裁判に珍しく国王も顔をだしていたらしい。長年宰相を務めていたシェラード・レーヴェルジュを信頼していた王は、今回の件で裏切られたと知った時の怒りはそれだけ大きかったのだろうと、記事に書かれていた。ベルナールはいまさら、周囲の取り巻き貴族達がアニエスの援助をしない理由に気付く。

今、事件の渦中《かちゅう》にあるレーヴェルジュ家の娘に支援の手を差し伸べたら、国王から不興《ふきょう》を買ってしまう。保身のために誰も助けなかったのだ。

罪は本人だけのもので、家族はなんら関係ない。それなのに、母親や兄弟のいないアニエスを見捨てるなんて、酷い話だとベルナールは憤《いきどお》る。

「胸糞《むなくそ》悪い！」

ベルナールはほとんど読んでいない新聞を、ぐしゃぐしゃに丸めて床に捨てた。貴族社会は義理と人情で回っているわけではない。わかっていたが、こうやって目に見える形でやられると、気分も悪くなる。食欲も失《う》せていたが、騎士は体が資本。パンはカフェオレで流し込み、卵とベーコンもよく噛んでスープと一緒に飲み込んだ。

馬車の時間が迫っていたので、急ぎ足で出勤することにする。

ベルナールは隊舎の更衣室に向かい、騎士の制服に着替える。起毛素材《ベルベット》の上着を着て、ズボンをベルトで締めた。上から鎧を着込み、肩の金具に部隊の紋印《もんいん》が入ったマントを結ぶ。ベルナールが所属をするのは〝特殊強襲第三部隊〟という、重要拠点占拠や暴力活動などの犯罪者鎮圧《ちんあつ》、先日行ったような差し押さえの立ち入り補佐など、場が荒れる事件に出動する特殊部隊である。部隊は全部で七つあり、ベルナールが所属するのはその中でも少数精鋭部隊だ。そのため、毎日の訓練は厳しく、個々の能力を高めることに時間の多くが割かれる。

朝礼後、訓練をして、装備品の手入れをする。任務のない日はだいたい同じような内容であった。

昼間になると食堂に向かう。副隊長以上は幹部専用食堂もあったが、各部隊の隊長に囲まれて食事をしても料理の味がしないという噂を聞いていたので、ベルナールは一度も使ったことはない。

昼食は食事を求める騎士達でひしめき合う、中央食堂で済ませていた。まずは出入り口で品目《メニュー》の確認。大勢の人が集まっていたが、周囲の騎士より背が高いベルナールは、皆の上から献立《こんだて》が書かれた板を覗き込んだ。

・日替わり定食（パン、甘辛肉の串焼き、チーズスープ、野菜炒め、魚のパリパリあんかけ）
・肉麺（大盛は銅貨＋一枚）
・大盛定食（パン食べ放題、肉塊の香草焼き、肉のスープ）

騎士達の食事を提供する食堂の品目は多くない。だが、安くて味はそこそこうまいと評判だった。

いつも通り日替わり定食でいいかと、食券を係の者に手渡した。

騎士達で賑わう食堂の中で、空いた席に座る。

「お、ベルナールじゃないか！」

今日も偶然、ジブリルに会った。彼もつい最近異動し、部下ができたと聞いていたが、まったく変わっていない。早く落ち着きや威厳というものを身に付けてほしいと願う。

「最近よく会うなあ。これって運命？」

「気持ち悪いことを言っていないで座れよ」

軽口を叩くジブリルに、前の席が空いていたので座るように勧めた。お喋りな彼は、食事に手を付ける前に話を始める。話題はアニエスの父、シェラード・レーヴェルジュの裁判のことで持ち切りだった。周囲の騎士達も同様である。

「可哀想だよなあ、アニエス・レーヴェルジュも」

アニエスの母親は彼女が幼少期に亡くなっているらしいと、ジブリルは個人情報に触れる。

「国王様のお怒りを買っているレーヴェルジュ家の娘を保護する酔狂《すいきょう》な奴はいないだろうからなあ。仮に見つかったら、出世もできないだろうし」

その言葉を聞いたベルナールは、突然噎《む》せ始めた。友達思いのジブリルは、席を立って背中を叩いてやる。

「おい、大丈夫か？」

「あ、ああ」

軽い気持ちでアニエスを保護した酔狂な男《ベルナール》は、水を飲んで落ち着きを取り戻した。ドクドクと心臓が高鳴っているのがわかった。改めて、自分はとんでもないことをしてしまったのだと、後悔の念に襲われる。

「なんか事件に乗じて、裏で変なことを言ってる奴もいるらしい」

「変なこと？　なんだそれは」

「なんでも、アニエス・レーヴェルジュを愛人にしたいと望む者がいるみたいなんだ。国王様にバレないように囲い込めば大丈夫だと思っているんだってさ」

あれだけの美しい娘だ。愛人にしたいと思う者は大勢いるだろう。しかし、アニエスを囲い込むには社会的な損失が大きくなる。ならば、公の場ではなく、裏社会に隠しておけばいいという考えを聞き、心底呆れてしまった。

「賭博場、薬の密売、奴隷の売買などに彼女を連れていって、渦中の娘だとか言って、自慢したいんじゃないかって、噂が流れていたんだ」

裏社会で暗躍する者達は、長年騎士隊が王都から一掃《いっそう》しようとしている一味でもあった。しかし、人や物の出入りが激しい首都では、なかなか上手《うま》く取り締まれていないというのが現実である。

「そういうのに、一部の貴族も関わっているんだろうねえ」

「尻尾は掴めないがな」

「だから、アニエスさんに協力をしてもらえばいいとか、くだらない話も浮上しているんだと」

アニエス・レーヴェルジュならば、潜入調査を行っても、上手く立ち回ることができるだろうと。

しかしながら、ベルナールは昨晩のアニエスを思い出す。座れと言えば隣に腰かけ、契約書を読めと言えば急接近をしてきた。抜けているというか、注意散漫というか。男を手玉に取り、裏社会を翻弄《ほんろう》できるような娘には見えなかった。とてもじゃないが無理なのではと、心の中で思う。

「それで――」

ジブリルの声に、我に返る。

「ベルナール、どうかした？」

「いや、お前、噂話をこんな所でベラベラ喋っていいのかよ」

「大丈夫、大丈夫。多分」

話の内容もさることながら、窓の外に広がる空模様は灰色で、余計に憂鬱になった。自宅のある方向はこの辺よりもさらに黒い雲が広がっており、大雨でも降っているのではと思う。

深い溜息を吐きながら席を立つ。

「あ、おい、ベルナール、話はまだなんだけれど！」

「沈黙は金、雄弁は銀」

「なんだよ、それ」

「異国の哲学者の言葉。巧みな話術は大事だが、結局は何も喋らないほうが得をするって意味だ」

その言葉を残して、食堂から去る。

部隊の休憩所でも、レーヴェルジュ家の話で持ち切りだった。隊長であるラザールは、噂になっていたアニエスの潜入調査の噂を否定する。

「おそらくないと思うな。作戦を行うとなれば、国王の許可がいるし、現状、名前を聞いただけでも大激怒しているみたいだから無理かと」

ちなみに、新聞に書かれていた国王は影武者らしい。本人は知らぬ顔で執務をしていたとか。

「まあ、宰相が抜けた今、裁判にでかける暇なんてないよな」

休憩時間終了の鐘が鳴ると、ベルナールは訓練再開の声をかける。特殊強襲第三部隊の隊員達は中庭へと向かった。


終業後、ベルナールはいつものように私服に着替え、家路に就く。今日は謎の娘を拾うこともなく馬車に乗り込み、森の中にある自宅へと戻った。残業をしていたので、辺りはすっかり暗くなってしまった。灯りのない道を、慣れた足取りで進んでいく。

それにしてもと、アニエスを抱える問題が頭を離れない。上司に報告すべきか、すべきでないのか。答えはいまだだせずにいた。

大きな溜息を吐き、扉を開いた。すると、玄関先にあったのはアニエスの姿である。

「おかえりなさいませ、ご主人様」

にっこりと美しい微笑みで迎えるアニエスを見て、ベルナールはいろんな意味で眩暈《めまい》を起こしそうになる。アニエスは紺のワンピースに、梳毛織物《モスリン》の白い前掛け《エプロン》と女中《メイド》帽を被った姿で現れた。髪型は昨日と同じ三つ編みを後頭部でまとめた形で、帽子から垂れた長いリボンが歩くたびに微かに揺れている。袖口の膨らみ《パフスリーブ》のない地味なワンピースは足首までも覆う長いもので、エプロンは軽くてよく乾くと使用人には評判だったが、透けるほど薄い素材で安っぽい。貴族の中には見栄を張って使用人に高価な仕着せを用意する者達もいたが、ベルナールはそうではなかった。基本的に、服装などは使用人頭のジジルに任せてある。そんな、全体的に時代錯誤な格好であったが、アニエスが着るとどことなく上品に見えた。ぱっと格好を見た感じでは使用人だが、彼女の持つ気品や優美な仕草から、微妙な違和感が生じているのだ。

——駄目だ、これでは使用人に見えない!!

ベルナールは使用人の格好さえしていれば、なんとか隠し通せるのではと思っていた。少なくとも彼女の扱いを考えている間くらいは。しかしながら、目の前のアニエスは、たわむれに使用人の格好をした貴族令嬢にしか見えない。このように垢抜《あかぬ》けた使用人など、どこにも存在しないだろう。

「あの、ご主人様、外套を……」

アニエスは足音もなく接近する。事態の悪さに考えを巡らせていたので、ベルナールはとてつもなく驚いてしまう。気付いた時には、美しい顔《かんばせ》がベルナールを覗き込んでいた。

「だ、だから、お前、近いって!」

「ご、ごめんなさい」

ジジルから主人との距離感から教わってこい、とつい怒鳴ってしまった。外套を素早く脱ぎ、アニエスに投げ渡す。そのまま私室に向かおうとしたが、アニエスが呼び止める。

「ご主人様」

「まだ、なんか用か？」

「はい」

ベルナールの大股の歩みに、アニエスは小走りでついてくる。息が切れ切れになっていたようなので、ほんのわずかだけ気の毒に思ったベルナールは立ち止まった。

「それから――きゃ！」

アニエスはベルナールの背中にぶつかった。痛くもなんともなかったが、動揺を悟られたくなくて怒ってしまう
「お、お前は～～！」

「ごめんなさい、ごめんなさい」

平謝りするアニエスを、ベルナールは眉間に皺を寄せながら見下ろした。ここでも疑問に思う。

彼女は本当にあの、アニエス・レーヴェルジュなのかと。

アニエスは名家と言われていた長い歴史のある伯爵家に生まれ、華々しい社交界デビューを果たした。〝麗しの薔薇〟ともてはやされ、下級貴族を見下す気位《きぐらい》の高い令嬢だと思っていた。

ところが今、目の前にいる彼女は控え目で、真面目だが、どこか抜けているようにしか見えない。

天と地ほどもイメージが異なるので、ベルナールはどちらが本当のアニエス・レーヴェルジュなのか、わからなくなってしまった。

「ご主人様？」

またしても、アニエスの前でぼんやりと考え事をしていた。

ぶんぶんと首を横に振り、用件はなんだと訊《たず》ねる。

「これからの予定なのですが」

アニエスはきちんと背中を伸ばし、はっきりとした声で問いかける。

「お風呂になさいますか？　お食事になさいますか？」

風呂か食事か。いつもエリックが聞いてくることだ。

まだ頭の中がもやもやしているので、風呂に入ってすっきりさせたいと考えていた。

「それとも――」

「まだあんのかよ！」

そこまで言って我に返り、思い出す。以前、偶然聞いたジジルが夫ドミニクにふざけて言っている言葉を。

――あなた、お風呂にする？　お食事にする？　それとも、わ・た・し？

それが浮かんだ瞬間、ベルナールは顔を真っ赤にする。余計なことを教えてくれた使用人頭《ジジル》を怒鳴りたい気分だったが、その前にアニエスの言葉を制するのが先だと思った。

「風呂だ!!」

そう言って部屋まで早足で帰る。質問の回答を聞いた彼女は、あとを追ってこなかった。

ベルナールは嫌な汗をかいた体を洗い、ゆっくりと浴槽に浸かる。いつの間にか、雨が降っていた。しとしとの弱い雨ではなく、ざあざあと勢いのあるものだった。激しく地面を打つ雨音が、ベルナールの思考の邪魔をする。今、ここでいろいろ考えても答えはでてこないと諦め、浴槽からあがる。それと同時に浴室の外からエリックの声が聞こえた。

「どうした？」

「旦那様、三階で雨漏りが」

「なんだって？」

ベルナールが所有するこの屋敷の歴史は百年ほど。半年に一回の点検をしながら、騙《だま》し騙し住んでいた。見た目は白亜でそこそこよかったが、正直に言ってしまえばボロ屋敷だった。屋根裏部屋に住んでいたジジルの長女からたまに雨漏りをするという話を聞いていたが、下の階まで漏れたというのは初めてだ。昼間、雹《ひょう》が降ったので、その影響かもしれないとエリックは推測していた。とりあえず、二階が雨水に侵食されないように応急処置をしろと命じる。ベルナールは適当に髪と体を拭いて、服を着込んだ。上の階に駆け上がると、バタバタと使用人達が走り回っているのがわかる。

「あ、旦那様！」

「わ、旦那様！」

最初にベルナールに気付いたのは双子の姉妹、キャロルとセリア。黒髪に青い目をした美少女である。姉妹はポタポタと落ちてくる雨水の下に、桶《おけ》を置いて回っていた。

「旦那様大変なの！」

「屋根裏部屋が、水浸し！」

屋根裏部屋といえば、アニエスが使っている部屋だと聞いていた。三階は姉妹とジジルに任せ、雨漏りが激しい上階に向かう。ベルナールは屋根裏部屋の出入り口の扉の前で蹲《うずくま》っている人物を目にする。それは、服や髪をわずかに濡らし、涙目になっているアニエスだった。

守るように抱いているのは、ずぶ濡れになった旅行鞄。二つあったうちの、小さいほうであった。それは、彼女の特別な私物が入った物だった。

「お前――」

「あ……」

ベルナールの姿を見るなり、慌てて立ち上がって頭《こうべ》を垂れるアニエス。震える声で謝罪をした。

「お、お部屋を、水浸しにして、しまい、ました」

「何言ってんだよ」

自分の責任のように言うので、思わずぶっきらぼうな言葉を返してしまった。

ベルナールは出入り口の中心にいたアニエスを押しのけて、部屋に入る。実は、屋根裏部屋に入るのは初めてだった。かつての主だったジジルの長女が「私だけのお城」と自慢していた場所だったが、水浸しになって見るも無残な状態になっていた。雨漏りというより、小雨が降っていると言ったほうがいいような惨状の中、ドミニクと、次男で調理場担当のアレンが天井に板を打っているところだった。

「おい」

「あ、旦那様」

作業をしている二人に声をかけようとしたら、背後よりエリックがやってくる。用件は今から大工にきてもらうよう頼みにいくかというものだった。

「こんな大雨の夜の森に、やってくるわけないだろ」

「承知いたしました。では、応急処置を」

「天井に板を打っても無駄だ」

板を張るならば、屋根にしなければ意味がなかった。

「では、ドミニクに」

「あんな大男が乗ったら屋根が壊れる」

「アレンは高所恐怖症です。ですので、私が――」

「いい。俺がいく」

「ですが」

「ここは俺の家だ！」

屋根裏部屋の雨はできるだけ桶や器などで受け止めるように指示をだす。アレンの持っていた三枚の板と金槌《かなづち》、釘を奪い、窓を開く。外は嵐になっていた。強い風が吹きつけ、横殴りの雨が打ちつけてくる。アレンはその様子を見て、慌ててベルナールを止めようとした。

「旦那様、危険ですって！」

「このままじゃ家が水浸しになるだろうが！　いいからお前らは、漏れてくる雨をどうにかしろ。床を拭け、命令だ！」

主人にそう言われてしまったら仕方がない。男衆は一階に器を取りにいく。ベルナールはベルトに金槌を差し、ポケットに釘を入れた。板は脇に抱える。窓枠に足をかけ、一気に屋根の上に上る。

「クソ！」

屋根の上は真っ暗で、何も見えなかった。角灯が必要になる。急いで踵《きびす》を返せば、濡れた瓦《かわら》で足を滑らせてバランスを崩すが、なんとか踏み止まって、屋根から落下せずに済んだ。慌てていたら怪我をする。冷静になれと自らに言い聞かせた。板を屋根の溝に置き、屋根裏部屋に下がろうとしたら、人の気配を感じたので、角灯を持ってくるように頼む。

すぐに窓から角灯が差しだされたので、手を伸ばして受け取った。

「おい、窓を閉めろ！　部屋が濡れる」

すぐさま、窓は閉ざされたのを確認し、再び屋根の上に乗り、角灯で足元を照らす。

エリックの言っていた通り、焼き土《テラコッタ》の瓦が何ヶ所も割れていた。どんな大粒の雹が降ったのだと、思わず眉間に深い皺を刻んでしまう。割れている瓦を剥《は》いで、この板を打ちつけた。三枚では足りず、ベルナールは屋根の縁に腰を下ろし、窓を踵で叩く。合図に合わせて、窓が開かれた。

「おい、板をもっとくれ！」

指示すれば、一枚の板が差しだされた。

「一枚じゃ足りねえよ！　もっとだ」

続けて、ぶるぶると震える三枚の板が差しだされた。ベルナールは片手で取り上げる。全部で四枚の板を持ち、窓を閉めるように指示した。幸い、瓦が破損しているのは十ヶ所ほどだった。代わりの板を打ち込むと、雨漏りも収まる。屋根の見回りを終えたベルナールは、屋根裏部屋へと下りる。そこには、床の拭き掃除をする使用人の面々が。ジジルがタオルを持ってきてくれる。

「お疲れさまです、旦那様」

「酷い目に遭った」

そう呟いてから、床拭きをするアニエスの存在に気付いた。誰よりも濡れている彼女に、首を傾《かし》げる。先ほど会った時はそこまでびしょ濡れではなかったはずだった。

「お前、なんでそんなに濡れてんだよ。どっかでこけたのか?」

「い、いえ」

アニエスは潤んだ目でベルナールを見上げた。肩が震えていて、雨の中に捨てられた子猫のようだと思った。二人の間に、ジジルが割って入る。

「アニエスさんは旦那様のために板を運んでいたようです」

「お前だったのか?」

「はい」

差し出された板が震えていたわけを理解する。非力な令嬢には、薄い板でも重かったのだろうと。

「もう、いい」

「え?」

ベルナールはアニエスの腕を引き、立ち上がらせる。それから体をくるりと回し、出入り口に向けて背中を押した。

「あの、わたくし――」

「下がれ」

「で、ですが」

「ジジルとキャロルとセリアもだ」

部屋の後始末は男衆で行うと言い、女性陣は着替えをするように命じた。ジジルは立ち上がり、一礼する。

「では旦那様、お言葉に甘えて」

「ありがとうございます！」

「ありがとうございました！」

双子も嬉しそうにお礼を言い、掃除道具を片付け始めた。アニエスは一人、オロオロとしている。

「アニエスさん、いきましょう。旦那様のご命令です」

「え？　ええ……」

アニエスはジジルに背中を押され、部屋からでることになった。女性陣が撤退した屋根裏部屋で、ドミニク、エリック、アレンにベルナールの清掃活動が再開された。


嵐から一夜明け、朝を迎えれば外は快晴。昨日の荒れた天気が嘘のようだと、ベルナールは思う。

エリックが淡々と語る損害報告を、自棄《やけ》になりながら聞き流す。昨晩、一番の被害を受けた屋根裏部屋は湿気で使えない。床の板は剥がして取り替えなければならない状態になっている可能性もある。修繕にかかる費用など考えたくもなかった。

アニエスには一時的に客間を使うよう命じる。ベルナールはちょうどいいと思っていた。彼女の処遇を決めるまでの間は、丁重《ていちょう》な扱いをすることに決めていたから。

「それから、アニエス・レーヴェルジュについてですが、昨晩、全身雨に濡れたからか、風邪をひいているようで」

雨に濡れただけで風邪をひくなんて、ベルナールには信じられない話であった。現在、セリアとキャロルが看病しているという。

「どういたしましょう」

「どうって、医者を呼べばいいじゃないか」

そこまで言ってハッとなる。この屋敷の者以外にアニエスの姿を見られるのはよくないだろう。

だがしかし、病人は放置できない。

「お医者様を、お呼びすればいいのですね？」

「まあ、うん、そうだな」

念のため、金を握らせてきつく口止めしておくように命じる。

「承知いたしました。では、今から手配を」

「ああ、頼む」

修繕費用に医療費、口止め料。ベルナールのけっして多くない財産はどんどん削られていく。次から次に問題が起きるのはなぜなのかと、深い溜息を吐いた。


騎士の装いに着替え、勤務時間が始まるまで休憩所で過ごす。ベルナールが所属する〝特殊強襲第三部隊〟は二十代前半から半ばまでの若い騎士達が所属していて基本的に真面目な者達が多い。けれども今日はなぜか、朝から妙な盛り上がりを見せていた。彼らが囲む物は、安っぽい作りの週刊誌。内容は貴族達の噂話が書かれた、極めて下劣な物。今週号は品切れになるほど売れていて、苦労をして入手したようだ。

「おい、そんなに熱心に読み込んで、いったい何が書かれてんだよ」

「噂のご令嬢――アニエス・レーヴェルジュについてですよ！」

ベルナールは動揺を顔にださないようにして、雑誌に視線を落とす。表紙は裸婦画だったが、そんなことなどどうでもよかった。見出しには、〝元伯爵令嬢の、派手な暮らしと、奔放《ほんぽう》すぎる異性交遊のすべて。関係者が語る、真なる姿〟と書かれている。それを見ただけで嫌悪感を覚えていた。

そんなベルナールの様子に気付くことなく、騎士は記事を読み上げる。

アニエス・レーヴェルジュ。名家生まれで、引く手数多《あまた》な社交界一の美女である。彼女は自らを美しく保つことに、情熱と金をかけていた。ドレスは絹製の繻子《サテン》織りや琥珀《タフタ》織りなど、一級品の素材を使った品にしか袖を通さない。ある日誤って、綾織《サージ》りで作られたドレスを持ってきた侍女をその場で解雇にしたこともある。そんなアニエス・レーヴェルジュの真の姿を知らない、社交界の人々は、彼女を〝麗しの薔薇〟と呼んでいた。金を存分にかけているので、彼女が美しいのは当たり前、とこのように、アニエスの贅沢三昧《ぜいたくざんまい》の暮らしを赤裸々に書いていたらしい。男性との付き合いに関しては、ベルナールが元同僚《ジブリル》から聞いた内容と同じだったが、より詳しい話が当時の自称関係者の言として語られていたとか。

「すごいですよね～。一年ごとに男をとっかえひっかえって」

「捨てられた側はたまったもんじゃないよな。たくさん貢《みつ》がされただろうに」

「アニエス嬢、可哀想に思っていたけれど、話を聞いてみれば自業自得というか、なんというか」

「宮廷舞踏会の時、見かけたけれど、すっげえ美人だったぜ」

「けどさあ、金がかかって、性格も悪ければ、妻にするのはごめんだろうよ」

ベルナールは会話に加わらずに、雑誌から目を逸らした。以前ならば、悪口にも参加をしていたかもしれない。だが今は、噂話を前に首を捻るばかりだった。

アニエス・レーヴェルジュは気位が高く、見かけで人を値踏みするような最低最悪の女性だという。しかしながら、ベルナールの知るアニエスの姿は、大きく異なっている。大人しく控えめで、なけなしの金を使って父親に差し入れをしていた家族思いの女性。

悪女なアニエスと、健気《けなげ》なアニエス。ベルナールはどちらが本当の姿なのかわからなくなる。

まだ、短い期間しか関わっていない。答えをだすのは早すぎるだろうと思った。

勤務時間になれば、隊長であるラザールが朝礼をしにやってくる。下品な週刊誌は隠すのが遅れ、没収されてしまった。

一日の訓練を終えて、成果の報告をしに上司の執務室に向かう。勤務時間終了を知らせる鐘が鳴れば、ラザールはベルナールに「ご苦労様」と労《ねぎら》い、帰るように勧める。

「ああ、そうだ、オルレリアン。これを処分しておいてくれ」

差しだされたのは、アニエスの噂話が書かれた週刊誌。苦々しい顔で、それを受け取る。

「まったく、酷いものだ」

ベルナールはどういう反応をしていいものかわからずに、黙って雑誌を受け取る。あまり厚くない表紙を、内側に丸めて握り締めた。どこかで燃やして帰らなければと考えながら、ラザールの話に耳を傾ける。

「できるなら、彼女を保護したいところだが、消息が掴めん」

「大丈夫なんですか?」

「何がだ?」

「国王から不興を買っている家の娘なんか助けるなんて」

「よくはないが、こんな記事がでていたら、彼女を取り巻く境遇は悪化するばかりだろう」

ただでさえ父親の起こした事件で冷遇されているのに、今度は本人の悪い噂も広がってしまった。

事態はどんどん悪い方向へ転がっていると、ラザールは溜息交じりに話す。

「もしかしたら、彼女は街の孤児院に身を隠しているかもしれん」

「それは、どうして？」

「姪《めい》がアニエス・レーヴェルジュと付き合いがあったのだが、彼女は週に一度、孤児院に通っていたと話していた」

慈善活動を積極的に行う女性だったとラザールはアニエスについて語る。雑誌に書いてあることは、多分デタラメだろうとも。

「一度だけアニエス嬢と姪の家で会って挨拶をしたことがあったが、礼儀正しいお嬢さんだったよ。雑誌の売り上げを伸ばすために、こういうことを書いたのだろう。しようもないことをする」

ラザールはこんな雑誌が売れる嫌な世の中だと、吐き捨てる。それからしばらく沈黙の時間がすぎていく。先に口を開いたのは、ラザールだった。

「オルレリアン」

「なんでしょう？」

「私はこれから会議にいかなければならない。それで、頼みがあるんだが」

ラザールは頭を下げて願う。今から孤児院にいき、アニエスがいたら保護をしてほしい、と。

「もしもいたら、馬車で私の家まで連れていってほしい。報酬もだそう」

「わかりました。ただ、報酬はいりません」

孤児院へいってもアニエスはいない。そうだとわかっているのに、ラザールから金を受け取るわけにはいかなかった。

無駄足でしかないのだが、アニエスの人となりについて何かわかるかもしれない。そう思って、ベルナールは孤児院へいくことに決めた。

「確認にいってまいりますので、ご安心を」

「ありがとう」

王都の孤児院は馬車乗り場の近くにあった。上司の住む屋敷の住所が書かれたメモ紙を受け取り、着替えをするために更衣室に向かった。


騎士団の駐屯地《ちゅうとんち》より徒歩十分。中央街にある馬車乗り場より少しだけ離れた所に孤児院がある。手ぶらではいけないので、近くにあった店で焼き菓子を買って向かった。

教会に併設された孤児院は、貴族からの寄付で運営されている。しかしながら、そこで暮らす子ども達の生活はけっして恵まれたものとは言えない。集まった金がどれほどで、誰が管理をしているのかは明らかにされていなかった。ベルナールは柵の外から孤児院の中を覗き見る。五歳から十歳くらいまでの子どもが元気よく走り回っていた。

「わあ、お客さんだよ！」

「こんにちは！」

さっそく、子ども達に囲まれてしまった。いい匂いがすると言って、手にしていた紙袋を覗き込まれてしまう。

「ちょ、ちょっと待て」

子ども達にもみくちゃにされていると、建物の中から修道女《シスター》がやってくる。

「あなた達、お客様に何をしているのですか！」

怒られた子ども達は一言謝って、散り散りになった。

「申し訳ありませんでした」

「いや、構わない」

とりあえず手にしていた焼き菓子を渡す。修道女は皆が喜ぶと、笑顔で受け取ってくれた。

騎士の腕輪を見せて身分を明かし、アニエス・レーヴェルジュについて話を聞きたいと言うと、建物の中へと案内される。

「最初に言わせていただきますが、アニエスさんはここにはいません」

それはそうだろうよ、とベルナールは心の中で言葉を返す。

「今日までに、たくさんの記者が訪れました。アニエスさんの話を聞くために」

修道女はどの記者にも同じことを話したと言う。

「アニエスさんは週に一度、こちらまで足を運んでくれました。とても優しく、慈愛に満ちた女性です。子ども達も、アニエスさんに会うのをとても楽しみにしていました。以上が揺るがない真実です。誰も、私が話したことは、記事に書いてくれなかったみたいですけれど」

週刊誌の記事を見て、とても悔しい思いをしていると話す。ベルナールは黙って話を聞いていた。

「それで、騎士様はどうしてこちらに？」

「いや、まあ、アニエス・レーヴェルジュがここにいるなら、上司が保護をしたいと言っていて」

「まあ、それならば、心配はありませんわ！」

何が心配ないのか。アニエスはベルナールの家にいる。修道女がどうしてそう言いきるのか、気になったので質問をした。

「アニエスさんは、とある騎士様の家にいらっしゃいます」

「は、はあ？」

どこで情報が漏れたのかと、額に汗をかくベルナール。ドクドクと、鼓動が激しくなっていた。

「とは言っても、私も詳細は知らないんです。母から聞いた話なので」

「母親から？」

「はい。私の母は宿屋を経営しているのですが」

〝野山の山羊亭〟。修道女の母親は、そこの女将《おかみ》だと言い、身の上を軽く語り始めた。

「私の家は大家族で経済的にいろいろ厳しかったんです。結婚適齢期になっても不器量な貧乏宿屋の娘を妻にと思ってくれる人もいなくて、二十歳の時に修道女になりました。って、こんな話はどうでもいいですね」

そんな彼女と同じように、行く当てのないアニエスは、修道女になるために、真っ先に教会へとやってきた。それを止めたのが彼女だったのだ。

「修道女になれば、神にお仕えすることになるので、結婚はできません。あんなにも優しくて、子ども達に好かれていたアニエスさんが一生結婚できないなんて、あんまりだと思いました」

けれど、アニエスの決意はしっかりと固まっていた。これから先の生涯、神に仕えると。

「でも、お慕いする方がいるのではと聞いたら、頬を染めて、俯いたんですよ」

アニエスには好きな人がいると思った修道女《シスター》は、すぐに恋を成就《じょうじゅ》させるのは難しいが、しばらく身の振り方を考えたらどうかと勧めた。彼女はアニエスに、自らの実家である〝野山の山羊亭〟で働かないかと話を持ちかける。役に立たないかもしれないと言ったので、宿泊代を半額にして、代わりに働くのはどうかと提案したのだ。

「それで、つい先日、アニエスさんはお慕いする騎士様と出会い、ロマンチックな様子で手と手を取り合い宿をでた、と母から聞いたんです！」

「慕われてないし、手も繫いでない！」

「え？」

「い、いや、なんでもない」

修道女は興奮をしていたので、ベルナールの指摘を聞き逃していた。

危なかったと、ほっと胸を撫で下ろす。

「すみません、私ったら、喋りすぎてしまいました」

「構わん」

「このお話は、どうか内密に」

「ああ、口外するつもりはない」

「ありがとうございます」

「そちらも、その話を誰かに言うなよ」

「ええ、もちろんです。神に誓って、この件については黙秘いたします」

外はすっかり暗くなっていた。最後の馬車の時間も迫っている。アニエスについて書かれた週刊誌は、一言断ってから暖炉の中に投げ捨てた。

ベルナールは修道女に別れを告げ、馬車乗り場まで歩いていく。

今日も吹く風は冷たい。空を見上げれば、黒い雲が風に流れていた。やはり、アニエスについて大きな誤解をしていたのかもしれない、とベルナールは考える。

しかしながら、一つだけわからないことがあった。五年前、どうしてアニエスはベルナールを蔑んだ目で見たのか。実際にアニエスと接し、彼女を知る者から話を聞けば、他人を馬鹿にするような行為はありえないことだった。いくら考えても、答えはでてこない。

それに先日アニエスが言っていた、ベルナールに対する感謝の気持ちについての意味もわからないままだった。

手っ取り早く本人に直接聞こうと、心に決めた。

最終便の馬車に揺られ、ベルナールは帰宅する。頭の中の整理整頓はできていないのに、エリックが今日一日にあったことの報告をしてくる。屋根の瓦は全体的に劣化をしているようで、張り替えが必要とのこと。屋根裏部屋の天井板と地面の床板も同様に。

「なんだよ、天井も張り替えるのかよ」

「虫の住処《すみか》になっていたらしいです」

見積書を見て、思わず舌打ちをしてしまう。

「あと、屋根の素材ですが――」

同じ焼き土製《テラコッタ》の物に張り替えることになっていたが、塗料を塗る場合は別途で金がかかることが判明していた。

「元々、あの瓦は褐色《かっしょく》で、あとから青く塗っていたようです」

「そうだったのか」

この家は百年前――当時のオルレリアン家の奥方が童話にでてくるような家に住みたいと願い、白い壁に青い屋根の屋敷が完成したという経緯《いきさつ》があった。

「それで、同じような青の色合いで塗った場合、こちらのようになります」

追加の見積書がエリックより手渡される。その金額に、ベルナールは目を剥《む》いた。

「なんだこりゃ！」

「青色塗料は高価な物らしいです」

「色塗りは必要ない」

「塗料を塗れば、多少は瓦が長持ちをするようですが」

「いや、とりあえず、今はいい」

「承知いたしました」

現状、修繕費だけでかつかつなので、色塗りは特別報酬などが支給されたら行うことにした。

次に報告されたアニエスの医療費は、思った以上に少なかった。

「おい、医者への口止め金はどうした？」

「ドミニクの知り合いの女医を呼びました。口は堅いです」

「そうか」

朝より熱は下がったものの食欲がなく、いまだ臥《ふ》せたままだという。今日のところは話など聞けそうにないと思った。

「それにしても酷いな、これは」

修繕費は総額でベルナールの給金二ヶ月分だった。屋根の形が変わっていて、それに合う特別な瓦を取り寄せるため、代金が膨らんでいる。

「応相談で、分割払いもできるようです」

「一括で払え」

「承知いたしました」

エリックが部屋からでていったのを見送り、深い溜息を吐く。毎月実家からの支援金もあるが、それは使用人の給料でほとんど消える。なんとかやり繰りをするしかないと、腹を括《くく》った。


夕食前にさっぱりしようと、風呂場に向かう。途中、アニエスが休んでいる客間の前で立ち止まった。彼女の本当の姿が気になってしょうがないのだ。

彼女が社交界デビューをした年に、ベルナールを睨んでいた理由だけでも知りたかった。しかしながら、独身女性の部屋に入っていいものかと逡巡《しゅんじゅん》する。が、自分は屋敷の主《あるじ》で、アニエスは使用人。なんの不都合もないことに気付いた。幸い、周囲には人の気配がない。さっさと聞いて、さっさとでていけばいいと思い、扉を開く。

居間は真っ暗だった。窓から差し込む月明かりを頼りに、奥の寝室へと向かう。

一応、扉を叩いたが返事はなし。長居するのもどうかと思ったので、勝手に入ることにした。

寝室は寝台のそばに置いている角灯が点いているだけだった。

「おい」

ぼんやりと薄暗い空間に向けて、今度は扉の前から声をかけてみたが、ここでも返事はなかった。

このまま引き返すわけにもいかない。ずんずんと大股で寝台まで歩いていく。寝ているのを起こしてでも、睨んでいた理由について聞こうと思った。寝台に横たわるアニエスを覗き込む。灯りに照らされる顔は蒼白《そうはく》で、額にうっすらと汗が浮かんでいた。呼吸も苦しそうに見える。

「アニエス・レーヴェルジュ」

低い声で名前を口にする。このような小さな声では目を覚まさないと思っていたのに、アニエスはうっすらと目を開いた。開き直って部屋に入ってきたのに、目が合えばドキリと胸が高鳴る。とても悪いことをしているような気持ちになった。残念ながら彼女の視線から、感情は窺《うかが》えない。

静かな部屋の中、しばらく見つめ合っていたが、アニエスより驚きの一言が発せられる。

「ああ、お母様……。ずっと、お会いしたいと、思っていました」

「は!?」

アニエスは弱々しく震える手を、布団の中から差しだしてくる。ベルナールは信じられないという目で、見下ろしていた。

「お母、様……」

「いや、お前の母さんじゃない!」

ベルナールは勘違いを指摘しながらもアニエスの手首を掴み、雑な手つきで布団の中へとしまい込む。彼女の顔を近くで見ると、目つきが普段よりもとろんとしていて、意識が曖昧《あいまい》であることがわかった。アニエスの母親は幼少時に亡くなっていると聞いていた。眦《まなじり》には涙が浮かんでいて、なんだか気の毒に思ってしまう。

「も、申し訳ありません」

意識が戻ったのかと、アニエスの顔を覗き込んだ。謝罪の意味を問いただそうとしたが、次なる一言は想定外のものであった。

「――お母様」

それを聞いたベルナールは、その場でずっこけそうになる。アニエスの言葉は続く。

「まだ、そちらにはゆけません」

「逝《い》くな、逝くな！」

うわ言に対し、突っ込みを入れてしまった。

「お前は、もう、寝ろ！」

そう言ったが、アニエスの話はまだ終わっていなかった。

「オルレリアン様に、ご恩を返してから、そちらに――」

「だ、だから、まだ逝くなっての！」

ベルナールは「いいから寝ろ」と命じ、ブランケットをかけてから寝室をでる。廊下に誰もいないことを確認して、アニエスの部屋をあとにした。

ますます深まったアニエスの謎について、風呂に入りながら考える。ベルナールへの恩とはなんなのか。記憶を遡《さかのぼ》ってみたが、まったく心当たりがない。熱い湯を頭から被り、ガシガシと髪と体を洗って浴槽に浸かる。

——駄目だ、わからん。

とりあえず、アニエスへの追及は後回しにした。


翌日、ジジルよりアニエスの容態は快方に向かっていることが報告された。

本人は働く気でいるらしいが、念のため、まだ休ませておくように命じておく。

「旦那様、よろしいでしょうか？」

「ああ、好きにしろ」

「ありがとうございます」

「今日から屋根と屋根裏の修繕工事が始まるから、休めるような環境にないだろうがな」

「まあ、それは、仕方がないですよね」

しっかり面倒を見ておくように、ジジルに指示をだす。馬車の時間が迫っていたので、ベルナールは家をでた。


出勤するやいなや、ベルナールはラザールに頼まれていた用件について報告する。

ついでにアニエスを保護していることについて言うべきなのか、迷ってしまう。だが、その一瞬の間に、ラザールは会議にいくと言って執務部屋からでていった。言う機会を逃したと焦《あせ》っていると、コンコンと戸を叩く音が聞こえた。扉を開くと、見知った顔だったので少しだけ驚いた。

——エルネスト・バルテレモン。

第二王子の親衛隊員で侯爵家の次男。勤務中に女の尻を追いかけ回す、最悪最低野郎だとベルナールは記憶している。最後に会ったのは三年前、第二王子主催の茶会の会場、アニエスを東屋へと逃がした時だったか。

驚いた顔を見せるベルナールに対し、エルネストは初めて会ったような挨拶をする。おそらく彼は三年前の出来事を忘れているのだろう。

「やあやあ、おはよう――」

「あ!!」

ふと、ベルナールは気付く。アニエスの言う感謝したいこととは、追いかけてくるエルネストから助けてやった一件に対するものだったのだ。謎が解けてすっきりする。

「君、いきなり大きな声をだして、驚くじゃないか!」

「ああ、すまなかった」

隊長の不在を告げたが、エルネストはベルナールでもいいと言って、勧めもしない長椅子に腰かける。

「それで、用事とは?」

「ああ、ちょっと人捜しをしてほしいと思って」

机の上に一枚の紙が差しだされる。そこには、男女の判別さえつかない、人っぽい何かの絵が描かれていた。紙の上部には、〝彼女を見つけた者に、金貨十枚〟と書かれている。

「これは、なんだ?」

「アニエス・レーヴェルジュの姿絵だ。私が描いた」

紙をさらにベルナールのほうに差しだしながら、彼女を捜してくれないかと、尊大な様子で言ってのけたのだ。

「報酬金もでる素晴らしい任務だ。名誉に思うといい」

「いや、つーかこれは、どこからの指示で？」

「私だ」

ありえないと思った。個人の任務をなぜ〝特殊強襲第三部隊〟が担《にな》わなければならないのかと。

「お前、アニエス・レーヴェルジュを捜して、どうするんだ？」

「ああ、可哀想な彼女を囲い込んであげようと思ってね」

囲い込むとは、愛人にするという意味だ。ベルナールは信じがたい思いで、エルネストを見た。

「陛下より不興を買っているレーヴェルジュ家の娘を迎え入れることの危うさを、本当にわかっているのか？」

それは、ベルナール自身にも突き刺さる言葉であった。軽い気持ちで言っていいものではない。

「だからこその金貨十枚だよ」

「報酬及び、口止め料ということか？」

「そうだ。家の地下にでも隠していれば、見つかることもないだろう」

どうやら彼はアニエスを強制的に囲い込むだけでなく、太陽の当たらない場所に軟禁するという。なんてクズな行為を働くのか、とベルナールは呆れて言葉もでない。

さらに、エルネストは耳寄りな情報があると言う。それは、彼が親衛隊内での人事の発言権を握っているというものだった。

「もしもアニエス・レーヴェルジュを見つけてくれたら、金貨十枚と、昇進会議で推《お》してやろう」

ただ、話はあまり広げないようにと注意される。同じ部隊でも、話をするのは五人以内にしてくれと偉そうな態度で言い放った。

「噂が広まったら、私も困るからね。ああ、そうだ」

エルネストは懐《ふところ》から金貨の入った革袋を取りだした。

「これは？」

「任務を実行する上での口止め料だ」

本人を前に深い溜息を吐く。この件に関して、すべて隊長に一任することにして、ベルナールはエルネストにでていくように言った。

「じゃあ、頼んだよ」

返事はせずに黙って扉を閉めた。

ベルナールはどうしてこう、問題が次から次へとやってくるのか、と頭を抱えてしまった。


昼休憩の鐘が鳴ると、訓練は一時中断となる。ベルナールは昼食前に話がしたいとラザールに申しでていた。二人で執務室に移動する。

「で、話とは」

「それが」

貴重品入れの中からエルネストより預かった書類と、金の入った革袋を取りだした。

「なんだ、これは？」

「第二王子の親衛隊員、エルネスト・バルテレモン殿より、任務の依頼です」

ラザールは訝《いぶか》しげな様子で受け取る。書面を読み始めるとすぐに、眉間の皺は深くなった。

「いったいどういうつもりなんだ、彼は？」

「理解しかねます」

穏やかなラザールの苛立《いらだ》っている顔を見たのは初めてだった。それも仕方がないと思う。

「レーヴェルジュ家のお嬢さんを愛人にするなんて信じられない。妻として娶《めと》る男気はないのか？」

「でしょうね」

そもそも、貴族が愛人を囲い込むというのは珍しい話ではない。だが、厳格な家で育ったラザールには、軽蔑《けいべつ》に値する行為だったようだ。当然ながら、ベルナールも同様の考えである。

「こうなるのであれば、もっと早く彼女に支援の手を差し伸べておけばよかった」

「仕方ないですよ」

アニエスの父が国王の不興を買っているのだ。その娘を助ければ、貴族社会の中で立場が悪くなってしまう。

「それで、どうしますか？」

「今からバルテレモン卿《きょう》に話を聞きにいく。オルレリアン、君はどうする？」

「いえ、俺はいいです」

話をしている最中《さいちゅう》に殴りたくなるので、というのは言わないでおいた。

「では、いってくる」

りである。


「さようで」

これ以上引き止めることはせずに、黙って見送った。あとは悪い方向にいかないことを祈るばかりである。


「いや、今はいい。私はあまり気が長いほうではないんだ」


「先に昼食にいかれてはどうですか？」

「なんだ？」

「あ、隊長」


午後からの訓練を終え、就業後、執務室に向かった。机の上には、隊長からの先に帰るという置き手紙があった。珍しいものだと思いながら、不要書類入れの中へと入れる。

事務仕事もすべて片付いていたので、ベルナールも帰宅をすることにした。

廊下を歩いていればお喋りな騎士、ジブリルと会う。彼も仕事終わりだと笑顔で話しかけてきた。

互いに近況を語りつつ並んで歩いていたら、前方より供を大勢従えた人物がやってくる。

ベルナールとジブリルは上官だということに気付くと、壁際に寄って軽く頭を下げた。

すれ違いざま、足音と鎧と装備が重なり合う音がぴたりと止《や》み、声をかけられる。

「おや、君は、ベルナール・オルレリアンでは？」

顔を上げれば、まさかの大物に瞠目《どうもく》する。

――ヨハン・ブロンデル。騎士団のナンバー2で、実力、家柄、人格、カリスマ性と、上に立つ者に相応しい器を持つ人物であった。慕《した》う者も多く、次期騎士団長になるのではと噂されている。

「最近、昇格したとのことで、おめでとうございます」

「はい、ありがとうございます」

「その年齢で副官になるとは、大変素晴らしいことです。これから騎士団は若い力が必要になります。オルレリアン卿、あなたにも、期待をしていますよ」

「もったいないお言葉です」

ブロンデルはベルナールの肩を叩き、その場を去った。廊下が静寂に包まれたあと、ジブリルが大きく息を吐き出す。

「うわ、びっくりした！」

「ああ。まさか、お声をかけられるとは」

「すごいじゃん、ベルナール。名前を覚えてもらっていたなんて」

「記憶力がいいだけだろう」

「でも、こんなこと、なかなかないって！」

将来有望だなと、ジブリルは羨ましそうに言っていた。


いつものように陽がどっぷり沈んだ時間に帰宅となる。修繕工事が始まった屋敷の庭先には、資材が運び込まれていた。今は作業が終わっているので、布が被せられている。

家の中に入れば、ジジルが出迎えてくれた。

「おかえりなさいませ、旦那様。今日はなんだかお疲れですね」

「まあな」

風呂の準備を頼み、脱いだ外套を渡しながら、私室に向かおうとする。

「ああ、旦那様」

「なんだ」

「アニエスさんが、お話をしたいと言っているのですが」

「風邪は治ったのか？」

「はい」

ならば部屋にくるようにと命じた。私室の長椅子に腰かけ、溜息を吐くのと同時に、話を聞ける状態までになったのかと、安堵する。

それから数分後に、アニエスはやってきた。

アニエスは誰かのお古だと思われる、上品な青いワンピースを纏っていた。

長椅子に腰かけるよう勧めれば、深々と頭を下げ、今度はきちんと対面する位置に座った。

「お忙しいところ、お時間を作ってくださり――」

「前置きはいい。で、何用なんだ？」

「あ、はい。その、お礼を、と思いまして」

喋り始めた直後、扉が叩かれる。ジジルがお茶を持ってきていた。

「ジジルさん、お茶は、わたくしにお任せください」

「あら、いいの？」

「はい」

アニエスは銀盆を受け取る。少しだけふらつき、ジジルはギョッとしながら咄嗟《とっさ》に盆を支えた。

「ちょっと、大丈夫⁉」

「ええ、平気、です」

銀盆の上には紅茶の入ったポットにカップ、ソーサー、砂糖とミルクの壺、クッキーの載った皿があるばかり。それを持ったくらいでふらついていたのだ。

なんて非力な女だと、ベルナールは呆れてしまう。

「アニエスさん、旦那様の紅茶はミルク一杯に砂糖三杯だから」

「はい、わかりました」

唐突に甘党なのがバレてしまった。ベルナールは恥ずかしくなる。羞恥で顔を歪《ゆが》めている間に、茶器はテーブルの上に並べられていた。アニエスは真剣な顔でカップに紅茶を注いでいる。次に、ミルクと砂糖を入れたあと、アニエスは小さな壺を持ち上げ、すっと目を細くした。

その表情は、五年前、宮廷舞踏会の場でベルナールを見ていた表情とまったく同じだった。

ここでベルナールはハッと気付く。震える声でアニエスへと問いかけた。

「お、お前‼」

アニエスはびっくりして、手にしていた壺を落としてしまった。幸いにも、中身の砂糖はクッキーの載った皿の上にこぼれただけで済んだ。テーブルの状態を、アニエスは目を細くして見下ろしている。それは人を蔑むような、きつい眼差し。

視線を向けている相手はベルナールではなく、テーブルの上の散らばった砂糖。中身がすべてこぼれているのを確認すると、眉尻を下げ、申し訳なさそうな顔でベルナールを見上げる。

「ご、ごめんなさい」

「そんなことはどうでもいい。質問に答えろ」

「は、はい？」

思えば、契約書を書く時もそうだった。物を持って、目を凝らす理由は一つしかない。

緊張の面持ちで問いかける。

「お前、もしかして目が悪いのか？」

アニエスは目を見開く。そして、気まずそうに顔を伏せ、ゆっくりと頷いた。

ベルナールはすとんと、長椅子に座る。それは、彼女の言動と行動のすべてが腑に落ちたのと同時だった。

アニエス・レーヴェルジュは、ベルナールを見下していたわけじゃなかった。遠くにいる人の顔を、目を凝らして見ただけなのだ。長年の勘違いが今、明らかになった。

「いつか、申し出ようと思っていたのですが……」

「いや……そう、だったのか」

理由はわかったのに、頭の理解が追いついていなかった。勝手な勘違いのせいで、アニエスを使用人として雇うなど、とんでもないことをしてしまった。思わず頭を抱えてしまう。彼女はやはり、ラザールに引き渡すべきだったと、後悔が押し寄せる。

ベルナールが苦渋《くじゅう》の表情を浮かべるのを見て、アニエスはまさかの行動にでる。突然立ち上がったと思えば、ベルナールの前にやってきて、床の上に膝を突いたのだ。

「オルレリアン様！」

胸の前で両手を組み、懇願するように言う。

「お願いです。どうか、このままわたくしをここに置いてください」

「はあ!?」

「確かに、あまり目はよくありませんし、召使いの仕事も慣れておりませんが、精一杯頑張ります！」

「いや、そうは言っても」

「オルレリアン様から受けたご恩を、お返ししたいのです。そ、それに、ここ以外、行く当てもありませんし」

アニエスは震える声で訴え、じわりと涙を浮かべる。ベルナールは自分が悪者になったように思えてきた。どうすればいいのかと考えるが、混乱した頭では答えなど浮かんでこない。

「しばらく、考えさせてくれ」

「はい。我儘《わがまま》を言って、申し訳ありませんでした」

早急に答えをだすべきではないと思い、アニエスからの願いは一時的に保留とした。

アニエスはテーブルの上を片付けて盆を持ち、一礼して部屋をでていく。

ベルナールは閉ざされていた扉を、呆然としながらいつまでも眺めていた。


答えがでないまま、新しい朝を迎える。いつものように身支度を整え、朝食を摂《と》り、仕事にでかけた。朝一で上司の元へいくと、深刻な表情を浮かべるラザールと目が合った。

昨日、どうだったかなんてとても聞けるような雰囲気ではない。だが、ベルナールが入ってきたのを確認すると、爽やかに挨拶をしてくれた。

「おはよう」

「おはようございます」

「さっそくだが、昨日、エルネスト・バルテレモンに、話を聞いてきた」

緊張が走る。ラザールは眉間に深い皺を寄せて、ベルナールへ報告した。

「アニエス・レーヴェルジュ捜索の件を、受けることになった」

てっきり断ってきたものだと思っていたので、ベルナールは驚愕する。いったいどうしたのだろうかと、話の続きを待った。

「一言で表せば、バルテレモン卿は下種野郎《げす》だ」

「それは――同意です」

ラザールはエルネストの人となりをきちんと理解していた。ならば、どうして話を受けたのか。ますます謎が深まる。

まずどうしてラザール率《ひき》いる〝特殊強襲第三部隊〟に依頼をしたのか聞いたらしい。返ってきた答えは呆れたものであった。

「あいつ、うちの部隊を暇潰《ひまつぶ》しで訓練をしているだけの部隊と言いやがった」

「酷いですね」

数ある特殊強襲部隊の中でも、少数部隊で暇なラザールの隊を敢《あ》えて選んだ、と言っていたとも。

「一応、国王に露見することは恐れているようだったが……」

そこまでして、なぜアニエスを手にしたいのか、ベルナールには理解できない。

「まだ、うちの部隊以外に依頼はだしていないらしい。当然ながら、個人の金を使って騎士を動かすことは規則で禁じられている。だが、断れば、バルテレモン卿は他の騎士に頼むだろう」

「他の者にアニエス・レーヴェルジュの捜索をさせないために、受けたのですね」

「そうだ」

話を受けた振りをして、実際は捜索を行わずに放置する。それが狙いだった。

ラザールは金と地位に目が眩《くら》んだわけではなかったのでホッとしたが、すぐに他の問題に気付く。

「もしも、この件に絡んでいることが騎士団の上層部にバレたら――」

「私はよくて降格、悪くて騎士の身分を取り上げられるだろう」

エルネスト・バルテレモンが持ってきた書類と金を、上層部に報告すれば済む話だったのではと、ベルナールは指摘する。

「そうだな。そうすれば、腐った騎士はいなくなり、親衛隊も安泰になる。だが、アニエス・レーヴェルジュの名誉はどうする？」

「それは……」

侯爵家の次男が騎士団の特別裁判にかけられるとなれば、その理由が暴かれるのは時間の問題だ。そうなれば、アニエスを愛人として迎え、地下に閉じ込める予定だったという噂は瞬く間に広がるだろう、とラザールは予測していたのだ。

「私は彼女を助けることはできない。だからせめて、名誉を守るくらいはしたい」

ベルナールは信じがたい気持ちでラザールの話を聞く。そして、最大の疑問を口にした。

「隊長は、赤の他人のために、どうしてそこまでできるのですか？」

「騎士とはそういう存在《もの》だろう」

――弱き者を助け、礼儀を重んじ、悪を打ちのめす。
騎士の教えが、ずっしりと重たく胸の中に響く。
ベルナールは激しい鼓動を打つ場所を、ぐっと押さえ込んだ。
このままでは心臓が保《も》たない。同時に、心の状態も不安定なままだ。
心身の健康のため、この事件は早期に解決しなければと、決意を新たにする。

第二章　アニエスのお仕事

アニエスを取り巻く問題は思っていた以上に大きなものだった。もはや、ベルナール一人で抱えきれるものではない。

今、目の前にいるラザールは、ベルナールが王都でもっとも信用を置く者である。きっと、アニエスの力になってくれるに違いない。

ベルナールは迷いながらも、ラザールに悩みを抱えていると打ち明ける。

「あの、隊長……今、とても悩んでいることがありまして」

「なんだ？　話だったらいつでも聞くが」

今でも構わないと言ってくれたが、まだ完全に腹を括っている状態ではなかった。言葉がぜんぜんでてこない。

「後日、お話ししてもいいでしょうか？」

「わかった。話せる時に話してほしい」

「ありがとうございます」

報告は早いほうがいいとわかっていたものの、気持ちの整理ができていない状態で相談するのもどうかと思った。ラザールにもそう伝える。

「気にすることはない。迷っている段階で相談をするのは間違いではないが、最終的に事を決めるのは自分だ。ある程度、考えてから話すのもいいだろう」

だが、あまり根《こん》を詰めないようにと注意された。

終業の鐘が鳴り響くのと同時に、騎士達は待っていましたとばかりに帰宅をしていく。仕事を終えていたベルナールも、人の波を流れるようにして家路に就く。

空は曇天。風があって、黒い雲がどんどん流れていた。雨が降りだすのも時間の問題かと、空を仰《あお》ぎながら思う。

急ぎ足で馬車乗り場まで歩いていたが、突然強い雨が降る。ザーザーと降り注ぐ雨に打たれながら走っていたが、しばらく止みそうない。仕方がないので、閉店した本屋の日除けの下で雨宿りする。どうしてこうなったのか、と考えていたものの、そういえばジジルが朝、傘を持ったほうがいいと言っていたのを思い出した。朝は雲一つない晴天だったので、大丈夫だろうと判断したのが間違いの始まりだったのだろう。

ベルナールの母オセアンヌ曰《いわ》く「ジジルの言うことはすべて間違いないので、素直に聞いておくように」と、口を酸っぱくして言っていた。その言葉が今になって身に染みる。

一刻も早く止んでほしい、と祈る他なかった。

ベルナールの祈りは叶えられ、勢いがあった雨もだんだんと小降りになる。これくらいならば、あまり濡れることなく馬車に乗り込めるだろう。外套を頭の上から被ればいいと思い、一番上のボタンを外していたら、背後より何かの鳴き声が聞こえてきた。

――ミャア、ミャア。

それは弱々しい猫の鳴き声であった。周囲を見渡すと、本屋の手押し車の下に箱に入った子猫がいた。今まで大きな雨音で、泣き声は聞こえていなかったのだ。しゃがみ込んで覗き込むと、酷くやせ細った猫と目が合う。ふるふると震えながら、助けを求めるように鳴いていた。体は泥で薄汚れていて、眦《まなじり》には目ヤニが溜まっており、目は半開きとなっている。捨て猫なのだろう。

雨の中、人通りはほとんどない。ここ数日、夜は酷く冷え込んでいる。このまま置いて帰れば、子猫がどうなるかは、ベルナールにもよくわかっていた。

――ミャア、ミャア！

子猫は必死になって何かを訴えている。空腹だか、寒さだか、ベルナールにはわからない。その様子は、見ていて胸が締め付けられるようだった。子猫は澄んだ青い目をしていた。よく見ると、毛並みは金色。箱に前脚をかけ、ミャアミャアと鳴いている姿は、頼る人も場所もないと話していたアニエスにとても似ていた。

子猫を前に、ベルナールは頭を抱える。選択を迫られていた。いつの間にか雨は止み、空からは少しだけ夕日が差し込む。

「――クソ!!」

ベルナールは外套を脱いで箱から子猫を抱き上げて包み、立ち上がる。それから、一気に馬車乗り場まで走った。子猫は馬車の中では静かで、案外空気が読める猫だったと、ベルナールは安堵する。家に辿り着くまでの足取りは重く、のろのろと玄関まで向かった。

扉を開けば、アニエスが出迎える。

「おかえりなさいませ、ご主人様」

「ああ」

ベルナールとアニエスの表情は暗かった。互いに言いたいことがあるのだが、言葉を発することなく見つめ合っている。やはりアニエスの潤んでいるような〝高貴な青《ノーブルアジュール》〟の目は、先ほどの捨てられた子猫と同じに見えた。そこから滲《にじ》みでている感情を読み取ることは、ベルナールには難しいことである。しかしながら、わかりやすい点もあった。子猫もアニエスも、ベルナールにとっては〝弱き者〟ということ。騎士である彼が取るべき行動は、実に単純だった。そう意識した瞬間に腹を括る。

ベルナールは外套に包んでいた子猫を見せ、そのままアニエスに差しだした。

「今日から、お前の仕事は子猫の世話係だ」

アニエスははっと、目を見開く。

言葉の意味を察し、驚いたのだろうか。ベルナールにはよくわからない。

「猫の世話についてはジジルに習え。昔、猫を飼っていたから」

「あ、あの、わたくし、は」

呆然とした様子でベルナールを見上げるアニエスに、外套ごと子猫を押しつける。彼女は渡された子猫をしっかりと受け取り、問いかけてきた。

「ほ、本当に、ここにいても、よろしいの、でしょうか？」

「好きにしろ」

「あ、ありがとう、ございます」

「ただし一つだけ、条件がある。契約書になかったことだが」

追加でだされた条件に、アニエスは驚きの表情を浮かべる。それは、街への外出を禁じるというもの。必要な物があれば、ジジルに頼むように、と宣言した。

「これが守れないようであれば」

「はい、問題ありません」

アニエスの答えは即決だった。潤んでいた目はいつの間にかキラキラと輝いている。

あっさりと決めるのでベルナールのほうが驚いてしまうが、子猫の鳴き声が聞こえ、我に返った。

「もしも破ったら、即解雇だからな！」

「はい！」

この深い森の中へやってくる物好きはほとんどいない。屋敷からでなかったら、見つかることもないだろう。そうベルナールは自分自身に言い聞かせる。

「ご主人様、本当に、ありがとうございます」

「いいから、猫について、ジジルに報告するんだ」

「わかりました」

アニエスはぺこりとお辞儀をして、玄関から去った。

最後に見せた表情は、晴れ晴れとしたものである。そんな後ろ姿を、ベルナールは複雑な心境で見送っていた。


夕食後、ジジルより子猫について報告があった。

「ジジル、あの猫は健康面とか大丈夫なのか？」

「ええ、乳離れをしていたので」

子猫は生後一ヶ月ほどで、歯も生えており、離乳食を食べられる状態にあるという。しばらく世話をしていれば、問題なく育つ状態だそうだ。

「あいつには、しばらく猫の世話でもさせておけ」

「承知いたしました」

名前はどうするかと聞かれたが、そういうことは苦手なので、命名も任せることにした。ついでにアニエスを正式に雇うことに決めたことを話す。彼女について誰に何を聞かれても、情報を外に漏らさないようにと釘も刺しておいた。

「口外はしないですよ。レーヴェルジュ家は世間では時の人ですから」

「ジジル、頼んだぞ」

「ええ。家族にも、よくよく言い聞かせておきます」

アニエスについての悩みは尽きない。

今も自分の選択が正解なのか、わからないままでいた。ジジルはそんなベルナールの心の揺れ動きに気付いたのか、どうかしたのかと顔を覗き込んでくる。

「なあ、ジジル。もしもの話だが、ある日突然騎士の位が剥奪《はくだつ》されて、家からも勘当《かんどう》。王都を追いだされることになったら、お前達はどうする？」

ジジルは問いかけに対して目を丸くするが、それもすぐに笑みに変わった。

「だったら、田舎でお店を開きましょうよ。辺境レストラン〝子猫と子熊亭〟とか、どうでしょう？　旦那様が森で仕留めた獣の肉を使い、アレンが料理をだすんです。野菜はドミニクが育てたのを使って、そうだ！　給仕はエリックに任せましょう。お昼は喫茶にして、キャロルとセリアが作ったお菓子をお客様におだしする。可愛らしい看板娘がいるのもいいですね。……なんてことを考えたら、楽しそうじゃないですか？」

「随分と前向きだな」

「人生、なるようにしかならないですからね。楽しくも短い生涯です。悲観的に考えると損をしますよ！」

今まで悩んでいたのが馬鹿らしくなり、盛大な溜息を吐いた。

――人生、なるようにしかならない。悲観すると損をする。

それはベルナールの心に、深く響いた。


翌日、終業後にベルナールはラザールにアニエスのことを報告することにした。

ラザールはただただ驚いていたが、同時によかったと言って、安堵の息を吐く。

「早く報告すべきだとは思っていたのですが」

「まあ、判断としては間違っていない。気にするな」

「はい……。その、彼女は責任を持って、家で保護しますので」

その言葉に、ラザールはしっかりと頷いた。

「オルレリアンの家は王都の郊外だったか？」

「はい。森の奥にあるので、よほどのことがない限り、見つかることはないと」

「わかった。いろいろと大変だろうが、何か問題があれば私も手を貸す」

「ありがとうございます」

張り詰めていた心が、少しだけ楽になったような気がする。ベルナールが思っていた以上に、この問題を一人で抱え込むのは重荷だったと自覚する。ひとまず、ホッと胸を撫で下ろした。

だが、話はこれで終わりではない。

「それともう一つ。エルネスト・バルテレモンの規律違反の件です」

「ああ、それか」

もしもエルネスト・バルテレモンより依頼を受けたことが露見した場合、責任のすべてはベルナールが負うことを告げた。

「その話は聞けない」

「ですが」

「責任を負うのがどちらにしても、私は確実に処罰される。それにバルテレモン卿のことは見逃すわけではない」

「それは、どういうことでしょう？」

かねてより、エルネスト・バルテレモンには黒い噂があったと言うのだ。調査を重ね、アニエスとは別件で告発できればとラザールは考えていると言う。

「バルテレモン卿も、刑期を増やすようなことは喋らないだろう」

「それは、まあ、確かに。情報に当ては？」

「あると言えばあるし、ないと言えばない。まあ、この件に関しては私に任せておけ。もしかしたら、用事を頼むこともあるだろうから、その時は頼む」

「承知いたしました」

とりあえずアニエスについてはベルナールが、エルネストについてはラザールがなんとかするという話でまとまった。

◇◇◇

子猫の世話係を命じられたアニエスは、初めての猫の子育てに挑戦していた。

まず、ジジルに世話の方法について習う。

「と、こんな感じだけど、大丈夫？」

「は、はい。頑張ります」

「わからないことがあったらいつでも聞いてね」

「ありがとうございます」

ジジルは明日、猫を獣医に連れていくとアニエスに伝えた。

「獣医とは、動物のお医者様ですか？」

「ええ、そう」

半世紀ほど前、家庭で飼っていた犬や猫の中で疫病が広まった。動物から人への感染を恐れたのをきっかけに、この国でも獣医学というものが広まったのだ。

今まで愛玩動物《あいがんどうぶつ》の飼育を禁じられていたアニエスは、感心しながらジジルの話を聞く。

「目もね、綺麗に治るから。だから安心してね」

「はい！」

最後に、猫の名前を決めるように言われる。

「旦那様が、ぜひにと」

「えっと、はい。頑張って考えます」

「よろしくね」

今日の勤務は一日中猫の世話をすること。アニエスは頑張ろう、と気合を入れたのだった。


翌日、朝一でドミニクが猫を獣医に連れていった。そこで目に薬を打ち、体を清潔にしてもらう。

診察の結果、痩せ細ってはいるものの、健康体だということがわかった。帰ってきた子猫は、目はまだ半開きだったものの、金色の毛がフワフワで清潔な状態になっていた。名前は一晩考えていたが、決めかねている状態だった。だが、じっくりと猫の姿を見ていたら、突然思い浮かぶ。

命名、ミエル。蜂蜜という意味で、似たような色合いの毛並みをしているので、そう名付けた。

食事は一日に三回～五回。白身魚やササミをくたくたになるまで煮込んだ物を与える。初め、子猫は皿にある餌を口にしなかった。ジジルの助言を受け、指先でササミを掬《すく》って鼻先に近づけると、ようやくぺろぺろと舐め始めた。満腹になって眠る子猫は安心しきったような顔で、柔らかな毛布に包まって眠っている。子猫の世話が一段落したところで、ジジルの手伝いに向かった。

今日はシーツを庭に干す仕事だ。

「アニエスさん、準備はいい？　いっせいの～で、よいっしょっと」

「あっ！」

大きなシーツを二人で持って竿《さお》にかけた瞬間、アニエスの服に異変が起こる。ブチリと鳴った音の正体に気付いたアニエスは、シーツを竿にかけたあと、慌ててその場にしゃがみ込んだ。

「あら、どうしたの?」

「す、すみません!」

涙目でジジルの顔を見上げるアニエスは、胸元を強く押さえ込んでいた。ワンピースの胸辺りにあるボタンが外れてしまったと、頬を染めながらジジルに告白する。彼女の纏う仕着せはお下がりだった。胸の辺りが少し苦しかったものの、今まで言いだせずにいたのである。

「お仕着せは他にもあるけれど、寸法が合っていないのなら意味がないわね」

「本当に、申し訳ないです」

持参したワンピースにエプロンを着けて働くことは許されるかと、アニエスは質問をする。

「汚れるかもしれないけれど、いいの?」

「はい。何枚か、動きやすい服がありますので」

下町の服屋で買ったワンピースは、安価で動きやすかった。枯れ木色だし、汚れも目立たない。

衣装入れに吊るされていたワンピースを取りだし、ボタンが外れた仕着せを脱ぐ。

「え、何それ!?」

ジジルはアニエスの下着姿を見て驚愕する。彼女が身に纏っていたのは、胸を圧迫するような矯正下着《コルセット》だった。

「最近の貴族令嬢って、こんな下着を着けているの?」

「え? はい。一般的な物かと」

社交界の流行は胸元から腰にかけての、すらりとした細身のシルエットを作りだすことだった。

そのために必須な胸を潰して腰を絞る矯正《きょうせい》用の下着は、貴族令嬢ならば誰でも着用をしている。

「胸を潰しても、厚みがあったから、ボタンが外れたのね」

「え、ええ、そう、ですね。お恥ずかしい話ですが」

恥ずかしそうにしているアニエスを見ながら、貴族の美意識は理解できないと、ジジルは呆れる。

「アニエスさんその下着、止めない？　きついでしょう？」

「ええ、ですが」

アニエスは目を伏せて頬を紅《あか》く染めながら、大変な肉の付き方をしているのだと告白する。

「そんなことないって」

「ですが、同じ年頃の女性達は、とてもすっきりしていて、スタイルがよくて」

「気にしなくてもいいのよ。体型は人それぞれなのだから。それよりも他の下着は？」

「四枚ほど持っております」

ジジルは形状など確認したが、残念なことにどれも同じような意匠《デザイン》だった。

「アニエスさん、下着を新調しないといけないわ。体に負担がかかる下着を着けたままじゃ、しっかり働けないと思うの」

下着を買う余裕なんて、今のアニエスにはない。愕然《がくぜん》とした表情を浮かべ、がっくりと肩を落としてしまう。

「体に合った下着を着けていないと、せっかくのシルエットも崩れてしまうわ」

「わ、わかりました。新しい下着を揃えます」

「私が街で見繕って、買ってきてあげるわ。その前に、寸法を測りましょう」

「お願いします」

アニエスの初給料は、下着を買うことになりそうだった。

◇◇◇

帰宅したベルナールを、エリックが迎えた。珍しいことに、背後には彼の双子の妹である、キャロルとセリアがいた。

「お前ら、何か企んでないか？」

「そんなことないよ！」

「そんなことないって！」

双子の姉妹は、エリックが一日の報告をする場にもついてきた。

「それで、新しいお仕着せの話ですが」

アニエスと、成長期で寸法が合わなくなったキャロルとセリアの仕着せを注文する話になった。

「旦那様、お願いがあるの！」

「欲しいお仕着せがあって！」

「はあ？」

素早く机の上に、仕着せの商品目録《カタログ》が広げられた。

「パフスリのお仕着せを買ってください！」

「頑張って、働くから！」

「なんだ、ぱふすりって」

パフスリ――それは袖口がふんわりと膨らんだ服のことで、正式名称はパフスリーブ。近年の女性使用人はパフスリーブの仕着せを着ている場合が多い。欲しがる理由を聞いてみると、見た目が可愛いからだと主張する。ただ、ジジルはそんな服は必要ないと言っているらしい。エリックに泣きついた姉妹は、ベルナールに直接頼み込めばいいと助言していたようだ。

「お前らなあ、今日も朝、髪の毛のことでジジルに怒られていたじゃないか」

姉妹の学校は、規則で派手な髪型は禁止と決まっていた。母親《ジジル》に三つ編みのおさげにしていくように言われていたが、時代遅れだと言って頭の高い位置に二つ結びにしていたのだ。

「明日から、毎日おさげで登校するから！」

「ゆる編みじゃなくて、きっちり編むから！」

二人の猛攻を受けている間にふと、垢抜けたアニエスを目立たなくさせる方法を思いつく。

おさげの三つ編みにすれば、多少の時代遅れ感や野暮ったさを演出できるのではと。

「それだ！」

「え、いいの？」

「わ、いいんだ！」

ヤッター！　と喜ぶ双子の声で、ハッとなる。アニエスの変装に対しての言葉であったが、キャロルとセリアに勘違いをさせてしまった。でもまあいいかと思い、パフスリーブの仕着せを許すことにした。キャロルとセリアは、ベルナールの執務机の上に置いた商品目録《カタログ》にある仕着せを見ながら、あれじゃない、これじゃないと選び始めた。

「お前ら、自分の部屋で選べよ」

「だって、旦那様が好きな意匠《デザイン》がいいでしょう？」

「可愛いのと、大人っぽいのと、どっちがいい？」

「お前らの服装なんか、死ぬほどどうでもいい」

「酷い！」

「酷すぎる！」

非難轟々《ひなんごうごう》に耐えきれず、渋々と商品目録に視線を落とした。袖の膨らみ《パフスリーブ》の仕着せは、裾の長さは普段纏っている物よりも少しだけ短い。ふんわりと広がるスカートは最先端の意匠で、付属のエプロンの肩や裾にはフリルが付いていた。全体的にぐっと華やかな印象がある。

「なんだよ、これ。スカートも短いし、チャラチャラした服装だな」

「最近は、これが流行《はや》りなのですよ！」

「スカートが長いと掃除の時、邪魔なのですよ！」

「そ、そうかよ」

ベルナールは双子の勢いに圧倒される。

散々盛り上がったあとで、エリックが妹達の暴走を注意した。

「キャロル、セリア、旦那様にそのような口を利いてはいけません」

「はあ～い」

「わかりましたあ～」

「お前、妹に注意するのが遅いんだよ」

「申し訳ありませんでした」

しれっとした表情でエリックは謝罪し、キャロルとセリアに下がるよう命じる。

エリックは不機嫌顔となった主人に、アニエスの仕着せはどうするかと聞いてきた。

「いや、どれでもいい――」

女性の格好など口出しすべきではないと思い、いつも通りジジルに任せようとしてた。だが、アニエスが〝パフスリーブとやら〟を着たら、今以上に垢抜けてしまうことに気付く。ベルナールはパラパラとページを捲《めく》り、最後のページにあった丈が長く、普段ジジル達が着ている服よりも古めかしい、老婆が纏っている絵の仕着せを指差す。

「あいつのお仕着せはこれにしろ」

エリックは商品目録の絵を覗き込み、目を細める。「こんな野暮ったい服を頼むのですか？」と訊ねたいような表情だった。

「何か文句があるのか？」

「いいえ。では、そちらを発注しておきます」

「頼んだぞ」

これで仮にアニエスが客人などに見つかっても、地味で垢抜けないメイドにしか見えないだろう。

「旦那様、アニエス・レーヴェルジュが、今日一日の報告をしたいと」

「ああ、子猫の世話係のレーヴェルジュな。呼んでこい」

「かしこまりました」

しばらく待っていたら控えめに扉が叩かれる。ベルナールは執務机からテーブルのある長椅子に移動し、腰かけて返事をした。籠を手にしたアニエスが、ゆっくりと部屋に入ってくる。

「ご主人様、おかえりなさいませ」

「ああ」

長椅子に座るように命じると、貴族令嬢の綺麗なお辞儀をしてゆっくりと腰かけた。勤務時間ではないからか、自前と思われる白のワンピースを着ている。役目を得て安心したのか、表情は穏やか。すっかり調子を取り戻したからか、顔色も良く、髪も艶々《つやつや》と輝いていた。なんでこのような上品なご令嬢が家にいるのかと、ベルナールは改めて不思議に思ってしまった。とりあえず、今日のところは深く考えることを放棄する。

「お疲れのところ、申し訳ないです」

「いや、別に疲れてない」

「さようでございましたか。わたくしったら、気が利かずに……」

そこで、会話が途絶えた。なんとも言えない気まずい空気が二人の間に流れる。アニエスはかける言葉が見つからなかったようで、膝の上にあった籠をわずかに上げて「猫です」とだけ言った。

だからなんだ、という返しを、ベルナールは口から出る寸前に呑み込む。

「あの、名前、決まりました。ミエルといいます」

「蜂蜜《ミエル》、か」

「はい」

アニエスは一日の子猫の様子を語っていく。彼女にとってはかなり充実した時間を過ごしたようだ。ちょうどいい役目があったものだと、楽しそうに語るアニエスをぼんやりと眺めていた。

「あ、そうだ。契約書」

外出禁止を付け足した契約書を新たに作っていたのだ。もう一度、署名をしてもらおうと執務机から持ってくる。ペンとインクの壺は机の上に置き、まず契約書だけ差しだした。アニエスは籠に入っている猫を隣に置いて書類を受け取る。顔前に紙を持っていき、しっかりと内容を読み込んでいく。読み終えたら契約書をテーブルの上に置き、目を凝らす。一連の様子は、なんとも不便そうに見えてしまった。

「お前さあ、なんで目が悪いんだ？」

アニエスはパチパチと瞬《またた》き、ベルナールの顔を見る。一拍置いてから、質問の意味を理解すると、頬をカッと紅く染めた。

「そ、それは、その、お恥ずかしい話なんです」

「言いたくなければ言わなくてもいいが」

「い、いえ、聞いて、いただけますか？」

アニエスは懺悔《ざんげ》をするように、ポツリポツリと語り始める。

「実は、暗いお部屋で本を読んでいたら、視力が落ちてしまったんです」

「なんでそんな状態で本を読んでいたんだよ」

「父や使用人から隠れて読むためです」

アニエスは夜、本を読むことだけが日々の楽しみだったようだ。

「最初は母が亡くなったあとの、父の変化がきっかけだったんです」

今までアニエスに対して何も言っていなかったのに突然、王族との結婚を目論《もくろ》みだしたのだ。

当時のアニエスは十二歳。貴族子女が行うべき教育課程は一通り終えていたが、王族に嫁ぐために学ばなければならないことは山のようにある。それを社交界デビューの三年後までに終えるよう強要したのだ。当然ながら、短期間で終わる量ではない。毎日代わる代わる家庭教師が出入りし、アニエスは勉強三昧となった。唯一、心が休まる時は孤児院へでかける時だけだった。

社交界デビューが近づくにつれ、アニエスへの教育は朝から晩までと、わずかな暇もないほどに予定が詰め込まれていた。無理がある毎日と父親からの圧力が心労となり、とうとう夜、眠れなくなってしまう。救いは孤児院への慰問をするようにと、父から命じられていたことだった。

「追い詰められたわたくしは、孤児院の修道女《シスター》様に、不眠であると相談をしたのです……」

修道女が勧めてくれたのは、街で流行っている小説だった。寝る前に読めば眠くなると言って、たくさんの本を貸してくれた。アニエスにとって、物語の中の自由な世界は驚きの連続だった。冒険ものに、友情もの、喜劇など、様々な本を修道女より借りて読む。

どれも子どもが読むような本だったが、夢と希望にあふれた心躍《おど》る内容だったのだ。

「なるほどな。親に隠れて、暗い部屋で本を読んでいたと」

アニエスは暗い表情でこくりと頷く。

そんな事情もあって、社交界デビューをする年には、すっかり目が悪くなっていたようだ。

「社交界デビューの前夜まで、とある冒険小説に夢中になっていまして」

「何を読んでいたんだよ」

「〝熊騎士の大冒険〟という作品にはまっていたんです」

熊騎士の大冒険――それは鎧を纏い、剣を佩《は》いた熊と猫の姫君の冒険物語であった。

　ベルナールと出会った際、付添人から〝熊のように強い男《ベルナール》〟という名の騎士だと聞いたアニエスは、熊騎士だと思って嬉しくなった。どんな人物なのかと気になり、目を細めて姿を確認した。視界の中で見えたのは、背が高くて背筋がピンと伸びた、同年代の少年。優しい目に茶色い髪を持つベルナールは、物語の中に出てくる熊騎士のように思えたとアニエスは語る。

「お話したいと思ったのですが、オルレリアン様はすぐにいなくなってしまい……」

「勘違いをしていたからな」

「勘違い、ですか？」

「ああ。お前が目を細めた時、馬鹿にされたと思ったんだよ」

「そ、そんな、どうして？」

「やっぱり、気付いていないのだな」

　ベルナールはアニエスに説明する。目を細くし、凝らして見る行為は、人を蔑み、睨んでいるように勘違いされると。事実を聞いたアニエスは、衝撃を受け、しばらく呆然とする。そして消え入りそうな声で、「申し訳ありませんでした」と謝罪をする。悪気はまったくなかったとも。

「ずっと眼鏡《めがね》を、と思っていたのですが、目が悪くなったことを父に怒られるのが、怖くて……」

「まあ、女で眼鏡かけている奴なんかいないからな」

　眼鏡をかけるのは、中高年の男性ばかりだった。高価な品で、眼鏡自体にも重量があり、女性がかけるには負担が大きいという理由もある。騎士団では事務員がかけていたような、と記憶を蘇らせた。事務員の分厚いレンズが二枚並んだ眼鏡は、とても快適な品物には見えなかった。

「結局言いだせないままこのような身分となり、手の届かない品物となってしまいましたが」

アニエスは「自業自得です」と寂しそうに呟いていた。

確かに目が悪い原因を作ったのはアニエスだが、彼女が長年身を置いていた環境は気の毒でしかなかった。言ってしまえば、父親の野望のせいで、アニエスは今、このようになってしまったのだ。

どうにかできないものか、と考えるも、アニエスと目が合った瞬間、我に返る。

彼女は使用人で、ベルナールは主人である。適切な距離感を取らなければ、と自身に強く言い聞かせた。

◇◇◇

本日のベルナールは休日――にもかかわらず早起きして身支度を整え、枕元に置いていた剣を掴んで外にでる。雪こそ降っていなかったが、吹く風は肌に突き刺さるほどに冷たい。

薄暗い中、庭師のドミニクは早朝からせっせと働いていた。

「おはよう、ドミニク。相変わらず早いな」

ドミニクは帽子を上げ、会釈をする。屋敷で一番の大男は、薪《まき》を担《かつ》いで裏庭に向かっていた。

ふいに、風がびゅうびゅうと強くなる。敢《あ》えて向かい風となるような位置に立ち、剣を抜いて素振りを始めた。ひゅん、ひゅんと重たい音が庭に響き渡る。。回数などは数えていないが、陽が昇れば終了となった。剣を鞘《さや》に収めれば、背後より気配を感じる。

「おはようございます、ご主人様」

振り返ればアニエスがいて、はにかんだ笑顔を見せながらタオルを差しだしてくれた。

ベルナールはタオルを受け取り、額の汗を拭《ぬぐ》う。

「お食事の準備が整ったようです」

「ああ、わかった」

ふと、ベルナールはある違和感に気付く。アニエスが纏っているのは、出会った時に身に着けていた安っぽい作りのワンピースだった。それに、いつもの薄い生地のエプロンをかけている。

陽の下で見ると、そのワンピースはアニエスには大きすぎて合っておらず、不格好な姿に見えた。

「お前、お仕着せはどうしたんだよ」

アニエスはバツが悪そうな表情を見せたかと思えば、俯いてしまう。何かあったのか尋ねると、消え入りそうな声で、以前着ていた仕着せは寸法が合っておらず、ボタンが取れてしまったことを打ち明けた。

「腕を上げたらボタンが弾《はじ》け飛んだって、そんな馬鹿な」

「ほ、本当、なのです。ジジルさんも、見ておりました」

「でも、ボタンが飛ぶとか、どうしてそんなことになったんだ？」

「す、少し……………なのです」

「なんだって？」

「わ、わたくしは、す、少し太《ふと》やか、なの、です」

「はあ⁉」

アニエスの体を、頭からつま先まで見る。大きめの服を着ているので、姿形がはっきりわかるわけではないが全体的にすらりとしていた。それを太っていると言うのは、首を傾げる主張であった。

「どこが太ってんだよ」

「今は、その、矯正下着《コルセット》で体を絞っているので」

「こるせっと?」

「はい。金具の入った下着で、紐《ひも》で縛《しば》って体の線を整える物です」

「それって苦しくないのか?」

「それは……はい。苦しみは伴います」

「なんでそんなことするんだよ。わけがわからん」

「ええ、やっぱり、そう思いますよね」

話せば話すほど、アニエスの声は暗く沈んでいく。矯正下着なんか着けて仕事ができるわけがない。着けるのを止めろと言ったが、他に下着を持っていないので、今日ジジルが下着を買いにいくまでの我慢だと言っていた。

「まあ、代わりがないのなら、仕方がないが」

「申し訳ありません」

「いや、いいけどよ」

大袈裟に落ち込むアニエスを気の毒に思ったベルナールは、一言声をかける。

「お前がどれだけ太っているのかは知らんが、酷く痩せ細っているよりは太っているほうがいい」

猫だってそうだ。ガリガリにやせ細っていたら、気の毒になってしまうから。

アニエスはパッと顔を上げ、ベルナールを見上げる。

「そ、それは、ほっそりとした女性よりも、ふくよかな女性が好ましい、ということですか?」

「女性⁉　いったいどうして好みの問題になるんだ⁉」

「お聞かせいただけますでしょうか？」

これまでにないアニエスの迫力に、ベルナールは圧《お》されてしまう。しどろもどろになりながらも、答えを振り絞った。

「いや、その、まあ、痩せているよりも、ふっくらしていたほうが健康的でいいと思う」

その答えに、アニエスの暗かった表情がぱっと晴れた。

「よかったです。社交界デビュー前からの悩みだったので」

「いや、お前はもっと太れよ。腕なんかこんなに細い――」

何度かアニエスの腕や手首を掴んだことのあるベルナールは、再び掴んで確かめる。手首を掴まれたアニエスは、服の上からだったのにもかかわらず、顔を真っ赤にした。

それを見たベルナールはぎょっとして、慌てて手を離した。

「す、すまない」

「い、いいえ。お気になさらないで、ください」

この時になって、相手が箱入りのご令嬢だったと思い出した。そうでなくても、妻以外の女性に気軽に触れていいわけがない。互いに照れた状態で顔を逸《そ》らしたまま、次の行動に移ることもできず佇《たたず》むだけ。そんな彼らの様子をじっと眺めていた影が、ついに動きだす。

「アニエスさん」

「は、はい！」

ジジルの呼びかけに、アニエスだけでなく、ベルナールもビクリと肩を震わせる。

「今、忙しいかしら？」

「いいえ」

二人の会話を聞きながら、人の気配に気付かないくらい動揺していたのかと、ベルナールは自身を恥じていた。

「だったら、厨房の手伝いをお願いできる？」

「はい、わかりました」

アニエスはベルナールに深々と頭を下げ、小走りで去っていく。

庭からいなくなったのを確認して、ジジルはベルナールに耳打ちした。

「旦那様、一つ、言わせていただきます」

「な、なんだよ」

「この先、もしもアニエスさんに手をだした場合は、責任を取って結婚をしていただきます」

「は、はあ!?　なんでだよ!!」

「世間ではそれが当たり前です」

「つーか、手なんかだしてないし!!」

「だしていました。未婚女性は宮廷舞踏会の舞踏などを除いて、夫以外の殿方が触れていい相手ではないのですよ。それに、そろそろ結婚について考えるよう、旦那様の母君よりお手紙も届いております」

「母上から手紙だと!?　いつきた!?」

「昨日です」

ジジルがエプロンのポケットから取りだした手紙を、ベルナールは奪い取ろうとしたが、手にする寸前で避けられてしまう。

「こちらは旦那様宛ではありません。私宛です」

ジジルはベルナールの母オセアンヌからの手紙の一部を読み聞かせる。

それは、一向に結婚をしない息子を心配するものだった。

「近々、オセアンヌ様が、王都にいらっしゃいます」

「はあ、なんで母上がここにくるんだ!?」

「旦那様の結婚相手を探してさしあげるそうです」

「いい、結婚は、まだいい。それに、このボロ屋敷に嫁ぎたい貴族の女なんかいるわけないだろ！」

「オセアンヌ様は、結婚相手は貴族のご令嬢でなくてもいいとおっしゃっています」

性格が良くて、ベルナールを愛してくれる人なら大歓迎だと書かれていたとか。

「オセアンヌ様は、有言実行の方です」

心当たりがあったベルナールは、思わず白目を剥いてしまう。彼の母オセアンヌは昔から行動力があり、達成するまで諦めない、粘り強い人物でもあった。

もしかしたら、無理矢理結婚をさせられることになるのではと、額に汗が浮かぶ。

「俺は、まだ、結婚なんてしない！」

「私ではなくて、オセアンヌ様におっしゃってくださいよ」

〝強襲第三部隊〟に配属されて二ヶ月。新しい職場や仕事に慣れておらず、アニエスのこともあって、いっぱいいっぱいの状態であった。まだ、結婚する余裕なんてどこにもなかった。

「おい、母上にくるなと言え！」

「一介の使用人である私が、オセアンヌ様に意見なんて言えるわけがないでしょう」

「いいから、なんとかしろよ！」

「難しいですね」

軽く流された上に、すでに貴族男性の結婚適齢期なのだから、腹を括ったらどうかと言われてしまう。だが、ベルナールはつい先日大きな決意を固めたばかりで、次から次へとできるわけもないとジジルに訴える。

「情けないですね」

「そういう個人の感覚で、人を測《はか》るな！」

「それもそうですね。申し訳ありませんでした」

ジジルはこれで話は終了とばかりに会釈をし、庭から去ろうとした。

ベルナールは慌てて引き止める。

「おい！」

「旦那様、使用人の朝は忙しいのです」

「いいから、聞け。いいか、ジジル、俺はまだ、結婚したくない！」

「それは先ほど聞きました」

「だ、だから、まだ、結婚をしたくないから、助けろ」

「人にものを頼む態度ではないですね」

主人と使用人という関係にあったが、彼にとってジジルは育ての母だ。

幼少期より逆らえない人物の一人である。ベルナールは姿勢を正し、頭を下げながら乞《こ》う。

「ジジル、どうか俺を、助けて、ください」

「わかりました」

「え？」

「なんで驚いているのですか」

「い、いや、本当に、できるのかと思ったから」

「ええ、可能です」

駄目元で頼んだことだったが、ジジルはあっさりと「結婚を回避する方法がありますす」と答える。

「それは、どういう――」

「簡単なことです」

ジジルはにっこりと微笑顔をベルナールに向けて、言い放った。

「アニエスさんに、婚約者役をお願いすればいいのですよ」

ジジルの言葉を聞いたベルナールは、目を見開いて硬直していた。そこへ、屋敷の裏口からでてきたキャロルとセリアが走り寄る。

「お母さん、これでいい？」

「きちんと三つ編みにしているでしょう？」

「ええ、合格。いってらっしゃい」

双子はベルナールにも朝の挨拶をし、元気よく学校にいった。ジジルは娘達の後ろ姿に手を振る。

「すごいですね、パフスリーブの仕着せ効果。私が着るのはちょっとごめんですけれど」

ベルナールは目を見開いたまま、返事もせずにその場に立ち尽くしていた。

だが、ジジルが去ろうとしたので、全力で引き止める。

「ま、待て！」

「旦那様、本当に使用人の朝は忙しいのです」

「いや、あいつを婚約者役にって、それ以外にないのか？」

「ないですね」

ジジルははっきりと断言する。加えて、アニエスには自分から頼むようにとも。

「旦那様、頑張ってくださいね」

「た、他人事だと思って……！」

「いや、他人ですし」

「ジジルの薄情者！」

いくら喚いても、ジジルには通用しない。ベルナールは幼少期ぶりに、泣きたくなってしまった。


ベルナールは私室に戻り、どうしたものかと頭を抱える。母オセアンヌが王都までやってくることは想定外だった。過去の様々な記憶が蘇り、戦々恐々とする。

一番上の兄は幼少時代から婚約者がいた。それも、オセアンヌが取り持った相手だ。二番目の、のんびり屋の兄も一向に結婚せず、仕事ばかりしていた。二十五をすぎた時に、オセアンヌが結婚相手を見つけてきたのだ。三番目の兄も、二年前に結婚をした四番目の兄も、オセアンヌの介入によって結婚している。兄達は皆、夫婦円満、子宝にも恵まれ、順風満帆《じゅんぷうまんぱん》な生活を送っていた。

しかしながら現状として、それを羨ましいとは感じない。結婚なんて、足枷《あしかせ》になるだけだろう、とベルナールは考えていた。

どうにか回避する手段はないものかと考えるも、オセアンヌはやると言ったら達成するまで帰らないだろう。焦りから、額に汗が浮かんだ。心を落ち着かせるために書類整理を行うことにしたが、屋敷の修繕費が書かれてある物を掴んでしまい、かえって落ち込むことになる。

これではいけないと頬を打って気合を入れ、書類の前では現実と向き合うことにした。


昼すぎとなり、ジジルがベルナールの執務室にやってくる。

「旦那様、お昼はこちらで召し上がりますか？」

「ああ、そうだな」

虚《うつ》ろな目で書類を綺麗に揃え、処理済みの箱の中へと入れる。ジジルが去ると、大きな溜息がでてきた。仕事を終えて頭の中に浮かぶのは、〝結婚〟の二文字。

現状、結婚を回避するには、アニエスの手を借りるしかない。婚約発表後の対処は、そこまで難しいものではなかった。不仲による婚約関係の破綻は社交界では珍しい話ではない。そのため、その辺は適当に誤魔化せるだろうと考えている。貴族の結婚が家と家の繋がりを強めるものというのは大貴族だけで、そこそこの家柄の者達はわりと自由だったのだ。

食事が運ばれてくる前に、エリックから銀盆に載った手紙が届けられる。宛名を見て、盛大に溜息を吐いた。それは、恐れていた相手――オセアンヌからの手紙だった。

エリックを下がらせ、すぐに開封する。手紙は七日後に、オセアンヌが都に到着するというものだった。行動があまりにも早すぎる。ベルナールは理解に苦しんだ。アニエスに頼むなら早いほうがいい。そう思ってエリックを呼び戻した。

「エリック、やっぱり食事は食堂でする。レーヴェルジュ、あいつも一緒だから、呼びにいってほしい」

「かしこまりました」

緊急事態なので仕方がない。ベルナールは酷く焦っていて、冷静な判断ができなくなっていた。

それから、エリックにオセアンヌの訪問についても伝えておく。ジジルから聞いていたからか、来訪予告にも動揺の欠片《かけら》も見せずに、「承知いたしました」と返事をし、会釈をしてでていった。

食堂にいっても、あれやこれやと思い悩んでいるところに、アニエスがやってきた。

「失礼いたします」

ベルナールは向かい合う席に座るよう、指示をだす。

「話があって呼んだ」

「はい」

アニエスが着席をしたのと同時に、食事が運ばれる。薄く切ったバゲットにレンズ豆のスープ、キノコのキッシュ、鶏肉の野菜煮込みなど、ベルナールの好物が並べられた。それをアニエスと共に、食すことになる。

「あの、わたくしも、ここで、ご主人様と同じ食事をいただくのですか？」

「ああ。冷める前に食え」

「はい。ありがとうございます」

　平静を装っているが、途中で料理をまったく味わっていないことに気付く。そもそも、女性と一対一で食事をするのも初めてで、異常に緊張していた。せっかくの料理がもったいないと思い、気を取り直して食事に集中した。しっかり残すことなく食べきったあとで、本題に移る。

「それで、話だが」

　アニエスに婚約者役を頼む。至極《しごく》簡単な願いであったが、なかなか口にできなかった。だが、このままだと確実に母都合の結婚話をまとめられてしまう。それはどうしても避けたかった。

「じ、実は、頼みがあって」

「はい。なんなりとお申し付けくださいませ」

　その返事を聞いて、余計に言いにくくなった。アニエスはベルナールのただならぬ様子を見て、居住まいを正していた。

　口の中がカラカラになる。動悸《どうき》も激しい。言いたくない。だが、言うしかない。膝の上に置いた手を握り締め、アニエスへと打ち明けた。

「俺の、婚約者になってほしい」

「え？」

　二人の動きが当時に止まった。ベルナールは間違って婚約者になってほしいと言ってしまった。額にぶわっと汗をかく。

　一方、アニエスは突然の申し出に混乱していた。双方、顔を真っ赤にしている。

「わ、わたくし――」

「ち、違う、間違った。少し、困っていることがあって、〝婚約者の役〟を、してほしい」

「あ、役——そ、そういうこと、でしたか。勘違いを、してしまいました」

「いや、俺の言い方が悪かった」

ベルナールは額に汗をかきながら事情を語った。アニエスが真剣な顔で話を聞いてくれることが救いであった。ありがたいと心の底から思う。

「一応、非常識なことを頼んでいるという自覚はある。嫌だったら、断っても、いい」

返事は明日にでも聞かせてくれと言ったが、アニエスはその場で承諾《しょうだく》した。

「ご主人様のお役に立てるのなら、喜んで」

「いいのか？」

「はい。演技など、できないかもしれませんが」

「いや、隣にいてくれるだけでいい」

「はい、承知しました」

とりあえずホッとした。これで結婚をしなくて済む。感謝の言葉と共に頭を下げると、アニエスはにっこりと微笑んでいた。

ふと、ベルナールは思う。どうして彼女のことを気位が高くていけすかない女だと勘違いしていたのかと。アニエスが心優しい女性だと知っていたら、もっと別の方法で支援していた。

例えば——と考えたが、妻として娶り、生活を支えることしか思いつかなかった。

ないない、ありえない、と首をぶんぶん横に振る。

「あの、どうかなさいましたか？」

「な、なんでもない！」

ベルナールは顔が熱くなっていることに気付き、どうして照れているのか、自分のことながら意味不明だと思っていた。

何はともあれ、アニエスには返しきれないほどの恩ができそうだ。今後はできる限り、アニエスのことを助け、支援しようと思った。


翌日は憂《うれ》い事が一つ消えたことで、晴れやかな気持ちで出勤した。

終業後、ベルナールはラザールに呼びだされる。話はアニエスについてだった。

ちょっとした提案だと前置きをして、ラザールは話し始める。

「うちの分家なんだが、南部にある村を所領していてな」

名産は葡萄酒《ぶどうしゅ》。果汁のように甘く、口当たりのいい酒は葡萄酒の女王とも呼ばれていた。村に出入りするのは商人ばかり。森の奥地にあり、観光客も訪れない。のどかで平和な場所らしい。

ラザールは、その村でアニエスが暮らすのはどうかと聞いてきたのだ。

「アニエス嬢も、王都にいるよりは、自然豊かな場所でゆっくり過ごすのもいいかと思うのだが」

「それは、そう、ですね」

もしもアニエスが望むのなら、客人として迎える準備を行うと話す。

先方も若い娘なら大歓迎だと言っているようだ。

「しかし、どうして若い娘なら歓迎するのですか？」

「村には、若い娘さんが少なくて、結婚相手を探すのに苦労しているらしい」

分家の子息は五人いて、その内、三人が独身だった。

その話を聞いたベルナールは、なんとも言えないような、もやもや感を覚える。

「どうかしたのか？」

「この辺が少し、重たく感じて」

「昼食の食べ過ぎか？」

そうかもしれない。ラザールは医務室で整腸薬を貰ってくるように助言してくれた。

「移住については本人に聞いておきます。その、ちょっとこちらの事情があって、すぐに、というわけにはいきませんが」

「ああ、頼む」

アニエスがのんびり穏やかに暮らせる場所が見つかった。

ベルナールの故郷よりもはるかに田舎だったが、その分、王都の噂話も届かないだろう。

とりあえず、オセアンヌとの問題が解決したらアニエスに話をしてみることにした。

◇◇◇

朝、猫のミャアミャアという鳴き声でアニエスは目を覚ます。

まだ、陽も昇っていないような時間だ。起床時間ではなかったが、空腹を訴えているような鳴き声なので、起きようかと瞼《まぶた》を擦《こす》る。ミエルは母猫から乳を貰っていた時の癖で、アニエスの胸辺りを足で何度も圧迫《ふみふみ》していた。これは、母親の乳の出をよくするための行動だという。

彼女は一生懸命なミエルに対し、「お乳はでません……」と申し訳なさそうに謝罪する。

毎晩一緒に寝ているので、いつもこのような状態になっていた。ちなみに、ドミニクが作った猫用の寝床はあるが、そこを抜けだしてアニエスの布団に潜り込むのも毎晩のことだ。

ミャアミャアと餌の要求をするミエルに、アニエスは少し待つように話しかける。

チェストから仕着せ代わりの灰色のワンピースと新しい下着を取りだし、寝台の上に置く。

まず、ぶかぶかな棉《めん》の寝間着を脱ぐ。絹製の物しか纏ったことのなかったアニエスは、初めこそ着心地の悪さを覚えていたが、一週間も経ったら慣れた。案外、適応性に富んでいるものだと、自らのことながら感心していた。

寝間着の下は何も身に着けていない。それは、子どもの頃からの習慣だった。下ばきを穿《は》き、真新しい下着を着込んだ。

ジジルが買ってきてくれた下着は、以前の矯正下着《コルセット》よりも圧迫が少ない。けれども上手く着用しないと、服が入らないのだ。

ワンピースを着て、上からエプロンをかける。鏡の前で髪を一つにまとめ、洗面所で顔を洗い、歯も磨く。最後に、化粧台の前で薄い化粧を施《ほどこ》し、髪の毛を左右二本の三つ編みに編み直し、後頭部でまとめれば身支度は完成となる。ずいぶんと少なくなった化粧品を見て、アニエスは小さな溜息を吐いた。これは貴族時代に使っていた品だが使いかけということで、押収されなかったのだ。

当然ながら同じ物を買う金はない。それを思えば、余計に切なくなる。

ミャアミャアという鳴き声を聞いて、ハッと我に返った。本来の目的を思い出す。ミエルを籠に入れ、三階にある使用人用の簡易台所へと向かった。猫の餌作りは、ここでするように勧められていたのだ。誰も使っていなかったようで、今は完全な猫の餌作り専用の台所となっている。アニエスは慣れない手つきで包丁を握り、ミエルのために食事を作る。待ちきれないのか、籠の中でミャアミャアと元気よく鳴いていた。

途中、コンコンと扉が叩かれる。入ってきたのはジジルであった。

「おはよう。朝から元気ねえ」

「おはようございます。ジジルさん」

手には朝食が載った皿を持っていた。アニエスとジジルの分である。

ミエルの〝ササミのくったり煮〟を鍋の中で煮込んでいる間、朝食の時間となる。

「ミエル、あなたはもうちょっと待っててね」

ジジルはそう言って、ミエルが入っている籠に布を被せていた。こうすると、不思議なことに大人しくなるのだ。皿の上には、昨日の残りの三日月パンに、バターの欠片、炒ったふわふわ卵、皮が弾けた腸詰め、梨《なし》が一切れ。アニエスはジジルがくることをわかっていたので、彼女の分もカフェオレを淹《い》れていた。それをなみなみとカップに注ぐ。

手を洗い、膝の上に朝食の載った皿を置く。食卓はないので、このような状態になってしまう。

「猫、まだ布団に潜り込んでくる？」

「ええ。せっかく寝台を作っていただいたのですが」

布団に潜り込むのは子猫時代だけかと思いきや、成猫になってからもしてくるようだ。

夜、猫がいると、ぬくもりにホッとしてぐっすりと眠れる。大きくなっても一緒に眠れることがわかり、アニエスは嬉しくなった。

お喋りをしながらジジルはカフェオレに一口大にちぎった三日月パンを浸《ひた》し、滴《したた》らせずに口の中へと放り込む。アニエスも同様に砂糖とミルクたっぷりのカフェオレにパンを浸した。昨日のパンといっても、竈《かまど》で温めているので表面はカリカリ、表面にまぶしてある砂糖が溶けて甘い香りを漂わせている。そんなパンと、カフェオレの相性は抜群であった。

「おいしい……」

思ったことが口にでてしまい、アニエスは恥ずかしくなる。ジジルは気にも留めずに「これが一番の食べ方よねえ」と返していた。

貴族として暮らしていた頃はありえない作法であったが、驚くほどおいしかったのだ。

「外の世界はいろいろと、知らないことばかりで、毎日が新鮮です」

「楽しい？」

アニエスははにかみながら、コクリと頷いた。

朝食を終えたアニエスは、ミエルのササミを皿に押して潰し、食べやすいようにする。冷えるのを待ってからミエルに与えた。待望の食事の時間となって、ミエルは興奮している。だが、まだ皿の上からは自力では食べられない。アニエスは指先でササミを掬い、口元へと持っていく。舐める子猫の舌先をくすぐったいと思いながら、食事風景を見守っていた。食後、排泄《はいせつ》を促すのも忘れない。子猫は自力でできないので、濡らした温かい布などで尻を刺激する必要があるのだ。

ミエルはこのまま台所の片隅で留守番となる。三十分おきに見にいくようにしているが、念には念を入れて、周囲に危険がないか確認した。それが終われば一階に降りていく。

ジジルに手伝える仕事がないか聞くと、洗濯に床掃除、風呂掃除など、使用人の仕事は山のようにあった。一つ作業を終わらせて、ミエルを見にいき、また手伝いに戻る。それらを繰り返しているうちに、あっという間に昼になるのだ。ミエルに餌を与え終わったのと同時に、ジジルが食事を持ってきた。アニエスは礼を言って皿を受け取る。

「そういえば昨日、旦那様から聞いた？」

「お母様がいらっしゃるお話でしょうか？」

「そう。それと、作戦について」

作戦とはアニエスに婚約者役を頼むという話である。

本当に大丈夫なのかと、ジジルは聞いてくる。

「上手くできるかわかりませんが、精一杯努めようかと、思っています」

「アニエスさん、無理はしなくてもいいのよ？」

「無理はしていません。わたくし、嬉しかったのです」

「婚約者役ができることが？」

「はい。わたくしにも、お役に立てることがあるのかと」

「あ、そっちね。でもどうして、アニエスさんは旦那様のためにそこまでしてくれるの？」

「ご主人様に、ご恩があるのです」

「元々、知り合いだったってこと？」

「いいえ、一方的にわたくしが――」

「わたくしが？」

「な、なんでもありません」

思わず口にしそうになった極めて個人的な感情を呑み込み、アニエスはベルナールより受けた恩を語りだす。

「とあるお茶会で、助けていただいたのです」

社交界デビューの一年後。アニエスは第二王子主催の茶会に招待された。彼女の父はまたとない機会だと言い、王子と接触するように命じていた。父親曰《いわ》く、社交界デビューは大失敗だった。宮廷舞踏会の場で、王子より見初《みそ》められることを想定していたらしい。そのため、今回は失敗をしないようにと、強く言い含められていた。

茶会の前夜、アニエスはまったく眠れなかった。精神的な負荷が、彼女の安らかな睡眠を妨害していた。朝食もまともに喉を通らず、フラフラな状態で茶会に向かう。

まず、人の多さに酔ってしまう。それに加えて、付添人ともはぐれてしまった。アニエスは目が悪いので、自力で見つけだすことは至難の業《わざ》だった。付添人捜しは早々に諦め、本来の目的を優先させることにする。目を凝らし、どこに王子がいるのか周囲を見渡す。大勢の人だかりができているので、居場所はわかりやすかった。急ぎ足で会場の中を進み、もう少しで取り巻きの輪の中に辿り着こうとしていた瞬間、突然背後から腕を掴まれる。驚いて振り返ったが、目が悪いので誰だかわからない。困っていると相手から名乗った。

エルネスト・バルテレモン。侯爵家の次男で、あまりいい噂を聞かない男。

関わらないようにと付添人が言っていた人物だった。茶を飲まないかと誘われたアニエスは丁寧に応じつつも、誘いを断る。家柄がよく女性から言い寄られることが多い彼は断られたことを新鮮に思い、逆に興味を持たれてしまったようだ。彼の物言いに危機感を覚えたアニエスは。思わずじりじりと後退する。その警戒するような様子を見て、エルネストはアニエスのことを子猫のようだと言い始めた。どこか静かな場所で話そうと誘ってくるも、アニエスは知り合いを捜している最中《さなか》なのでと言ってお断りをした。だが、エルネストは引かなかった。だんだんと怖くなってきたアニエスは一礼してその場から去ったが、エルネストはあとを追ってくる。急ぎ足は駆け足となり、最終的に薔薇の庭園へと逃げ込んだ。

「そこで、ご主人様に助けていただいたのです」

「そうだったの」

薔薇の庭園内で、巡回していた騎士を見つけて安堵したが、エルネストは悪事を働いているわけではない。助けを求めていいものか、逡巡する。

だが、よくよく見てみると、相手が見知った顔だということに気付く。

――熊騎士様《ベルナール》!!

気付けばベルナールに助けを求めていた。焦っていたアニエスは、空想世界の憧れの熊騎士と、ベルナールの姿を重ね合わせていたのだ。

すぐに我に返ったアニエスは申し訳なく思ったが、現実世界の熊騎士も願いを叶えてくれた。まるで、物語の世界で果敢に猫の姫君を守る熊騎士のように。

「それが〝恩〟なのね。でも、旦那様は騎士としての仕事をしただけで、そこまで感謝することもないと思うけれど」

「ええ、そうかもしれませんが、お恥ずかしい話ながら、助けていただいたのはその時だけではなくて」

あれは社交界デビュー何年目だったか。またしてもエルネストに付きまとわれていたアニエスは、慌てて庭に逃げ込み、なんとか撒《ま》くことに成功した。安堵したのも束《つか》の間のことで、今度は会場への帰り道がわからなくなってしまう。

「その時、偶然にご主人様と会い、会場まで送ってくださいました」

「そうだったの」

「以前に助けていただいたことも含めて、お礼を言いたかったのですが、すぐに去ってしまい……」

「恥ずかしかったのね、きっと」

「そう、なのでしょうか？」

「残念ながらそうなのよ。男はいつまで経っても、みーんな子どもなんだから」

ジジルの個人的な見解を、アニエスは困った顔で聞いていた。

アニエスはこれまでを振り返る。家が没落し、困窮《こんきゅう》していたアニエスに助けの手を差し伸べたのは、ベルナールだけだったのだ。

「わたくし、修道女になる決意を固めていたのです」

所持金が尽きようとしていたアニエスはある決心をする。それは、修道院へ行き、修道女になることだった。修道女になれば、行動は制限される。その前に、ベルナールへ礼をしようと下町の商店で菓子や酒、パンなどを買い、騎士団の駐屯地へと足を運んだのだ。

「そこで、偶然旦那様に出会って今に至るわけだったのね」

「はい。ご主人様には、本当に、何度感謝をしても足りないくらいです」

アニエスは頬を染めながら話をしていた。

「まるで、恋する乙女だわ」

「え？　今、なんとおっしゃいましたか？」

「聞こえていなかったらいいの」

ジジルはもっと話を聞かせてほしい、とアニエスにせがむ。

カフェオレを飲み終えるまで、アニエスはジジルと楽しくお喋りをしたのだった。

◇◇◇

ベルナールは母オセアンヌに手紙を書き綴《つづ》った。現在、結婚を約束している女性がいるので、わざわざ王都にこなくても……という内容である。もしかしたら、母親が手紙を読んで安心し、王都へ訪れる予定を取りやめるかもしれない。そんな期待を込めて実家に送った。しかしながら、三日後に「婚約者のお嬢さんにお会いするのを、とても楽しみにしております」という返信が届き、ベルナールは部屋で一人、やっぱりそうなるかと、がっくりと肩を落とす。

手紙作戦はまったく効果がなく、着々とオセアンヌがやってくる日は迫ってくる。

ジジルがアニエスと口裏を合わせたほうがいいと言うので、適当な設定を考えておくように頼む。

数時間後、エリックが一枚の紙を持ってくる。それはジジルが考えた、ベルナールとアニエスの出会いから婚約に至るまでの物語であった。設定の冒頭を読み、思わずぼやいてしまう。

「な、なんなんだよ、これ」

◆ベルナールとアニエスの、運命的な出会いから結婚まで　作：ジジル◆

――二人の出会いは、アニエスが社交界デビューを果たした年まで遡る。

「遡りすぎだ。つーかこれ、事実じゃないか！」

文句に対し、エリックが冷静に言葉を返す。

「旦那様、嘘には幾分かの真実を混ぜるのがちょうどいいそうです」

「知るかよ！　それよりもどうしてジジルは事情を把握している？」

「アニエス・レーヴェルジュ側に探りを入れたのかもしれません」

ベルナールは「余計なことを」と呟きつつ、顔を顰《しか》めながら続きに視線を落とす。

――二人は、初対面でお互いに一目惚れをした。

「はあ!?」

唐突な展開に、ベルナールは我が目を疑う。念のため、もう一度読んでみたが、読み間違いでもなんでもなかった。眉間に深い皺を寄せつつ、続きを読む。

――子爵家の五男、ベルナールと、伯爵家の一人娘〝高貴な青《ノーブルアジュール》〟と呼ばれた宝石のような瞳、と社交界一の大輪《たいりん》の薔薇など、三行ほどアニエスの美しさを称える言葉が続く。

「なんだこの、むず痒《がゆ》くなるような言葉の羅列は」

「旦那様、ロマンスとはそういうものなのだそうです」

「わけがわからん」

ベルナールはバカバカしいと呆れてしまった。

「つーか、あいつだけ褒めすぎだろう。確かに美人だが、ここまで言うほどか？」

「美醜《びしゅう》についての感覚は、個人によって違いますので」

「そうかい」

いちいち気にしていたら負けだと思うことにした。

設定はまだまだ先は長い。溜息を吐き、読み進める。

――出会った時は、触れ合うことすら叶わなかった。相手は子爵家の五男、片や、名家と言われた伯爵家の一人娘。交遊が許される二人ではなかったのだ。

「なんだ、これ……？」

頑張って読み進めようとしたが、目が滑《すべ》って内容が頭に入ってこない。女性向けの恋愛小説のようなロマンチックな展開の数々に、全身に鳥肌が立っていた。

「なんだか寒気がしてきた……」

半分も読まないうちに、ベルナールはお手上げとなった。

「エリック、悪いが、これをわかりやすくまとめてくれないか？　できれば、俺とあいつの名前も抜いた文面にしてくれると助かる」

「承知いたしました」

一時間後。エリックが書き直した文章を見る。みっちりと書き込まれていた恥ずかしい文章を、箇条書きにしてまとめてくれた。

「これならまあ、読めそうだ」

ジジルが考えた設定は以下となる。
・出会いは四年前、互いに一目惚れ。
・両思いだが、家柄が釣り合わなかった二人。ダンスを踊ることすら許されなかった。
・視線しか交わさないまま、宮廷舞踏会は終わる。
・翌年、二人は運命的な再会を果たす。
・伯爵令嬢の危機的状況に居合わせ、彼女を助けた。
・そこで初めて互いに自己紹介し合う。
・二年目、宮廷舞踏会会場で再会、薄暗い庭園でこっそり踊る。二人だけの世界を存分に味わう。
・三年目、周囲の目を盗むようにして、文通を始める。
・四年目、伯爵家が没落する。それを期に、家に招いて一緒に暮らすことになった。
・障害がなくなった二人は、ついに婚約を結んだ。
文通やダンスなど、気になった点はあったが、なんとかなるだろうと楽観視していた。

二人の仲は引き裂かれていたという設定なので、そこまで打ち解けた様子も必要ないと思う。

アニエスと自分の嘘の四年間を、暗記し始めた。


ベルナールの母オセアンヌが来訪する前夜。帰宅をした途端に、ベルナールはジジルに捕獲され、髪の毛について指摘される。

「なんだよ、いきなり」

「髪の毛が微妙に長くなっているの、気になっていたんです」

「言うほど伸びていないだろう？」

「毛先、微妙に跳ねていますよ？」

「雨の日はこうなるんだよ。今度の休みに床屋にいく……」

「オセアンヌ様に〝子熊ちゃん〟と呼ばれたいのなら、別によろしいのですが？」

ベルナールは幼少期、オセアンヌから「子熊ちゃん」と呼ばれていた。それは毛先に癖のある髪が熊のぬいぐるみに似ていたからだった。

オセアンヌからそう呼ばれることを想像して、ゾッとする。

「すまないジジル、切ってくれ」

「承知いたしました」

あっという間にベルナールの髪は整えられていく。とはいっても、子どもの頃から付き合いのあるジジルにしかわからない変化であった。

続いて、アニエスとの口裏合わせもしておく。設定はしっかり守るよう、ベルナールは口を酸っぱくして伝えておいた。

「頑張ります」

「頼んだぞ」

今回、婚約者役を務めるアニエスに、ベルナールは今回の件の報酬として新しい服を与えていた。既製品であったが、どれも王都で流行っている服である。

「あの、立派なドレスをいただきまして、その、ありがとうございます」

「別に、気にするな」

彼女は立派なドレスだと言っていたものの、伯爵令嬢時代に着ていた物に比べたら見劣りするだろう。

「大切に着ます」

「ああ」

アニエスだけではなく、他の使用人の服も買えるように頑張らないといけないな、と思うベルナールであった。

◇◇◇

午後からアニエスはジジルと共に菓子作りをする。厨房よりクッキーの焼ける匂いが漂うと、キャロルとセリアがやってきた。窯の中の菓子を見て喜んでいたが、ふとした瞬間に暗い顔になる。

「あの、キャロルさん、セリアさん、どうかなさったのですか?」

アニエスが尋ねると、双子の姉妹はがっくりと肩を落とす。代わりにジジルが教えてくれた。

「新しい仕着せ姿をオセアンヌ様に見せたかったみたいなの。でも、間に合わなくって」

「ああ、がっかりだわ」

「本当、がっかりだわ」

落ち込む娘達を、ジジルが窘《たしな》める。

「それでよかったのよ」

「どうして?」

「なんで？」

「オセアンヌ様がパフスリーブの仕着せなんか見たら、派手だってびっくりするかもしれないでしょう？」

「絶対、可愛いのに」

「絶対絶対、可愛いのに」

キャロルとセリアは頬を膨らませながら、不満を口にする。念のため、ベルナールに接する時のような、気安い態度を取らないように注意されていた。

「わかっていますよ～だ」

「そんなヘマはしませんよ～だ」

「はいはい。悪かったわね」

母娘のやりとりを、アニエスは微笑ましいと思いながら見守る。蚊帳《かや》の外にいるつもりだったのに、キャロルとセリアは突然アニエスの両脇に立った。キャロルは胸の前で手を合わせ、懇願する。

「アニエスさん、その髪型、教えて！　ずっと可愛いなって、思っていたの！」

「そうそう！　三つ編みにして、頭の後ろでくるくるするの、とっても可愛い！」

難しいのかと聞かれ、アニエスはそうでもないと答えた。キャロルのエプロンのポケットに櫛《くし》が、セリアのエプロンのポケットに鏡とピン留めが入っていたので、この場で結ってあげた。鏡を覗き込んだキャロルはいつもと違う、大人っぽい髪型を喜んだ。セリアは自分も結ってほしいとアニエスに可愛らしく頼み込んでくる。

「あ～、もう、あなた達は次から次へと！」

「大丈夫ですよ、ジジルさん」

「いいの？」

「はい」

「ありがとう、アニエスさん」

もしも妹がいたらこんな感じなのかと考えつつ、アニエスはキャロルやセリアの髪の毛を、丁寧に編んでいった。

◇◇◇

そして迎えたオセアンヌ訪問の当日。さすがのジジルも緊張しているのにベルナールは気付く。

「ジジル、母上と仲良しじゃなかったのかよ」

「特別に目をかけていただいておりましたけれど、それは使用人と女主人として、です」

「そうだったのか」

「ええ。お会いするのは久々なので、若干胃が痛いです」

だが、ジジル以上に緊張をしていたのはアニエスだった。

「おい、お前、大丈夫なのか？」

その様子に気付いたベルナールが話しかけたが、反応がない。

今度はポンと肩を叩く。するとアニエスはびくりと体を震わせ、驚いた様子を見せていた。

「あ、す、すみません」

「上手く演《や》ろうとは思うな。自然にしておけ」

「は、はい」

姿は完璧な貴族令嬢だったが、中身はガチガチに緊張していた。演技など不可能なのではと、疑いの目を向ける。アニエスの膝に乗せられた手を見ると、微かに震えていた。そんな様子を目の当たりにしていたら、次第にベルナールも緊張感が高まってしまう。自分はしっかりしなければと思っていたのに、急に不安になった。ドンドンと扉が叩かれ返事をすると、キャロルとセリアが扉を開いて報告する。

「オセアンヌ様が到着いたしました！」

「お待ちかねの、オセアンヌ様ですよ！」

ついに、ベルナールの母オセアンヌがやってきてしまった。

額に汗をかくベルナールと緊張で震えるアニエスは、顔面蒼白《そうはく》状態で客人を迎えることになった。

コツコツコツ、と廊下を靴の踵《かかと》が叩く音が聞える。その人物は、速いテンポで客間に向かっていた。それよりも速くベルナールの心臓は早鐘を打つように鳴っている。強く拳を握り、相手を待ち構えた。エリックの手によって扉が開いたのと同時に立ち上がる。アニエスもあとに続いた。

出入り口に立つのは熟年《じゅくねん》のご婦人。ふくよかな体型で、皺の刻まれた目元は微笑みを浮かべているが、いっさいの隙がない。立ち襟《えり》の昼用礼装を纏い、扇《おうぎ》を手にした状態で、ただ者ではない空気をビシバシと放ちながら佇んでいた。目が合うと、美しい淑女《しゅくじょ》のお辞儀をする。

「ごきげんよう、ベルナール」

「お久しぶり、です」

母親との久々の会話は、なんとも間の抜けたものであった。客間に足を踏み入れるとその瞬間に、部屋の空気がピンと張り詰めた。ベルナールが落ち着こうと思えば思うほど、ギクシャクと怪しい挙動を繰りだしてしまう。

「まあ、ベルナールったら、ふふ、緊張をしていますのね」

「いや、まあ、はい」

「私達、親子ですのに」

「そう、ですね」

オセアンヌはベルナールに対し「かしこまらなくても、よろしくってよ」と、優雅な手つきで扇を折りたたみながら言葉をかける。露《あら》わとなったオセアンヌの表情は笑顔だった。かといって、それは安心できるものではない。ふと、ベルナールはジジルからかつて教えてもらった「女とは、笑顔の下に本心を隠しているんですよ」という言葉を思い出してしまった。

「母上、その」

オセアンヌからの探るような視線に負けそうになるベルナールであったが、顔を逸らすのと同時にぽんと肩を叩かれる。

「ベルナール、私は鼻が高いわ。あなたのことを誇りに思います」

「は？」

どういうことなのか、ベルナールは頭の中が真っ白になる。オセアンヌは含みも何もない、慈愛に満ちた笑みを浮かべているように見えた。

「とぼけた顔をして、わかっていませんのね」

褒められることをしたのだろうかと、自らの行いを振り返る。結婚を前提にお付き合いをしている女性がいることが、鼻が高いのか？　疑問符しか浮かばない。

「まあ、そのお話はあとでするとして」

まずは座って落ち着きたい、とオセアンヌは主張する。ちょうど、エリックが茶を持ってきたところだった。オセアンヌは数年ぶりに会ったエリックを懐かしんでいる。

「まあエリック、お久しぶりですわね。すっかり大人の男性になって」

エリックは落ち着いた様子で、オセアンヌの言葉に応じている。ベルナールは内心、あれくらい堂々とできればよかったのに、と彼の鋼の心臓を羨ましく思った。

シーンと、部屋は静まり返っていた。ベルナールは気まずい雰囲気に耐えきれず、茶をごくりと飲んだ。鎮静《ちんせい》効果がある薬草茶だったが、今のベルナールにはまったく効果がない。ただの苦いだけの茶である。ベルナールの頭の中は真っ白で、適当な話題すら浮かばない。そんな中で沈黙を破ったのは意外にもアニエスだった。机の上のクッキーを示しながら話し始める。

「あの、このお菓子、昨日、ジジルさんと一緒に作った物なんです」

「まあ、そうでしたの」

「とはいっても、わたくしは型抜きをしただけですが」

「型抜き、お上手ね」

「ありがとうございます。よろしかったら、どうぞ」

「ええ、いただきますわ」

茶を飲み菓子を食べて一息吐けば、場の空気も少しだけ和《やわ》らぐ。オセアンヌはにこやかに、アニエスへ話しかけた。

「アニエスさん、ベルナールと結婚する決意を固めてくれて、本当に嬉しく思います」

礼を言いながら、深々と頭を下げた。

「ベルナールはとても優しい子なのですが、男兄弟の中で育ち、加えて、長い間騎士団にいたものだから、女性に免疫《めんえき》がなくて。失礼なことなど言いませんでしたか?」

「いいえ、そのようなことは、一度もございませんでした。とても優しく、親切に接していただいております」

アニエスは百点満点の返しを決める。その一方で、ベルナールはどうにも落ち着かない。嘘を吐いていることに罪悪感を覚えているのか、自らのことを他の人が話していることが気恥ずかしいのか、わからない状態になった。ベルナールはもう一度、苦い薬草茶を飲む。息子の思惑《おもわく》などなんのその、オセアンヌは息つく間もなく話しかけてくる。

「アニエスさん、今回のこと、ご心痛のほどお察しいたします。突然のことで、言葉もなかったでしょうに」

「いいえ、わたくしはなんともなかったのですが、たくさんの方にご迷惑をかけてしまいました」

「あなたは悪くありませんわ」

「ありがとう、ございます」

ベルナールは手紙にアニエスの家の事情について書いていなかったが、新聞で大きく報じられていたため、地方に住んでいるオセアンヌにも伝わっていたようだった。

婚約者作戦を考えた当初、アニエスは別の家の娘として演じてもらったほうがいいのではとベルナールは提案した。そのほうが、アニエスの心の傷に触れなくていいと思ったからだ。

だが、ジジルは婚約者と同居している状況は、普通はありえないことだと言ってすぐに却下する。それにオセアンヌは情に厚い人間なので、騒動に関係ないアニエスとの結婚を反対することはないだろうとジジルは言いきった。

よってアニエスはアニエスのまま、婚約者役を務めることとなった。ジジルの読みは当たっていたのかと、ハンカチで涙を拭うオセアンヌを見ながらベルナールは思っていた。もう一口、薬草茶を飲んだ。なんだか落ち着いてきたので、効果を発揮し始めたものだと思っていたが――。

「それで、二人が婚約に至るまでのなれそめをお聞かせいただけるかしら？」

想定はしていたが、このタイミングか！　と、早すぎる内容の質問に、薬草茶を噴きだしそうになる。いろいろと覚悟をしていたが、こんなにも早く聞いてくるとは思っていなかったからだ。

オセアンヌはハンカチを握り締め、期待に満ちた眼差しを向けてくる。

ベルナールは暗記した二人の嘘のなれそめを、棒読みで語り始めた。

「で、出会ったのは四年前」

「まあ、そんなに前からですの!?」

必死に内容を思い出しながら喋っていたのに、オセアンヌの横槍が入って順序が飛んでしまう。

次なる設定を整理している間、オセアンヌが勝手に話を始めてしまった。

「アニエスさん。あなた、うちの子に初めて会った時の印象って、どうでした？」

「ちょっ、母上！」

難易度の高い質問をするオセアンヌを止めようとしたが、扇で顔を隠しつつ、アニエスに見えないように「邪魔をするな」と無言で睨まれてしまった。鋭すぎる視線を受けて、言葉を失ってしまう。ちらりとアニエスの横顔を窺うと、先ほどよりは緊張が解《ほぐ》れているように見えた。けれど、設定の中に第一印象なんてものはなかった。さっそく行き詰まったかと絶望する。

だがその心配も、杞憂《きゆう》に終わった。

「出会ったのは宮廷舞踏会の場で、わたくしが社交界デビューを果たした年でした」

「あら、そうでしたの」

アニエスは緊張こそしているものの、ベルナールよりは堂々としていた。毅然《きぜん》とした様子で聞かれた質問の返しをしている。彼女は話を続けた。

「初め、付添人からお名前を聞き、驚いて……。わたくし、その時ちょうど熊が騎士を務める物語に夢中になっていたものですから、現実で熊の名を持つ騎士様に出会えるなんて思わなくて、つい、どんな御方なのかと気になり——」

その後、なんとかなれそめを話しきることに成功した。

話が一段落したところで、ベルナールは提案する。

「母上、疲れているでしょうから、少し休んだらいかがですか?」

「疲れはそこまでないのですが」

ベルナールは心の中で、「頼む休んでくれ!」と祈った。それが通じたのか、オセアンヌは少し休むと言ってくれた。

「では、またのちほど」

オセアンヌが去り、ぱたんと扉が閉められる。足音が聞こえなくなった途端に、ベルナールは深く長い溜息を吐いた。

「あ、あの、わたくし、上手くできていたでしょうか？」

「お前は合格だ。期待以上の働きをしてくれた」

反応がなかったので、ちらりとアニエスのほうを見る。すると胸に手を当てて、安堵の表情を見せていた。

怖い思いをさせてしまった。申し訳なく思ったベルナールは、彼女に何か礼をしよう、と心に決めたのだった。


恐怖の顔合わせが終わって私室で一息吐いていたところに、オセアンヌがやってくる。

エリックを通さずにやってきたので、ベルナールは心底驚いてしまった。

「母上、何かご用ですか？」

「少しだけお話をしようと思いまして」

立ち尽くしていたら、自分の部屋なのにオセアンヌに椅子を勧められてしまう。ストンと腰を下ろし、オセアンヌと対面する形となる。

「それで、話とは？」

「そんなに警戒しないで。私はただ、お話をしにきただけですわ」

オセアンヌは満面の笑みを浮かべ、不審なほどに上機嫌な様子を見せていた。ベルナールは、いまだオセアンヌが喜んでいる意味を理解できずに首を傾げる。昇進を喜んでいるのかと思ったが、そうではなかった。

「アニエスさんのこと、よく決断をしました。家の者に相談せずに決めたのは褒められるものではありませんが、なかなかできることではありません」

アニエスの実家は国王によく思われていない。そこの娘を助けたと露見すれば、ベルナールの実家であるオルレリアン家の立場も悪くなる可能性があった。

「その件については、何も考えていなくて、申し訳なかったと思っています」

「よろしくってよ。王都より遠く離れた領地には、大きな影響はないでしょうから」

アニエスを助けた行為が露見した場合の、実家への影響はまったく考えていなかったことに気付く。


母親は許してくれたが、重ねて謝罪をしておいた。

「ただ、婚約発表は日を置いたほうがよろしいかと」

「ええ、わかっています」

そのほうが都合がいい、なんて言葉がでそうになったものの、寸前でごくんと呑み込めた。

オセアンヌからこれからも、アニエスを守り、助け、不自由な生活をさせないように命じられた。

話はこれで終わりだと思い込んでいたのに、そうではなかった。

「結婚式は、うちの領地でやりましょう。アニエスさんのご家族は？　お父様はともかく、お母様やご兄弟は？」

「母親は早くに亡くなっていて、兄弟はいないようです」

「そうでしたの。でしたら、あとでアニエスさんと婚礼衣装の話し合いをしなくては」

話が早いと驚くベルナールに、婚礼衣装は時間がかかるので、今からしても遅いくらいだと言う。

「憧れていましたのよね。花嫁との婚礼準備を。ああ、長年の夢が叶いましたわ」

「ちょ、待っ」

「こうしている時間も惜しいですわね。それではごきげんよう、子熊ちゃん」

「なっ、子熊って――!?」

ベルナールが絶句している間に、オセアンヌは部屋からでていった。

オセアンヌがいなくなり、閉ざされた扉を眺めながら、夢かと思って頬を抓《つね》る。普通に痛かった。

◇◇◇

ジジルですら想像していなかった事態が起こった。

威厳がある女主人、オセアンヌがアニエスを一目で気に入ってしまったのだ。

アニエスは楚々《そそ》とした美女だ。気品があって、育ちがよいということが一目でわかる。そのため、気に入ってしまうのも仕方がない話であった。だが、オセアンヌは人をその場で評価するようなことはしない。

ジジルは乳母をする前、オセアンヌの侍女をしていたので、その人となりはよく理解しているつもりだった。ゆえに、意外に思ったのだ。今回のことはベルナールとアニエスが距離を縮めるきっかけになればいいと考えていたのに、思いがけない結果となってしまった。

オセアンヌに深く感謝され、居心地の悪い思いをする。

今回の婚約の件は、ジジルの導きがあったのだろうと、見抜かれていたのだ。

「まさか、こんなにも早くあの子の結婚が決まるなんて、とても嬉しく思います。ジジル、ありがとう。あなたの教育の賜物《たまもの》ですわね」

「今回の件は私の手柄でなく、ベルナール様ご自身が努力をされていたのかと思っております」

「あの子の顔なんか立てなくてもよろしいのに。あなたは、本当に使用人の鑑《かがみ》のよう」

「もったいないお言葉です」

婚約者役作戦は失敗だったかとジジルは悔いていた。結婚を心待ちにするあまり、決断を急いでしまったのだと今になって気付く。それに、騙す相手も大物すぎた。

このように早急に結婚話を進められてしまっては、ベルナールも精神的に追い詰められてしまう。

ジジルは大いに反省をすることになった。

◇◇◇

母親とジジルが街にでかけたと聞き、ベルナールは安堵の息を吐きだす。

ただ、安心はしていられない。すぐさまアニエスの元へと急いだ。

部屋にはキャロルとセリアがいた。双子の雰囲気がいつもと違うと思っていたら、髪型が変わっているのに気付く。アニエスがしているような、髪を後頭部でまとめる形になっている。やはり女性は髪型一つで変わるものだと、改めて感心をすることになった。

「お前ら、その髪型、どうしたんだ?」

「アニエスさんに結ってもらったのです」

「結い方は勉強中なのですよ」

「そうかい」

どうかと聞かれ「似合っているんじゃないか」という無難な言葉を返す。双子が嬉しそうにしていたので正解だったらしい。上機嫌となったキャロルとセリアは笑顔で用事がないかと聞いてくる。

「旦那様、カフェオレを淹れてきましょうか？」

「旦那様、それとも紅茶をご所望《しょもう》で？」

「いや必要ない。それよりも、しばらく退室しろ」

下がるように言ったが、同時に首を横に振る。動きも綺麗に揃っていた。

「私達、アニエスお嬢様の侍女なのです」

「一挙手一投足、目を光らせています」

「お前らな」

二人だけで話をしたいと思っていたのに、まさかの邪魔者がいた。だが、貴族令嬢の常識としては普通のことだった。未婚男女が密室で一緒に過ごすことはありえないのだ。

「旦那様がなんと言おうと、駄目なのです」

「お嬢様と二人きりになるのは、結婚してからですよ」

双子は母親から習ったと思われる、貴族令嬢のしきたりを口にする。

ベルナールは忌々《いまいま》しいと睨み付けた。

「主人の言うことが聞けないってのか？」

「私達がお仕えするのはアニエスお嬢様で～～す」

「旦那様ではありませ〜〜ん」

キャロルとセリアは母親から命じられた設定を、忠実にこなそうとする。敵は強力であったが、昨晩、双子と母親《ジジル》が揉めていたことを思い出し、ベルナールは勝てると踏んで笑みを浮かべる。

「だったら今度、王都で流行っている喫茶店とやらに連れていってやる」

「それって、白うさぎ喫茶店のこと!?」

「本当に、連れていってくれるの!?」

「ここから出ていけばな」

白うさぎ喫茶店。

それは王都にある喫茶店で、異国風の菓子をだしている、半年前にできたお店。華やかな店構えで可愛らしいと評判だが、女学生の行く場所ではないとジジルが反対していたのだ。

「でも、お母さん駄目って言っていたし」

「チャラチャラした人が行く場所だって」

「一回くらいいいだろう」

「そうかな？」

「どうだろう？」

キャロルとセリアはベルナールの提案に懐柔《かいじゅう》されそうになっていた。先ほどの勢いも完全に失いつつある。もう少しで落ちる、そう確信したベルナールは曖昧な記憶を蘇らせ、双子を唆《そそのか》す。

「苺《いちご》のなんとかって菓子に、白いクリームを塗る、なんだ、アレが人気なのだろう？」

「なんとか菓子じゃなくて、木苺のスコーン」

「白いクリームじゃなくて、クロテッドクリーム」

「まあ、なんでもいいが。ちょっと俺の用事に付き合って、茶を飲んで帰るくらいなら、ジジルはなんも言わねえよ」

キャロルとセリアの心は揺れているようだった。ベルナールは内心、勝ったと勝利を確信する。

「どうする？」

「どうしよう？」

「早く決めろよ」

二人は顔を見合わせ、一瞬で答えを決めた。

「決めました。やっぱり駄目なものは駄目、です」

「家族の鉄則。お母さんの言うことは絶対、です」

「なんだよ！」

アレが欲しい、コレがしたいと、ジジルにいつも言っている印象があった双子だったが、あれは母親だから言えることで、言いつけを破ってまで実行に移そうとは思っていないようだ。

「じゃあ、もういてもいいから、これから話すことは聞くな」

「はいはい」

「わかりましたよーだ」

キャロルとセリアは部屋の隅へ移動し、耳を塞いでいた。素直に従ってくれたので、ベルナールはホッと胸を撫で下ろす。

「面倒だな、貴族令嬢の決まりとやらは」

アニエスは困ったような表情を浮かべ、言葉を返す。

「私にとっては、それが日常でした」

「そうだったな。物心ついた時からこうだと、それが普通だと思って違和感を覚えないのか？」

「ええ、そうですね」

ふいに、アニエスの表情が陰《かげ》る。だが、一瞬の出来事だったので、ベルナールは気付かなかった。

「それで、話だが」

「はい」

さっそく本題に移る。母、オセアンヌのありえない暴走が始まっていることを告げた。

「母上がお前の婚礼衣装を作ろうとしている」

「まあ」

「あまり驚いていないな」

「はい」

結婚が決まった家では、普通のことだとアニエスは言う。

「婚約が確定すれば、母親と結婚式の準備を始めます。招待状を書いたり、婚礼衣装を考えたり。期間は数ヶ月から最大で二年と、気が長くなるような期間をかけるそうです」

「そうなのか。いや、お前の母親が、その、亡くなったと伝えたら、自分の出番だと言ってはりきっているみたいなんだ」

「そう、でしたか」

途端に気まずい雰囲気となる。ジジルに背中を押されるまま、アニエスに婚約者役を頼んだが、話は思いがけず斜め上の方向へ進んでいった。

　これからどうなるのか。すぐに対策などは思い浮かばない。

「ま、なんとかなるだろう」

　安心させるために、婚約解消は珍しい話ではないとも言っておく。

「いざとなったら、責任は取るつもりでいる。だから、心配するな」

　まだ本人には伝えていないが、先日紹介のあった田舎の村にアニエスが移り住むと望めば、そこまで送っていくし、作った花嫁衣装は持っていけばいいと考えている。

　そういう意味での〝責任〟を誓ったつもりであった。けれどもアニエスは違う意味――責任を取って結婚をすると受け取っていた。この時のベルナールは気付く由《よし》もない。

「あ、あの、そこまでしていただくわけには」

「どうせ、この先予定もないし」

　その言葉に、アニエスはハッとなる。話をしながら考え事をしているベルナールは、その挙動に気付かなかった。

「他に、想う人は、いらっしゃらないのですか？」

「誰が、何を？」

「ご主人様の、想うお相手です」

「いや、別にいないが？」

　突然どうしたのかと聞いても、アニエスは首を横に振るばかりだった。

　不審に思いつつも、思考を元に戻す。ラザールの親戚の家にアニエスを送る場合、長期休みを取る必要がある。今まで有給を使ったことがなく、これからも使う予定はないので休めるだろうが、あとで確認をしようと考える。

憂いの表情を浮かべるアニエスに、気がかりに思う必要はないと重ねて告げた。

「ですが、そんなことまでしていただくなんて、ご迷惑ではないのですか？」

「そんなの、いまさらだろう」

「そう、ですね。ありがとうございます」

この時代、世間一般の常識として女性に対し「責任を取る」と言うのは妻として娶ることを意味する。アニエスが勘違いをしてしまうのも仕方がなかった。さらに、ベルナールの言い方も悪かった。まさか、頭の中で田舎の村に送るための有給について考え、計画していたなどと想像もできないだろう。

残念なことに二人の認識は、天と地ほどにも離れていた。

◇◇◇

オセアンヌが、花嫁衣装作りをはりきっている。それを聞いた時、アニエスは焦った。ベルナールは「責任を取る」と言っていたが、さすがにそこまで世話になるつもりはなかったのだ。

しかしながら、ベルナールの母親の行動力は、アニエスの想像をはるかに超えていた。

外出から帰ってきたオセアンヌは、使用人に運ばせた分厚い冊子を前に話しだす。

「これ、最新の花嫁衣装の商品目録《カタログ》ですって。私の時代とは形が違っていて、驚きましたわ」

「え、ええ……」

外出の目的は婚礼衣装の商品目録を貰いにいくことだったのだ。

「アニエスさんはどんな形のドレスも着こなしてしまいそう」

「ありがとうございます」

笑顔を浮かべながら、どういうふうにやり過ごそうか考えるアニエス。

だが、そういった腹芸は彼女の苦手分野であった。

「私の時代は、袖が膨らんだ――なんと言っていたかしら？」

「パフスリーブ、ですか？」

「そう、それ。パフスリーブのドレスが流行りましたの。今流行っている小さなパフスリーブとは少し違っていて、大きな膨らみがポイントでした」

オセアンヌは結婚式の日を思い出し、目を細めながら思い出話を語っている。二人で商品目録を覗き込み、パラパラページを捲《めく》ってみたが、当時着ていた婚礼衣装と同じような意匠《デザイン》は取り扱っていなかった。

「花嫁のドレスは伝統衣装なのに、時代によって形が変わっていきますのね」

「ええ。ですが私は母のドレス姿に憧れていて、結婚をする日はそれを纏おうと思っていました」

「まあ、そうでしたの」

アニエスの母親が纏っていたドレスも、パフスリーブのドレスだった。

「でしたら、そのドレスを手直しして、当日に着るように手配を――」

オセアンヌは言いかけてハッとなる。アニエスの家は没落した。財産などはすべて没収されている状況にあるのだ。悲しそうに目を伏せる彼女に謝罪する。

「気が利かなくて、ごめんなさいね」

「いいえ」

暗い雰囲気にしてしまったので、アニエスは笑顔を浮かべつつ訊ねる。

「オセアンヌ様の結婚式の日のドレスは、まだお家にあるのでしょうか？」

「ええ、ありますけれど」

「でしたら今度、機会がありましたら、見せていただけますか？」

二人の母親が結婚をした時代はちょうど同じくらいだった。もしかしたら、ドレスの型も似ているのではと、アニエスは考える。

「それを参考に、ドレスを作れたら、いいなと」

アニエスは咄嗟にドレス製作を先送りさせる理由を思いついた。家の問題もあってまだ結婚できないので、ドレスもすぐには必要ないと、理屈も通るいい考えだと思った。

「流行の形でなくてもよろしいのかしら？」

「はい。パフスリーブのドレスは、とても可愛いと思います」

「そう。だったら――」

オセアンヌはアニエスの着想《アイデア》に同意を示した。

「それもいいかもしれませんわね」

「はい」

こうして花嫁衣装問題はアニエスの機転により、なんとかなりそうだった。

◇◇◇

ベルナールは話があると言って執務部屋にジジルを呼びだす。

「それで、旦那様、お話とは？」

「わかっているだろうが！」

感情が高ぶって思わず怒鳴ってしまったが、ジジルはまったく動じていなかった。その態度も面白くないと、ベルナールは思う。

「とぼけやがって」

「もしかして、アニエスさんのことでしょうか？」

「それしかないだろう？　話が違ったじゃないか！」

今回は婚約者を紹介して、オセアンヌが安心して領地に帰って終わり。そういう作戦のはずだった。それなのに実際は想像もしていなかった方向へと進んでいく。オセアンヌはアニエスを気に入り、花嫁衣装の面倒まで見始めた。話が飛躍しすぎだろうと、ジジルに文句を言う。

「その点については、私も想定外でした」

「どういうことだよ？」

「オセアンヌ様は慎重なお方です。このように早い段階でアニエスさんを気に入るとは思いませんでした」

「なんだよ、それ……」

ベルナールは執務机に肘を突き、頭を抱え込む。その様子を見て、ジジルが一言物申す。

「旦那様、いっそのことアニエスさんとご結婚をされてはどうでしょう？」

「は⁉」

「むしろ、お似合いだと思うのですが」

「誰と誰が⁉」

「旦那様と、アニエスさんです」

「なぜ⁉」

「なんとなくです」

「なんとなくは答えじゃない‼」

ジジルは首を傾げ、二人がお似合いだと感じる理由を思い浮かべる。

「そうですね。まず、旦那様はせっかちですが、アニエスさんはおおらかです。性格が正反対のほうが、相性がいいように思います」

「なんだよそれ。とんでも理論だな」

「私と夫もそうですね」

ジジルの意見に疑いの目を向けていたが、実例を挙げられると納得してしまいそうになる。

「相性云々《うんぬん》の前に、勝手に決められたら向こうが迷惑だろう」

それに結婚というものは人生の一大事でもある。ベルナールに危機が迫っているからといって、無理にするものではない。

ただでさえ、アニエスは頼れる親族がいないのだ。そんな中で、ベルナールに結婚するように言われてしまっては、応じるしかないだろう。

心優しいアニエスの立場を利用し、結婚を迫るなんてあってはならないことだった。

「一番大切なのは当人同士の気持ちですから。もしもオセアンヌ様が本気になって結婚話を進めようとした時は、知恵をお貸しいたします」

「悪知恵の間違いだろうが」

「どちらでも、旦那様が望むものを」

ベルナールは深い溜息を吐き、ジジルを下がらせた。


夕食後、オセアンヌより何か時間を潰せるものがないかと聞かれたが、ベルナールの家は娯楽が少なかった。書斎に並ぶ本は先輩騎士から譲ってもらった戦記ものや冒険小説ばかり。所持している盤上遊戯《ボードゲーム》は山賊が宝物を強奪するものだったり、怪物が王都を攻めるものだったりと、古きよき盤上遊戯の類《たぐい》はなかった。とても母親の前にだせるような代物《しろもの》ではない。オセアンヌは今までずっとアニエスと会話を楽しんでいたが、アニエスが風呂にいってしまったので暇を持て余しているのだとか。

「それにしても、この家も随分と古くなっていましたのね」

「築百年ですから」

「まあ、そんなになりますのね」

屋根瓦の張り替えは昨日終わった。次は屋根裏部屋の修繕だが、オセアンヌの滞在が終わったあとに依頼していた。

「そういえば外壁の色、少し黄色みがかっているような気もしますが、いつ塗り替えましたの？」

「いつ、だったか」

実を言えば、屋敷を譲り受けてから一度も壁塗りをしていない。父親から五年に一回は塗り替えるように言われていたが、忙しく過ごすうちにあっという間に数年の月日がすぎていた。屋敷の壁はドミニクが小まめに手入れをしているが、そろそろ壁塗りもしたほうがいいと考える。

「ベルナール、あなた、眉間に皺なんか寄せて、どうかしたのですか？」

「いいえ、なんでもありません」

壁の塗り直しにかかる金について考え、頭を痛めている最中《さなか》であったが、そんなことなど母親に言えるわけがない。適当に、明日の勤務について考えていたとはぐらかしておいた。

話はこれで終わりだと思っていたが、オセアンヌの追及はそれだけではなかった。

「そういえば、結婚資金はどれくらい貯めていますの？」

「ケッコン、シキン？」

「ええ。最低でも――」

母親から耳打ちされた金額に、ベルナールは目を見開く。内訳は婚姻証書の発行費用に新郎新婦の礼服代、披露宴、新婚旅行、他にもいろいろと出費がかさむ。

「なっ……そん、なに、かかる!?」

「ええ。やっぱり、把握してなかったのですね」

衝撃の事実を知らされ、ベルナールはますます結婚への意欲が薄くなってしまった。

その後、ベルナールはジジルを通じてアニエスを呼びだした。もちろん、二人きりの部屋で何もしないと神に誓った上で。意外にも、ジジルはあっさりと許してくれた。

向かいに座ったアニエスに、今から今日一日の反省会をすると告げる。

「なんとかバレずに終わった」

「よかったです」

だが、上手くいきすぎて大変な展開となった。

「ただ、問題は母上がこの結婚話にかなり乗り気なことだ」

「ええ、そのように、お見受けいたしました」

「まあ、なんとか、する」

「はい」

反省会をすると言ったが、昼間に話した内容とさほど変わらなかった。

ベルナールは咳払いをして、一言謝っておく。

「その、すまない」

「え？」

「軽い気持ちで、このようなことを頼んで」

アニエスはとんでもないことだと、ぶんぶんと勢い良く首を横に振る。

「わたくしは一向に構いません。どうか、謝らないでくださいませ。それに――オセアンヌ様はとてもお優しく、少しだけ、母を思い出してしまいました」

「そう、か」

「はい。なんだか、素敵な思い出になりそうです」

そのように言いきったアニエスの表情はとても晴れやかで、再会した時に見せていた鬱々《うつうつ》とした暗い雰囲気は欠片もない。

賑やかな使用人一家が彼女の心を癒《いや》したのかと、ベルナールは思った。それと同時に、反省すべきなのは自らだったと気付く。とりあえず今日という日を乗りきった。疲れているだろうから部屋に戻るよう言おうとしたタイミングで、アニエスのほうからが話しかけてくる。

「あの、今日、オセアンヌ様とお話をしながら、ハンカチの刺繍をしまして」

アニエスはポケットの中からハンカチを取りだし、広げて見せた。

そこには蔦《つた》模様が刺されている。初めて見る模様だった。

「なんだ、これ？」

「メルランの樹、という縁起物で――あら、ご主人様、首筋に虫刺されの痕があるようです」

「ん？」

アニエスが指で示していた所を触れてみる。すると、少しだけ腫《は》れていた。

「あー、朝方、ドミニクの仕事を手伝ったから、その時に刺されたのかもしれん」

「虫刺され薬をお持ちしましょうか？」

「いや、放っておけば治るだろう」

「痒みや痛みはないですか？」

「言われてみれば、若干痛い気もするが」

「だったら、軟膏《なんこう》か何かあるか、聞いてきますね」

「いや、いい」

制止も空《むな》しく、アニエスは部屋からでていってしまう。

――数分後、ジジルより薬箱を受け取って戻ってきた。

「失礼いたします」

そう言って、アニエスはベルナールの隣に腰かける。薬箱の中にはぎっしりと薬の瓶や箱が詰まっていた。虫刺され薬の瓶を捜して手に取り、軟膏を指先で掬い取る。それを見たベルナールは待ったをかけた。

「いや、自分で塗る――」

「もう、お薬を手に取ってしまいました」

「手を拭け」

「もったいないです」

じっとアニエスに見つめられたベルナールは、どうしてかそれ以上抵抗できなかった。

「すぐに済みますので」

「あ、ああ。だったら、頼む」

向かい合って話をしていた時はなんとも思わなかったのに、こうして並んで座ったら妙に意識をしてしまう。即座に、花のようなよい香りが近くにあるからだろうと理由付ける。なんだか落ち着かない気分になるものだった。アニエスを見ないよう視線は別の方向に向ける。意識をしないように必死になっていると、ひやりとした冷たい物が首筋に触れた。驚いて、ビクリと肩を揺らしてしまった。冷たい何かが虫刺され薬だと気付いたのは、アニエスの「痛みますか？」という問いかけが耳元で聞こえたからだった。すぐに首を横に振る。アニエスの顔が眼前に迫り、声を上げそうになる。

目が悪いので、見える位置まで接近しているということは、ベルナールもわかっていた。

だが、どうしてか心臓が早鐘を打ち、情けないくらい動揺していた。ここで以前のように「近い！」と指摘すればこの困った状況から脱することができるが、今、彼女は親切心から薬の塗布《とふ》をしている。いくら恥ずかしいからといって、責めるようなことはできなかった。しばらく耐えようとしていたのに、アニエスは丁寧に丁寧に薬を塗ってくれる。指先がゆっくりと首筋を這う感覚は、彼にとって言葉では言い表せないものだった。膝の上にあった拳を必要以上に握り締めて堪《こら》える。

「おい、まだか？」

「すみません、よく、見えなくて」

額に汗が浮かんでいるのがわかる。

「終わりました」

「ああ」

そう言われた瞬間に、ベルナールはぐったりと長椅子にもたれかかる。

「一日三回ほど塗布すればすぐに治るかと」

「わかった」

「よろしかったらまた塗布いたしましょうか？　なかなか塗りにくい部位なので、わたくしが――」

「いい、自分でする！」

手の中から奪い取るように薬を取り上げてしまった。アニエスはぱちくりと目を瞬《しばた》かせていたが、すぐに悲しそうな顔をして「お節介でした」と言って頭を下げる。そして、彼女は夜も遅いから、と会釈をしたのちに退室していった。

最後の最後でやってしまったと、ベルナールは反省をすると同時に、アニエスには眼鏡が絶対必要だと確信する。

◇◇◇

アニエスは薬箱を抱えながら、とぼとぼと歩いていた。また、ベルナールに嫌われるようなことをしてしまったと、落ち込んでいたのだ。反省すべき点はわかっている。薬を塗布する行為はやりすぎたと。本来ならばああいうことは親しい者同士か家族、医療従事者しかしてはいけない。それなのに、アニエスはベルナールのために何かしたいと思い、大胆な行動にでてしまった。

結果、最終的には怒られる。なぜ、あんなことを提案してしまったのか、と深く反省していた。

考え事をしながら歩いていると、あっという間に休憩所に到着する。他の人に気持ちを悟られないよう、気を引き締めながら中へと入ったら、ジジルが笑顔で迎える。

「あ、終わった？」

「はい、なんとか」

ジジルはアニエスと喋りながら、暖炉で温めていた湯沸かし鍋を取り、予《あらかじ》め用意していたポットに湯を注いだ。ポットからカップに注がれるのは、庭の薬草から作った茶である。手招きをしてアニエスを呼び、椅子に座るように勧めた。

「ごめんね、カフェオレじゃないんだけど」

「ありがとうございます。ちょうど、喉が渇いていて、嬉しいです。いただきます」

アニエスはお茶のカップを両手で包み込むように持ち、あつあつの茶を一口飲んだ。渋みと煎《い》った葉の香ばしさが、口の中に広がる。

「旦那様、素直に薬を塗ってくれた？」

「え、ええ」

「本当？」

「はい」

アニエスは自らの行動を振り返り、恥ずかしくなって目を伏せる。

そんな彼女に、ジジルは驚きの事実を告げた。

「信じられないわ。旦那様、筋金入りの薬嫌いなの」

「え？」

「散薬はもちろんのこと、丸薬《がんやく》に塗り薬、点眼剤、全部嫌がって、子どもの頃は苦労したものだったわ。あと、病院の先生も苦手なのよ」

「そう、だったのですね」

「ええ。多分、アニエスさんが相手だったから、薬が苦手だって言えなかったのね」

ジジルの言う通り、薬を塗ることを初めは拒否していた。最後に機嫌が悪くなったのも、苦手なことを我慢していたからだろうかと、アニエスは首を傾げる。

「旦那様はねえ、どこもかしこも体中傷だらけなのよ。よく、訓練とか任務とかで生傷を作ったり、打ち身をしたりしているらしいの。エリックが心配して、薬を塗ろうかって聞いても気持ち悪いから止めろって怒るだけ。きちんと手当てをしないものだから、傷痕が残っちゃって」

「まあ……」

「傷口は毎回綺麗に洗っているって言うんだけど、ねえ」

「治療をしたほうが治りも早いですし」

「そうなのよ。傷薬や湿布は、うちの人が作った特別製でね」

「ドミニクさんが？」

「意外でしょう？　とはいっても、簡単な物なんだけど。家族の間では薬局で売っている品物より効くって評判なのよ」

アニエスは直した薬箱を取りに行き、傷薬を見せてもらう。

庭で育てた薬草を使って作るお手製軟膏は、蓋を開ければふわりと花の香りがする。

「いい香り」

「でしょう？　夏に摘んだ薫衣草《ラベンダー》を使って作るものなの」

薫衣草には強い殺菌成和分があり、軽い火傷《やけど》やニキビにも効くと言う。

「アニエスさんも今度作ってみる？」

「傷薬を、ですか？」

「ええ。とっても簡単なの。旦那様も、アニエスさんが頑張って作ったと言えば、手当てもしてくれるかもしれないし」

「もしも、使っていただけるのなら、わたくしも、嬉しいです」

「だったら決まりね」

後日、薬作りを行うことになった。

◇◇◇

今日の昼頃、オセアンヌはオルレリアン家の領地に戻る。ベルナールはやっと心休まる時がきたかと、ホッと一息吐いていた。

食堂にいくとアニエスとオセアンヌが会話に花を咲かせているようだった。ベルナールは心臓に悪い二人組だと思いつつ、朝の挨拶をして席に座る。

「あらベルナール、出勤する時は騎士服ではありませんの？」

「はい。いつも職場で着替えています」

「まあ、残念」

オセアンヌはベルナールの騎士服姿を見たかったと、がっかりした様子を見せていた。

気が収まらなかったのか、アニエスにベルナールの騎士姿を見たことがあるかと聞いている。

「何度か、ございます」

「どうでした？」

「とてもお似合いでした。背筋が綺麗にピンと伸びていて、そのお姿はとても素敵で、ご立派だと思いました」

「まあ、まあ、まあ！」

アニエスの感想を聞いたオセアンヌは「お父様が聞いたら感激なさるでしょう」と言って嬉しそうにしていた。

当の本人であるベルナールは大袈裟に褒めすぎだと、非難めいた視線をアニエスに送っていた。

「アニエスさんは、本当にベルナールのことが大好きですのね！」

母親の言葉を聞いて、ベルナールは口に含んでいたカフェオレを気管に引っかけてしまう。ゲホゲホと苦しそうに咳き込むと、ジジルが慣れた手つきで背中を摩《さす》っていた。

その様子を、オセアンヌは冷静な目で眺めていた。何かを探るような視線に、ベルナールは気付いていなかった。

ある程度落ち着いたところで、オセアンヌが質問を投げかける。

「ベルナール」

「はい？」

「あなたは――というより、あなた達は運命的な出会いをして、互いに惹かれ合い、苦難の道を乗り越えたのちに婚約をした、ということで、間違いありませんよね？」

オセアンヌの言葉を聞いた瞬間に、全身鳥肌が立った。残念なことにベルナールはロマンチックな言葉を聞いたら、拒絶反応がでてしまう体質になっていた。目を見開き、オセアンヌの質問に答えられないでいる。このままでは作戦がバレてしまう。そう思ったジジルは助け船をだした。

「オセアンヌ様、ベルナール様はとても照れ屋なのです」

「ああ、そうでしたわね。私ったら、息子のことなのに忘れていましたわ」

納得したような顔をしていたので、この話はここで終わりかと誰もが思っていたが、まさかの方向転換が行われた。

「ではアニエスさん。あなたなら、答えることができるでしょう？」

オセアンヌは有無を言わさぬような圧のある笑みを浮かべつつ質問をする。アニエスの瞳は動揺で揺れているように見えた。

「えっと、その……」

アニエスはぶるぶると小刻みに震えていた。ベルナールは助けてあげたい気持ちこそあったものの、オセアンヌを前にしたらどうにもならない。今は悪いようにならないでくれ、という神頼み以外何もできなかった。

「わたくしはベルナール様のことを、お慕い申しております」

アニエスは頬を紅く染め、目を潤ませながらも、オセアンヌをしっかりと見ながら言いきった。

オセアンヌは手にしていた扇を広げ、顔に風を送っている。そして、一言。

「ふふふ、お熱いこと。年甲斐《としがい》もなく、顔が火照《ほて》ってしまいましたわ」

ベルナールにはアニエスが救世の聖女に見えてしまう。

神は本当に存在したのだと改めて思った。

「ごめんなさいね、二人の愛を確かめてしまって」

あまりにもベルナールの挙動が不審すぎたため、嘘の婚約だったのではと、オセアンヌは疑っていたと言う。

「まだ同居を始めたばかりですものね、照れの連続でしょう。——アニエスさん」

「はい」

「これからも、あの子のことをお願いいたします」

「こちらこそ、ふつつか者ですが、よろしくお願い申し上げます」

ピンと張り詰めていた空気が和らいでいく。なんとか切り抜けられたとわかったからか、アニエスは胸に手を当てて安堵の表情を浮かべる。

ベルナールは額の冷や汗を拭った。

そろそろ出勤時間である。ベルナールは立ち上がり、オセアンヌに向かって深々と頭を下げた。

「それでは母上、いってまいります」

「ええ、いってらっしゃい」

オセアンヌは本日帰宅をする。やっとのことで乗り越えたと、ベルナールは心の中で深く安堵していた。

「どうか、お元気で」

「ありがとう」

これで我が家に平和がやってくる。そう思っていたが、想定外の一言に目を剥くことになった。

「そうそう。ベルナール、また、近いうちにきます」

「え?」

「だって、私の婚礼衣装をアニエスさんにお見せしなければなりませんし」

ベルナールは呆然としてしまう。アニエスは両手で顔を覆っていた。

エリックの「あと五分で馬車が到着します」という言葉にハッとなり、食堂をあとにすることになった。

深く考えるのは帰ってからにしようと、新たに降りかかった問題をベルナールは聞かなかったことにした。

第三章　アニエスを取り巻く問題

　馬車に揺られ、王都の中央街を通り過ぎる。朝から衝撃の展開の連続で、ベルナールは馬車の中で脱力していた。とりあえず、今回はアニエスのおかげで助かった。今日は早めに帰って何か礼の品でも買って帰ろうかと思う。

　騎士団の駐屯地に到着し、〝特殊強襲第三部隊〟の更衣室に向かおうとしていると、見知った顔が前から歩いてきているのに気付く。

　親衛隊の華やかな制服に身を包み、得意満面な様子でいる男、エルネスト・バルテレモンだった。

「やあ、オルレリアン君、おはよう」

「どうも」

　挨拶もそこそこの状態で、近くにあった部屋にくるように言われた。エルネストは鍵を閉め、ベルナールに座るように勧める。

「さて、君に報告があってね」

「さようで」

　エルネストは先日賜《たまわ》ったという、勲章《くんしょう》を見せびらかしていた。なんでも、信頼が厚い騎士に王子より贈られた物だと自慢していた。どうでもいい話が長くなりそうだったので、朝礼前だと言ってさっさと用件を言うように急《せ》かした。

「ああ、そうだったね。話はアレだ。君達に調査を依頼していたアニエス・レーヴェルジュが見つかったんだ」

　ベルナールはまさか、と目を見開く。その一方でエルネストは晴れやかな笑みを浮かべていた。

「彼女を連れてきてくれたら、金貨十枚は君の物だ。もちろん、昇進の面倒も見てやろう」

「大馬鹿者め」

「え？　今、私に馬鹿と言わなかったか？」

「言うわけないだろうが」

「聞き違い、なのか？」

　首を捻りつつ、話をアニエスに戻す。

　ベルナールが乗り気な様子を見せないので、エルネストは今日中に連れてくれれば金貨をさらに一枚増やすと提案する。

「上司に相談して決めるのもいいが、その場合報酬は山分けになってしまうだろう。この先ずっと従う相手は誰か、よく考えるといい」

　ベルナールはアニエスを渡すつもりはまったくなかった。だが、居場所がバレている状態で拒否すれば連れ去られてしまう可能性もある。すぐに立ち上がり、一度自宅へと帰ることに決めた。上司に相談している暇なんてない。母に頼んでアニエスをオルレリアン家の本邸に連れていくよう頼むことにしよう。怒りが込み上げて握り締めた拳は、自らの手のひらに強く打ちつけて発散させる。

「ほう、やる気があるようだな」

「溝《どぶ》に嵌《は》まりやがれ」

「え？　今、なんて言った？」

「なんでもない」

「いや、今、私には相応しくない、薄汚い言葉が聞こえたような」

「幻聴が聞こえるほど、働きすぎて疲れているのだろう」

「そ、そうかな？」

ベルナールは付き合ってられないと話の腰を折ったが、エルネストは話を続ける。

「では、ここの娼館《しょうかん》に向かってくれ」

懐から紙を取りだし、ベルナールへと差しだしてくる。

「え？　娼館？」

「ああ、そうだ。噂によれば、アニエス・レーヴェルジュはここにいる」

「アニエス・レーヴェルジュが、娼館に？」

「そうだ。数日前より潜伏《せんぷく》していたらしい」

ベルナールはすとんと長椅子に座る。地図に書かれているのは歓楽街。数日前より潜伏をしていたということなら、それはアニエスではなく、別人ということになる。深い安堵の溜息を吐く。アニエスの居場所がバレたわけではなかったのだ。

偽者のアニエスは、夜な夜な名だたる貴族を娼館に呼びだしては、支援を望んでいるらしい。

「君、〝糸杉《いとすぎ》の宿《やど》〟に行ったことは？」

「ない」

「え？　またまた、冗談を。一度くらいは行ったことはあるだろう？」

「だから、ない」

〝糸杉の宿〟は、王都一の高級娼館。ベルナールが知っているのは、裏社交界の楽園とも言われ、類稀《たぐいまれ》なる美貌に豊かな教養を兼ね備え、様々な流行に精通し、さらに男を喜ばせる話術に富んだ者達が在籍していることくらいだ。

「アデリーヌ・ブルゴー＝デュクドレーも知らないのかい？」

「誰だ？」

「夜の女王と呼ばれている、高級娼婦だよ」

話を脱線させるエルネストに苛立ちながら、本題に移るようにと急かす。

「ああ、そうそう。それでね、〝宿〟でアデリーヌ・ブルゴー＝デュクドレーの地位を揺るがす存在が現れたらしいという噂が広まっていたんだ」

「それが、かつての伯爵令嬢、アニエス・レーヴェルジュだと？」

「そう」

身請《みう》けするための金も用意しており、〝宿〟との交渉などもベルナールに任せるようだ。

何もかも他人任せで、自分から行動するつもりはさらさらないらしい。意気地なしめ、とベルナールは心の中でもエルネストを罵倒する。

「ああ、そうだ。なんなら、一度だけ楽しんでくるのもいい。これで足りるだろう」

懐から取りだされた革袋は、重たい音を立てて机の上に置かれた。特別な者しか手に入れられないという、娼館への招待状もその隣に並べる。

「彼女は、まだ誰も手をだしていないという話らしい」

「娼婦なのに？」

「そうだ。皆、珍しいもの見たさにいっているのだろう」

エルネストの言うことが理解できず言葉を失う。ベルナールは、厳格な父親と母親の背中を見ながら育った。生涯を共にする女性はたった一人で、愛人を迎えることですらありえないことだと認識していた。今回の話だけでも呆れた話としか言いようがないのに、エルネストはどういった目的でアニエスを愛人にしたいのか、理解に苦しむ。

「交渉にはいくが、保護するだけだ」

「なぜ？　もしかして君、女性が苦手なの？」

「どうでもいいだろうが」

「そ、そうかもしれないけれど……。まあ、いいか」

握った拳で殴りかからないよう、左手でしっかり押さえておく。怒りは震えとなり、なかなか治まらなかった。

「そもそも、お前はどうしてそこまでアニエス・レーヴェルジュに固執《こしつ》する？」

「彼女は面白い人だからね」

「面白い、だと？」

「そう。何年前だったかな？　園遊会で、彼女は睨んできたんだよ、私を——」

何がおかしいのか、エルネストは腹を抱えて笑い始める。

「私に媚《こび》を売らない女性は初めてだった。だから、そんな人をそばに置いていたら、愉快だろう？」

「いや、同意を求められても」

「君にはわからないか」

わからなくてよかったとベルナールは心から思う。

「まあ、そんなわけだから、私はアニエス・レーヴェルジュを手に入れるために金は惜しまない」

しようもない話は聞き飽きたベルナールは、話の途中で勝手に立ち上がる。

「この依頼は俺が引き受けたから、他の人に話すんじゃないぞ」

「ああ、もちろんだ。ありがとう。引き受けてくれて嬉しいよ」

ベルナールはエルネストに背を向け、机の上にある金と招待状を取って部屋を去る。

まずは上司に相談しよう、と急ぎ足で執務室まで向かった。


ベルナールはラザールにエルネストから聞いた話のすべてを報告した。

「酷いとしか言いようがない。しかし、偶然というものはあるものだな」

ラザールは引き出しの中に入れていた書類を取りだし、机の上に置く。それは、本日の任務が書かれている物だった。

「どうやら、〝糸杉の宿〟が薬物売買の取引を行う場になっているらしい」

今まで諜報部《ちょうほうぶ》が内偵していたらしいが、数日前に裏が取れた。関係者の一人を拘束することに成功した。だが、まだ店先での取引の場を押さえていないので、ラザール率いる〝特殊強襲第三部隊〟への任務として、潜入調査及び、全容疑者の拘束を命じられたのだ。

「薬物取引の斡旋《あっせん》をしているのは、新しくやってきた女性らしい。詳細は喋らなかったらしいが、多分それがエルネスト・バルテレモンの言っている偽アニエス嬢だろうな」

作戦は単独任務で〝糸杉の宿〟へ潜入し、現場を押さえたところで他の隊員を娼館へ投入する。

「潜入は三時間後だ」

「夜ではなく、昼間に行うのですか？」

「ああ。白昼堂々と取引しているらしい」

娼館に朝も夜も関係ないのか。呆れた話だとベルナールは思う。

「それで、潜入調査をする者だが――」

こういう時は演技が達者な者が選ばれる。だが、今回はベルナールに命じてきた。

「俺、ですか？」

「ああ。何事も経験だろう」

決定を意外に思う。ベルナールには潜入調査の経験はなく、その場の状況を読みながら演技する能力はない。けれども命じられたからには、やるしかないのだ。

「一応、数日間諜報部の者が金払いのいい客として潜入をしている。今回の招待を得るために多額の金を払ったらしい。演技力に関係なく、上客と判断して尻尾をだすだろう」

「わかりました」

「これが、娼館への招待状とやらだ」

差しだされた招待状は、先ほどエルネストから預かった物とまったく同じだった。今回はこちらを使うように言われる。それから変装用の鬘《かつら》、髭《ひげ》なども渡された。

服装は通勤用の私服でいいと言われた。着替えていなかったので、そのまま向かうことになる。

他の隊員達も集められ、作戦会議が始まった。三時間後、作戦は決行される。潜入用の高級な馬車に乗り込むと、ガタゴトと音を立てながら走りだす。ベルナールはすぐに変装を始めた。くすんだ金髪の鬘を被り、口元には髭をつける。小道具である杖《つえ》は仕込み刀となっており、他にも体の至る所に武器を隠し持った。

「偽伯爵令嬢の部屋はわかっている。近くに待機をしているから、薬をだしたら窓を開け。それが合図となって突入する」

「了解」

作戦に間違いがないよう、今一度確認をしておく。変装用の仕立てのよい外套を纏い、馬車が〝糸杉の宿〟に到着するのを待つ。シンと静まった車内で、突然ラザールが噴きだした。

「別人のようだ」

その言葉に首を傾げていたが、鏡を手渡されて、変装した姿を見て、笑われた意味を理解する。

鬘や髭をつける時は部分的にしか見ていなかったので、全体の様子を確認していなかったのだ。

「そうですね。こうして見ると、父親によく似ています」

「オルレリアンは父親似なんだな」

「そのほうが、その、助かります」

「助かる？」

「ええ。母はなんというか、とても厳しく、恐ろしい人物ですので」

「はは、一度会ってみたいな」

「止めたほうがいいですよ」

意味のない会話であったが、ベルナールの緊張は少しだけ薄らいだ。そんなことをしている間に馬車は〝糸杉の宿〟に到着する。定刻となったので、潜入を開始した。

「おい、オルレリアン、忘れ物だ」

「なんですか?」

手渡されたのは高級な酒だった。偽アニエスへの手土産《てみやげ》として持っていくよう言われる。ラザールより酒の中身を聞き、ベルナールは心強い味方だと思った。

貴族の社交場と遜色ないほどの立派な建物が並ぶ中でも〝糸杉の宿〟は特別豪奢な外観をしていた。出入り口の門番に、招待状を示したら、時間を問わずいつでも中へと案内される。玄関《エントランス》には女主人が待ち構え、歓迎をしてくれた。

「では、ごゆっくり」

驚くほどあっさりと、部屋まで通される。部屋の中は薄暗く、かろうじて机の上には茶と菓子が用意されていることだけはわかった。奥にもドアがあり、その先にあるのは寝室なのかもしれない。

事前に聞いていた窓は扉の正面にあった。その近くに、隊員が待機しているのだろうと思う。

状況確認が済んだ頃に、寝室と思われる部屋から女性が現れた。

「はじめまして」

女は媚《こび》を売るような高い声で挨拶し、アニエス・レーヴェルジュと名乗る。その姿を見たベルナールは驚いた。偽のアニエス・レーヴェルジュを名乗る女性は、本物のアニエスとよく似ていたのだ。仕草や表情、雰囲気まで似ている。アニエスをあまりよく知らない者が見たら、本人と間違ってしまうのではと思うほどに。

「まずはお茶を楽しみましょう」

「ああ、そうだな」

席に着き、じっくりと観察する。時間をかけてよくよく確認してみると、偽者は濃い化粧で、アニエスに近づけた容姿を作っており、それほど似ていないこともわかった。

しかし扇子《せんす》を片手に喋る様子などは、貴族令嬢然としている。これらの振る舞いはすぐにできるものではない。高貴な貴族令嬢として育てられ扱われて、自然と身に付くものなのだ。

もしや、アニエスの悪い噂の原因は目の前の女性にあるのではと、疑いの目を向けてしまう。

「こちらのお菓子は、街で流行っている白うさぎ喫茶店のスコーンですの。とってもおいしいので、よろしかったら」

白うさぎ喫茶店のスコーン。聞いたことがあるなと、赤い果肉が練り込まれた焼き菓子を眺める。

「――あ」

「どうかなさいましたか?」

キャロルとセリアが食べたいと言っていた菓子だった。途切れた言葉の先は、「妹が食べたがっていた」ということにしておいた。双子は生まれた時から知っているので、妹みたいなものだから、間違いではない。

「でしたら、お土産に持って帰ってあげて。さあ」

偽アニエスは皿の上にあった四つのスコーンを紙ナプキンに包み、ベルナールに渡してくれる。

せっかくの厚意なので、ありがたくいただくことにした。

妹思いな話で警戒が解けたのか、偽アニエスはよく喋るようになった。ベルナールも、辛抱《しんぼう》強く相槌を打つ。途中、手土産として持ってきていた酒を飲もうと誘えば、あっさりと応じる。

酒の入った偽アニエスは、どんどん饒舌《じょうぜつ》になっていった。そして、話は事件の核心に触れる。

「もう、こういう生活は嫌なんです」

「こういう生活とは？」

「人を騙して、大金を奪い、悪いことをするなんて……」

ボロボロと涙を流しながら言う。自白剤入りの酒の効果は絶大であった。ベルナールが何も言わなくとも、自分から棚の中から箱を取りだし、床にぶちまける。

でてきたのは白い粉。そして、立ち尽くしていたベルナールの前に跪《ひざまず》く。

「お、お願いです、私を助けて、ください」

彼女は子だくさんで貧乏な家庭に生まれ、物心ついた時から空腹ばかり覚えていた。ある日、アニエスに似ていることから、身代わりにならないかと、とある人物に誘われる。そこから貴族令嬢の教養や物腰を叩き込まれた。完全な令嬢となったところで、社交界で暗躍を命じられる。

「それは、ここ最近の話か？」

「は、はい」

今までたくさん悪いことをしていたと話す。

「妹達に会いたい、です。もう、何年も、会っていません……。このおいしいスコーンを、食べさせて、あげたい」

ベルナールは不幸な女性を見下ろしながら言う。

「わかった。お前を助けてやろう」

同時に、部屋の窓を大きく開く。冷たい風が一気に吹きつけ、床に広がっている白い粉がさらりと宙を舞う。その瞬間、娼館の出入り口が破壊され、強行突入が始まった。

結局、薬の取引をしていたのは偽アニエスだけではなかった。娼館のあちらこちらに大量の薬物が隠されていた。蔓《つる》を手繰《たぐ》れば大量に収穫される芋《いも》のように、逮捕者は次々と拘束されることになる。けれど、偽アニエスを演出させた中心人物はその中にいなかった。おかしなことに、誰も知らなかったのだ。尻尾を掴ませないよう、毎回代理人を立てていたことが明らかとなる。

なんとも後味の悪い事件となってしまった。

大仕事を終えたベルナールは、馬車の最終便で家路に就く。本当に大変な一日だったと、眉間の皺を解しながらの帰宅となる。玄関に入れば、遅い時間なのに待っていてくれたアニエスの姿があった。家の中は暖かく、今まで寒い中で剥きだしになっていた指先がジンと痛む。

おっとりとした微笑みを浮かべるアニエスの姿を見ていると、どうしてかひどくホッとしてしまう。

悲惨な話を聞き、悪意に満ちた現場にいた反動だと思った。

「おかえりなさいませ、ご主人様」

にっこりと温かく微笑むアニエスを見た途端、ベルナールの凍り付いていた心が解けるようだった。初めて感じる感情に、ベルナールは首を傾げる。

「いかがなさいましたか？」

アニエスから心配そうに顔を覗き込まれ、余計にドキドキしてしまう。

ベルナールはきっと疲れているせいだ、と決めつけてしまった。

◇◇◇

偽アニエスの逮捕劇は、社交界に大きな衝撃をもたらした。週刊誌は大きく取り上げ、またしても彼女は時の人になってしまう。

「まあでも、以前よりはマシになったんじゃないか？」

ラザールは雑誌を片手に呆れた表情を浮かべつつ言う。

なんでもアニエスが控えめで謙虚な人柄、孤児院での長年にも及ぶ活動などが書かれている記事が出回るようになったらしい。そこから、アニエスを悪女のように扱う噂話がデタラメだったことも報じられたようだ。ほんの少しだけ、アニエスを取り巻く状況はよくなっていたわけである。

「だが、本物のアニエス嬢がいまだ行方不明扱いで、皆の注目を集めているのはよくない」

「そう、ですね」

偽アニエス事件について書かれた雑誌は飛ぶように売れているらしく、記者が必死に本物のアニエスの行方を捜しているのは容易に想像できた。

「そういえば、移住の件は聞いてみたか？」

「いえ、まだです」

「家の問題はどうなった？」

「片付きました。夜に聞いてみます」

「ああ、頼む」

今、王都周辺で暮らし続けるのは危険だと思った。ベルナールの家は郊外にあるとはいえ、多少人の出入りがある。隠し通すのは難しくなるだろうと考えている。

「ま、そういうわけだ。話は以上。あとは任せてくれ」

「はい。ありがとうございます」

今日は半休を取るようにと、命じられていた。ここ数日、事件の後処理で息つく間もないほど忙しい毎日だった。上司の配慮を嬉しく思う。

事件はすでにベルナール達の元から離れた場所にある。捜査が進めば、偽アニエスを作った真犯人も捕まるだろう。やっと落ち着くことができるのだ。


ベルナールは私服に着替え、街にでる。賑やかな街の風景を見渡していると、ふと思い出した。

アニエスに婚約者役の礼を渡していなかったと。母親が帰る日に何か買って帰ろうと思っていたが、偽アニエス事件に巻き込まれてすっかり忘れていた。

焼き菓子でも買おうと周囲を見渡すと、白い兎の看板が目に付く。

〝白うさぎ喫茶店〟。キャロルとセリアが熱を上げていた、焼き菓子を出す店だった。結局、偽アニエスから貰った焼き菓子は証拠品の一つとして提出してしまった。

店先にはうんざりするような長さの列ができている。よくよく見てみれば、列は二手に分かれていた。片方は店内へ、もう片方は店にある小さな小窓から何かを受け取っている。どうやら焼き菓子の持ち帰り販売もしているようだった。その列は店に入る客よりも多い。

ベルナールは眉間に皺を寄せて、列を眺める。購入に至るまで、大変な思いをすることは見てわかった。だが、女性の喜ぶ物なんてわからない。あれだけ双子が食べたがっていたのだから、アニエスも好きだろうと思い、ベルナールは焼き菓子の持ち帰り販売待機列に加わることになった。最後尾に並んだだけで、先の見えない列に絶望すら覚えてしまう。吹く風も肌を刺すような冷たさである。ここ数日、バタバタしていて家に帰れない日もあった。寝不足の体に、北風が沁《し》みる。知らないうちに疲労を溜めていたのだと、今になって気付いたがもう遅い。

それから二時間後、やっとの思いで購入することができた。寒空の下に立ち尽くしていたので、体は冷えきってしまった。喉がイガイガと違和感を覚え、激しく咳き込む。小脇に抱えた菓子は焼きたてで、とても温かかった。焼き菓子で暖《だん》を取りつつ、早く帰って押しつけようと、馬車に走って乗り込む。

屋敷に辿り着く頃にはふらふらな状態になっていた。扉を開き玄関に入ると、早すぎる帰宅に驚いた顔をするアニエスの姿があった。どうやら床掃除をしていたようで手には箒《ほうき》を握っている。

「おかえりなさいませ、ご主人様」

「ああ、ただいま帰った」

寒かったのでカフェオレを用意するかと聞いてくるアニエスに、ベルナールは首を横に振る。渇きは覚えていたが、喉が痛くてそれどころではなかった。とりあえず、菓子を渡す。

「これ、買ってきた」

アニエスはきょとんとした顔で、焼き菓子の入った箱を受け取る。

「食べろ」

「こちらは？」

菓子はアニエスのために買った。それで間違いないのに、異性に物を贈った経験がないベルナールは恥ずかしくなってしまう。その結果、口から出てきたのは、意図とは違う言葉だった。

「か、勘違いをするな。お前のために買ってきたわけではない。キャロルとセリアが食べたがっていたもので、だから、皆で分けて、食べろ」

「さ、さようでございましたか。ありがとうございます」

買ってきた焼き菓子は、全部で二十個。

アニエスが他の人にも分けられるように、多めに買ってきていた。それを素直に言えなかった自分に嫌気が差す。熱でぼんやりとした頭では、物事を冷静に考えることができない。喉の痛みも増し、咳も止まらなくなっていた。部屋で休めば治る。そう思って、まっすぐ寝室に向かった。

途中で会ったエリックには、休むのでしばらく部屋に入らないように伝えておく。主人に忠実な執事は、頭《こうべ》を下げて見送った。

上着を脱いで椅子にかけ、タイを雑に外す。シャツのボタンを二個外したところで力尽きる。寝間着に着替える元気もなかった。水差しの水をグラスに注いで半分ほど飲み、そのまま寝台に転がる。それから数時間、ぐっすりと眠っていた。

ひやりとした、額からの冷たさを感じて目を覚ます。ベルナールにとって、心地よい冷たさだった。冷たい箇所に手を当てると、誰かの指先に触れた。それを意味もなくギュッと握る。握った物は、すべすべとしていて、柔らかい。冷たさに触れているうちに、だんだんとぼんやりしていた思考がはっきりしていく。握った物は――間違いなく他人の手。キャロルやセリアの小さな手ではなく、ジジルの水仕事などで荒れた手でなく、ドミニクのごつごつした手でもない。匙《さじ》より重たい物を持ったことがないような綺麗な手。なのに、手の腹は少しだけ皮が厚くなっていて、マメができていた。それは、大きな違和感でもある。

——貴族の令嬢のようなきめ細やかな肌に、マメ？

「う、うわ！」

慌てて手を離し、瞼を開く。枕元には、困った顔をしているアニエスの姿があった。

「な、お前！　なぜ、ここに？」

混乱した頭で問いかける。アニエスは優しい声で答えた。

「その、ご主人様のお世話を」

「せ、世話？　どうして？」

「お医者様は、風邪だとおっしゃっておりました」

「か、ぜ？」

「はい」

言われてみれば頭がズキズキと鈍痛《どんつう》を訴え、喉の痛みも増している。

酷く咳き込んでいたような記憶もあった。

「喉は渇いていませんか？」

「ああ、まあ」

「では、蜂蜜レモンを準備します」

アニエスは暖炉から湯沸かし鍋を取って、円卓にある鍋敷きの上に置き、カップの中に材料——

乾燥レモン、蜂蜜、砂糖を入れる。くるくると、カップの中身を匙でかき混ぜる様子を、ぼんやりと眺めていた。手渡されたそれは、ふんわりと甘い香りが漂ってくる。一口飲めば、甘酸っぱい風味が口の中に広がった。ホッとするような優しい味で、喉を刺激するものでもない。ゆっくりと、時間をかけて飲み干していく。

次にアニエスはリンゴを剥き、ベルナールに勧めてくる。食欲はなかったが、薄く切られたそれなら食べられるような気がして、口に運んでいく。甘くておいしかったので、丸のまま一個食べきってしまった。最後に、手渡された薬を飲む。薬を飲み終えたのと同時に、エリックが着替えを持ってきた。夕食について聞いてきたが、首を横に振って必要ないと言っておく。アニエスが部屋からいなくなったあと、汗をかいた服から寝間着に着替え、再び眠ることになった。

翌日。日の出前に目を覚ます。薬が効いたのか、頭痛も喉の痛みもすっかりなくなっていた。腹がぐうと鳴り、昨晩夕食を断ったことを思い出す。

寝台の近くにあった机には誰かが看病してくれた痕跡《こんせき》があった。それを見ながら、風邪をひいたのなんて十数年ぶりだなと、しみじみ思う。体を伸ばし、深呼吸をした。体はすっかり軽くなっており、健康そのものであった。エリックを呼び、湯を用意するように命じた。体を綺麗に拭いてから、食堂に移動する。ベルナールの姿を見て驚いたのは、ジジルだった。

「旦那様、風邪、もう治ったのですか!?」

「ああ、すっかりよくなった」

「もしかして、お仕事に行かれるのでしょうか？」

「当たり前だ」

「一日くらいゆっくりお休みをされては？」

「そんなに柔《やわ》じゃない」

「さようでございましたか」

食卓に並べられた料理を、ベルナールは次々と平《たい》らげていく。その様子を見て、ジジルは心配いらないと安心する。

「そうだ、旦那様」

「なんだ？」

「旦那様を朝方までずっと看病をしていたのは、アニエスさんです。――あ、別にお礼を言ってほしいとかではなく、事実を報告すべきかな、と思いまして」

「そう、だったのか」

おぼろげな意識の中で飲んだ蜂蜜レモンや、甘いリンゴを食べたのは夢ではなかった。それから、握ってしまった細く柔らかな手のことも。記憶を蘇らせ、羞恥心に襲われる。

「ああ、あと、スコーン。ありがとうございました。娘達も喜んでいました」

スコーンを食べたアニエスの反応もなんとなく気になっているが、聞くのも癪《しゃく》だと思う。ジジルに見られていることも気付かずに、ベルナールは一人で百面相していた。

「昨日は特に冷えていましたから、行列に並ぶのも大変だったでしょう？　白うさぎ喫茶店のスコーン、毎日数時間待ちだという噂です。大変な思いをして買ってきてくださるなんて、なんて使用人思いの素晴らしい旦那様なのでしょう！」

「お、お前、それ、他の人に、言っていないだろうな！」

「ええ、もちろんです」

「も、もしも、言ったら」

「言ったら？」

　どんな罰を与えようかと思ったが、何も浮かんでこない。とりあえず、「言ったらただじゃおかないからな！」と宣言しておいた。それにしてもと考えながら、眉間に皺を深く刻む。せっかくアニエスへ礼をして気が晴れたと思っていたのに、また借りを作ってしまった。

　何か新たに感謝の印を与えなければならない。慣れないことに頭を悩ませるベルナールであった。

◇◇◇

　朝、ベルナールが苦悶している頃、アニエスはフラフラな状態でミエルの朝食の準備をする。

　食欲旺盛な子猫は、足元でミャアミャアと元気よく鳴いていた。

　途中、ジジルがいつものように朝食を持ってやってくる。

「アニエスさん、おはよう」

「おはようございます」

「顔色悪いわね」

「そうですか？」

「ええ、大丈夫？」

「はい、平気です」

「だったらいいけれど」

ジジルは朝食の載った皿を椅子の上に置き、ミエルを抱き上げて籠の中に入れて布を被せた。

アニエスは一晩中ベルナールの看病をしていた。恩返しの一つとして、自ら望んだのだ。看病する相手は成人男性であり、薬を飲んだあとならば悪化することもない。医者も一晩安静にしていれば、すぐに治ると言っていた。けれども心配で、一晩中付き添っていたのだ。

「旦那様の看病はどうだった？」

「上手く、できていたかはわかりませんが」

子どもの頃、風邪をひいたら乳母が一晩中看病をしてくれたのを思い出しながらやったのだ。

「途中、お母様が様子を見にきた時に蜂蜜レモンを作って持ってきてくれて――」

それがおいしくて、幼いアニエスはホッとした。風邪をひいた日は心も不安定になる。少しでも、それを和らげることができたらいいと思いながら看病していたのだ。

「大丈夫。上手くいっていたみたいよ。旦那様、すっかり元気になっていたわ」

その言葉を聞き、アニエスは深く安堵する。

「よかったです、本当に」

「アニエスさんのおかげね。それにしてもすごいわ。あの薬嫌いに有無《うむ》を言わさず薬を飲ませて、一晩で治すなんて」

「そのようなことは……」

「あるのよ、それが！」

ジジルは幼少期、ベルナールと薬を巡る奮闘を面白おかしく語り始める。

「とまあ、こんな感じで――あら、もうこんな時間。そろそろ食事にしましょうか」

本日の朝食は大きなビスケットに、チーズ、ゆで卵、皮付きのリンゴが一切れ。調理場担当のアレンが休みの日なので、実にシンプルな朝食が用意されていた。残念なことに、徹夜明けのアニエスはほとんど食べられなかった。代わりにジジルが平らげる。

「すみません、せっかく準備していただいたのに」

「そういう日もあるわ」

しょぼんとするアニエスの背をポンポンと叩きながら、軽い調子で励ます。

朝食後、このあとの予定が言い渡された。

「アニエスさん、お仕事は午後からお願いできるかしら？　ミエルの面倒はドミニクが見ているから、安心して」

「そ、そんな。わたくしは大丈夫です」

「昨日から働き詰めだったでしょう？　これは命令」

「はい、わかりました。ありがとうございます」

命じられたことを素直に受け入れたら、ジジルから「いい子ね！」と褒めてもらった。

ゆっくり睡眠を取ることができたアニエスは、はりきって仕着せに着替え、一階まで降りていく。

まず、庭にミエルを迎えにいった。ドミニクは庭木周辺の土を解し、油かすや落ち葉、家畜の糞などの肥料を埋めていた。これらは土の中で発酵し、春になれば木々の栄養となる。

忙しそうにしていたので、頃合いを見て声をかける。ミエルはドミニクのポケットの中ですやすやと眠っていた。礼を言って受け取る。ぐっすり眠っていたミエルは、ほかほかと温かくなっていた。そんな子猫を抱き、三階の陽当たりがいい場所に寝かせておく。餌は空腹になったら食べるだろうと思い、いつもの場所に置いた。つい最近、自力で食べられるようになったので、その辺の心配はもういらない。

調理場を覗き込むと、ジジルが昼食の準備をしていた。アニエスも手伝う。

正午を一時間ほどすぎた時間帯に、使用人全員で昼食をいただいた。品目は焼いた肉をパンに挟んだ物に、山盛りになった揚げた芋。休みのアレンも一階にやってきていたが、母親の作った料理に愕然とする。

「今日の料理当番、母さんだったのか……。なんていうか、お腹さえいっぱいになればいい、みたいな料理だよね」

「文句言わないの！」

アレンの料理は繊細で、彩りも鮮やか。一方で、ジジルは大ざっぱで茶色い料理しか作らないのだ、とアレンはぼやく。ドミニクとエリック、アニエスは、黙って食べていた。それを見習えと、ジジルは二番目の息子に指導する。

「旦那様ですら、私の作った料理に文句を言ったことがないのに」

「旦那様は昔からなんでも食べるいい子なんだよ」

「なんですって⁉」

まあまあと、エリックが仲裁に入る。親子喧嘩はあっさりと終息した。

しんと静かな食卓で、アニエスは我慢できなくなり、笑ってしまった。

「ほら、アレンのせいで笑われてしまったじゃない」

「面白いのは母さんの料理で、僕じゃない」

「また、あなたは」

「ご、ごめんなさいお食事中なのに」

「いいのよ。キャロルやセリアなんかがいる時は、もっと賑やかだから」

アニエスはここにきてからお喋りしながら食事を楽しむことを覚えた。貴族社会では社交を目的とする晩餐会以外で食事中に会話をすることは、マナー違反となっている。けれども今の彼女は伯爵家のご令嬢でもなんでもない。様々な柵《しがらみ》に囚《とら》われることなく、今まで味わったことのない、庶民としての暮らしを楽しむようになっていた。


午後からは傷薬作りを教えてもらうことになった。ジジルの指導の下、製薬を開始する。

「まず、材料から説明するわね」

まず取り出されたのは、蝋《ろう》に似たくすんだ黄色の塊。

「これは蜜蝋――蜂蜜の巣ね。皮膚の保湿と抗菌、美肌効果なんかもあるのですって」

アニエスは教えてもらっていることを一生懸命紙に書いていく。

「で、こっちは精油」

香りには鎮静効果と消炎、殺菌作用がある薫衣草《ラベンダー》。万能薬とも言われている茶樹草《ティーツリー》。それから、皮膚の保湿や抗炎症作用のある砂漠の実《ホホバ》。

夏季に採れるこれらの三つの植物から、ドミニクがせっせと作った精油だ。

「作り方はね、本当に簡単」

精製した蜜蝋を湯で溶かし、精油を数滴ずつ垂らし混ぜ合わせるだけ。完成した物は煮沸《しゃふつ》消毒した缶に入れ、トントンと机に打ちつけて中の空気を抜く。それから、きっちりと蓋を閉じたら出来上がり。

「とまあ、こんな感じ」

「ご指導、ありがとうございます」

「いえいえ」

他にも、筋肉痛を緩和する物に、日焼けの痕を薄くする物など、精油の組み合わせの違いで様々な薬が作れることを教えてくれる。

「この傷薬はアニエスさんにあげる」

「いいのでしょうか？」

「ええ。お好きにどうぞ」

「嬉しいです。ありがとうございます」

初めて作った薬を、アニエスは胸の前にぎゅっと抱き締めた。

◇◇◇

冬の日没は早い。騎士団の終業を知らせる鐘が鳴る頃には、すっかり暗くなっている。

終礼を終わらせ、家に帰ろうとしているベルナールを引き止める者が現れた。

「やあ、オルレリアン君、奇遇だね。ちょっと話があるんだ」

行く手を阻むのは、エルネスト・バルテレモン。ベルナールは話をしたくなかったが、どうせアニエス関連のことだろうと思い、しぶしぶ誘いに応じる。通された部屋は埃っぽく、喉が敏感になっていたので咳き込んでしまった。

「大丈夫かい？」

「ああ」

覗き込んでくるエルネストの顔を見て、ふと思い出す。上着の内ポケットに、以前偽アニエスの捜索依頼の前金を入れたままだったことに。硬貨《コイン》の入った袋を手渡すと、エルネストはポカンとする。どうやらすっかり忘れていたようだ。

「金だ。依頼は達成できなかったから、返しておく」

「いや、いいよ。貰っておきなよ」

「いい、いらない」

「そ、そうか」

エルネストは小首を傾げつつ、金を懐にしまっていた。

「それで、話は？」

「あ、そうそう、話もアニエス・レーヴェルジュのことなんだ！」

彼は焦っていた。社交界で再びアニエスへの注目が集まり、エルネスト同様に捜索を始めている者達が他に出現しているらしい。

「彼女はいつの間にか、悲劇の聖女扱いだよ」

「それはそれは、お気の毒に」

ベルナールはあくまでも「無関係です」といった感じの言葉を返す。

「こういった事態は面白くない。彼女は私が先に目を付けたのに」

社交界の人々の鮮やかな手のひら返しに、ベルナールは呆れた気持ちになる。記事に書かれた話が何倍にも膨らみ、アニエス像をどんどん歪めていた。

彼女は聖女なんかではない。ごくごく普通の、どこにでもいる控えめな女性だった。

「それで？」

「いや、話を聞いてほしかっただけだ」

「は？」

「人に話せば、案外すっきりするものだね」

呆然とするベルナールを残して、エルネストは部屋から去っていく。

わけがわからないと部屋で一人、怒りを覚えることになった。


エルネスト・バルテレモンの話を聞いたせいで、イライラとモヤモヤを抱えつつの帰宅となった。

今日も玄関先でアニエスが出迎える。

——悲劇の聖女、アニエス・レーヴェルジュ。そんな噂が広まっているなど、当の本人は知る由もない。汚名は晴れたが、今度は別の問題が発生していた。

「おい、話がある」

帰って早々、ベルナールはアニエスを執務部屋へと連れていった。長椅子を指し示し、向かいに座るように命じる。アニエスは突然の呼びだしに、緊張しているような表情を浮かべていた。そんな彼女に、「悪い話ではない」と前置きしてから話し始める。

当然ながら、王都での気の毒な噂話は伏せておく。

「〝女王の葡萄酒〟は知っているか？」

「はい。南西部の町の、名産品ですよね？」

「そうだ」

アニエスはラザールの親戚がいる村の酒を知っていた。ならば、話が早いと思う。

「酒は好きか？」

「いえ、あまり飲んだことがなくて」

「そうか。女王の葡萄酒は、甘くて飲みやすい物らしい。女性にも人気だとか」

「さようでございましたか」

村は葡萄畑に囲まれたのどかな場所だと聞いていた。酒は品質優先で、じっくり丁寧に造られる。若い娘が少なく、大切に扱われるであろうとラザールは言っていた。彼女を振り回す者がはびこる王都にいるよりはずっといいと思った。

「上司の親戚が、その村で領主をしていて」

「はい」

「住んでみないか、という話がある」

「わ、わたくしが？」

「ああ。ここよりは過ごしやすいだろう。迎える側も、歓迎してくれる」

アニエスは目を見開き、それから、困惑の表情を浮かべている。ベルナールは無理もないと思う。彼女は王都からでたことがない、箱入りのお嬢様なのだ。遠く離れた場所で暮らすのはさぞかし不安だろう。

アニエスは黙ったまま目を伏せる。ベルナールにはかける言葉がない。後頭部を掻きながら唸り声を上げれば、アニエスは弾かれたように顔を上げた。その様子には見覚えがあった。それは、雨の日に捨てられていた子猫《ミエル》と同じもの。なんだか悪いことをしているような気分になる。

「ま、まあ、あれだ。一度、ジジルに相談するのもいい。しっかり考えて、決めろ」

「はい」

アニエスは深々と頭を下げ、部屋からでていった。

◇◇◇

ベルナールがいつになく深刻な顔で「話がある」と言って呼びだし、言い渡された内容はアニエスにとって驚くべきものだった。

あまりの衝撃に眩暈《めまい》を覚え、壁に手を突く。視界も、頭の中もぐるぐると混乱した状態にあった。

ベルナールはアニエスに移住をするよう言い渡した。どうしてとは聞けなかった。理由はわかっている。貴族籍を剥奪された罪人の娘で、彼女自身、使用人として役に立っているわけではない。ここにいてもいい理由など一つもなかった。しかし、ベルナールは厄介払いをしたいという感じで

もなかった。移住先はアニエスが住みやすい、静かで美しい場所を勧めてくれた。

「アニエスさん？」

ジジルより声をかけられ、ハッとする。

「どうしたの？　具合、悪いの？」

「い、いえ」

「やだ、顔色が真《ま》っ青《さお》！」

心配をかけまいと壁から手を離したら、ふらついてしまう。

「大丈夫!?」

「すみません」

ジジルに腰を支えられた状態で、休憩所まで歩いていく。椅子に座り、ホッと息を吐く。いつの間にか眩暈も治まっていた。

「ジジルさん、ありがとうございます」

「ええ、いいけれど」

ジジルはティーポットを持ち、蒸らしていた薬草茶をカップに注ぐ。それと、銀紙に包まれた菓子も置いた。隣に座り、話しかける。

「具合が悪いわけじゃないのよね？」

「……はい」

「だったら、お薬はこれ」

指されたのは、板のようなチョコレート。

「こちらは？」

「FAS社のおいしく食べるチョコレート《ショコラデリシュー・ア・マンジュ》よ」

ジジルは全体の大きさを半分に割ってアニエスに手渡す。手元の残りの半分は銀紙を剥ぎ、そのまま齧《かじ》りだす。

「うん、おいしい」

その様子を、アニエスは瞬きもせずに見てしまう。板状のチョコレートを見るのは初めてな上に、そのまま齧って食べることなど、今まで経験したことがない。

不思議そうな顔をしていたので、ジジルは板チョコの食べ方を伝授した。

「これね、本当は熱いチョコレート《ショコラ・ショー》を作るための買い置きなんだけど、疲れたり、落ち込んだりした時は、そのまま齧るの。すると、元気になるのよ」

「そう、なんですか？」

「ええ。お薬だから、全部食べてね」

「は、はい。わかりました」

アニエスは恐る恐る板状チョコレートを口にする。パキリ、という音がした。そのまま噛めば、パリパリとした触感と、素朴な甘さが口の中に広がる。今まで食べていた濃厚で滑らかなチョコレートとまったく違い、硬くてしっかり噛み砕かないといけないような物であったが、どうしてか心に沁みるような気がした。ジジルが「薬」と言っていた意味を理解する。

渋い薬草茶を飲みつつ、アニエスは半分の板チョコを食べきった。

「ジジルさん、ありがとうございます」

「ちょっとだけ元気になったでしょう？」

「はい」

　ジジルは背中を優しくポンポンと叩いてくれた。チョコレートを食べて気は楽になったが、心の中の靄《もや》は残ったままだ。アニエスは勇気をだして、話をしてみることにした。

「あの、ジジルさん。少し、相談したいことがあって……」

「わかったわ。三階のミエルの所で話しましょう」

　休憩所は人の出入りがあるので、三階の簡易台所に移動することになった。

　アニエスはジジルに、ベルナールからの提案を話す。

「旦那様ったら、突然そんなことを言ってきたのね」

「南西部の村は、とても過ごしやすい場所だと、聞いたことがあります」

「それはそうだけど」

　アニエスはジジルに背中を押してほしかった。南西部の村にいったほうが、こっちも助かるとはっきり言ってくれたら、迷いもせずにここをでていける。

　けれどもジジルは、期待していた言葉は口にしなかった。

「旦那様はアニエスさんに決めるように言ったのよね？　アニエスさん自身は、どうしたいの？」

「わたくしは」

　自らを取り巻く状況はよく理解していた。没落貴族の元令嬢で扱いにくい存在であること。そんな娘を支援しているのが露見したら、ベルナールの立場が悪くなってしまうこと。ここにいても、なんの役にも立たないこと。

「アニエスさんの気持ちを教えて」

「ご主人様の言う通り、移住するのが最善であるとわかっております」

「そうじゃなくて、心の中で大きく占めている、アニエスさんの感情を知りたいの」

ドキン、と胸が大きく鼓動する。アニエスは今一度、自らの気持ちを振り返った。

「わたくしはまだ、ご主人様に恩返しできていません。それに、皆さんやミエルと別れるのも、悲しいです」

このままここにいても迷惑をかける。そのためでていったほうがいいと理解する心と、ここに残ってベルナールのそばにいたいという心がせめぎ合う。

「アニエスさんが決めていいのよ」

「そんな」

「いいの。だって旦那様はあなたをここに連れてくる時に決意しているから。旦那様のことを考える必要はないわ。たった一度きりの人生だもの。後悔しないように、好きなように生きなさい」

好きなように生きる。それは、人生の中で初めて聞く言葉だった。父親の望む通りに生き、選択の余地などなかったアニエスにとって、ズシンと重くのしかかるものでもある。

――ベルナールのそばにいたい。ただ、それだけでいい。

アニエスのたった一つの願いだった。それでいいのかと、何度も自問する。父親の望む通りに生きるのはつらいことだった。けれど、その道を歩く以外の人生は用意されていなかった。

だが今は、アニエス自身に選択権がある。ならば生きたいように生きようと、そう思った。

伏せていた顔を上げ、まっすぐにジジルを見る。そして、決意を口にした。

「わたくしは、ここで暮らしたいです」

彼女は望む。ベルナールの屋敷で部屋を借り、使用人として暮らすことを。

生まれて初めての選択に、言葉が震えた。ジジルはそんなアニエスの肩を抱き締め、一緒に頑張ろうと励ましてくれた。


夕食後にベルナールと話をする時間をエリックが作ってくれた。アニエスは感謝をして、私室へと向かう。一日の間に二回も、こういうふうに時間を作ってもらうことは申し訳ないと思った。けれど、ジジルが「決意表明は早いほうがいい」と勧めてきたので、それに倣《なら》うことにした。

ミエルの成長も見てもらおうと、一緒に連れていく。ベルナールは部屋で腕組みをして待機していた。猫の存在に気付くと、目を細める。

「猫、いつの間にか丸々してんな。拾ってきた時と一緒の猫には見えん」

「はい。とても元気になりました」

やせ細っていた体はすっかり標準体型となり、半開きになっていた目も完治して、今は綺麗に開いていた。現在、澄んだ青い目はらんらんと輝いている。好奇心旺盛な子猫は籠からでようとジタバタ奮闘していた。アニエスは柔らかな笑みを浮かべながら、ミエルを籠の底へ移動させ、上から布を被せた。今までミャアミャアと鳴いていたミエルは大人しくなり、部屋は静寂に包まれる。

風が強く窓枠がカタカタと鳴る音が響く中、ベルナールはアニエスに話しかけた。

「それで、話とは？」

「移住の件です」

アニエスは勇気をだして、本心を口にする。ここで使用人を続けたい、と。

それを聞いたベルナールは顔を顰《しか》めていた。

「理由を、聞かせてもらおうか」

「それは」

ベルナールのそばにいたかった、という理由は言えるわけもない。

「ここでの暮らしが、わたくしには合っている、と思ったからです」

「本気なんだな？」

「はい」

ベルナールは厳しい声色でアニエスに問う。自分の抱える問題について理解をしているかと。

彼女の青い目は、悲しみの表情と共に伏せられた、

「自らのことは、よくわかっているつもりです。父は罪を犯したことを認め、家は没落しました」

アニエスを支援していたことが露見すれば、ベルナールの立場も危ういものとなる。

「まあ、その見解が正解でもあるし、不正解でもある」

アニエスを取り巻く問題は、彼女が街で暮らしていた頃とは大きく変わっていた。それを聞く覚悟があるかと問いかけてくる。

「いったい、どんなことがあったのですか？」

「正直言って胸糞悪い話だ。聞かないほうがいいと思う。今まで黙っていたが、ここで暮らし続けるには自らの危機管理も重要になるから、お前は知っておかなければならない」

前置きを聞いただけで怖くなった。

だが、先ほど聞いた移住の話ほど衝撃的ではないだろうと思い、アニエスは話に耳を傾ける。

「いいのか？」

「はい」

アニエスの心は揺るがない。雨の日の子猫に似た存在《もの》から一変し、覚悟を決めた者として、ベルナールの目の前に座っている。

「わかった、話そう。とはいっても、長くなるんだが――」

ベルナールが打ち明けたことは、耳を塞ぎたくなるようなことばかりであった。

エルネスト・バルテレモンがアニエスの行方を捜していること、雑誌を中心に悪評が広がっていたこと。それから偽アニエスが捕まり、悪評は晴れたこと。

「状況は一変して、今度は聖女扱いときたものだ」

想像の斜め上をいく展開にアニエスは言葉を失っていた。そして王都に住む人の多くが、アニエスを捜しているという事実に、背筋をぞっとさせる。

「というわけだが」

「その、とても驚きました。それから、もしもわたくしがここにいると露見してしまえば、絶望的なまでにご主人様達に迷惑をかけてしまう、とも」

「迷惑なのはいまさらだ」

南西部の村には王都の噂が届かない代わりに、噂好きが大勢いる。そこへいっても好奇の視線に晒され、落ち着くまでに時間がかかるだろうと、ベルナールは話す。

「どこにいても、苦労はする」

「そう、ですね」

「決心は揺るがない、ということでいいのか？」

「はい。わたくしは、ここで働きたいです」

「わかった。ならば、こちらも対策を練ろう」

「対策、ですか？」

「詳しく言えば、変装だ」

ベルナールの提案は、なるべく目立たないようにすること。今の状態であれば、一目でアニエスとバレてしまうだろうと言う。

「いったい、どのようなことをすればいいのでしょうか？」

「まず、髪型を変えろ。そのように編んだ髪を綺麗にまとめている使用人はいない」

「は、はい」

アニエスはその場で命令に応じる。挿《さ》してあるピンをすべて抜き、髪をまとめていた紐を解《ほど》いた。

すると、艶やかな金の髪はさらりと解け、肩から胸元へと流れていく。

その一連の様子に、ベルナールはぎょっと驚く。

「あの、どうかなさいましたか？」

「いや、どうかしたかって、妙齢の女性が夫以外の男の前で髪の毛を解くなんて、ありえないだろうが！」

指摘されたアニエスは、自らの行動を恥じ、カーッと顔が熱くなっていくのを感じる。

「も、申し訳ありません」

「いや、まあ、次からは気を付けろ」

「はい」

シーン、と気まずい空気が流れる。アニエスは言葉を探し、ベルナールへ話しかけた。

「ご主人様、その、具体的な髪型というのは……？」

「髪型は、アレだ。キャロルやセリアがしている、あー、なんだ、あれは」

おさげの三つ編み。アニエスは命じられた通り、左右に分けた髪を編んでいく。

「こちらでよろしいでしょうか？」

おさげ姿になったアニエスを、ベルナールは眉間に皺を寄せながら眺める。どうやら思っていたほどの変装にはならなかったようだ。

「まあ、新しい仕着せを着れば、どうにかなるだろう」

明日、頼んでいた仕着せが届くらしい。アニエスを使用人らしく見せるために、ベルナールがわざわざ買ってくれたようだ。

「まあ、髪型はそれでいい」

下がれと言われたアニエスは深々と頭を下げて、ミエルと共に部屋を辞する。

いまだ、ドキドキと高鳴る胸は、しばし収まりそうになかった。

◇◇◇

翌日。ベルナールはラザールにアニエスの選択を報告した。

「そうか。残ることになったか」

「はい。住み慣れた場所を離れるのは、つらいようです」

「そうだよな。わかった。これから大変だろうが、困ったことがあれば私も力を貸そう」

「ありがとうございます」

これで話は終わりかと思いきや、引き止められる。至極真面目な顔で、ラザールは聞いてきた。

「オルレリアンは、アニエス嬢を娶る気はないのか？」

「はい？」

「妻として迎えないのかと、聞いている」

「なぜ、そのようなことをおっしゃるのですか？」

「いや、そこまでして守るのならば、いっそのこと結婚したほうがいいのではと思って」

「結婚はしません」

「ならば、ずっと彼女を家に置いておくのか？」

「それは」

アニエスの今後について、これまで考えられる状態になかった。結婚が幸せのすべてではないと言うが、心安らげる場所も必要だと思っている。

「うちには、男性使用人も数名いますし」

そこまで言って、胃の辺りがモヤモヤするような心地悪さを味わう。それだけでなく、言い表せないような感情が浮かんできたが、首を横に振って追い払った。複雑そうな表情を浮かべるベルナールを、ラザールは見なかった振りをするように次の話題に移る。

「結婚といえば、オルレリアンの好みを聞いておかねばならない」

多くの騎士は、所属する部隊の隊長の紹介を経て結婚する。隊員と相性のよい女性を探しだすために、そういった個人情報を得ることは、とても大事なことだった。

「早くないですか？」

「いや、今から目星を付けておくのに、早いも遅いもないだろう」

そう言われ、ベルナールは自らの理想の女性について考える。

「やはり、家柄のよい女性がいいのか？」

「いや、別に」

「こだわりはない、と？」

「そうですね」

ラザールは手帳に書き留める。

「だったら、美人な女性がいいのか？」

「いえ、そういった女性は維持費がかかるので」

「維持費って言うな」

ベルナールの家庭環境を知っているラザールは、無理もないかと思うようにした。

「貴族の女性でなくてもいいんだな？」

「はい。その辺は気にしていません」

「では、性格は？」

「お喋りな女性は、少し苦手です」

「大人しい娘がいいのか？」

「まあ、そう、ですね」

「他には？」

「女性の考えていることはまったくわからないので、きちんと自分の意見を言える人が、いいなと」

「なるほどな」

ラザールはベルナールの好みの女性について、事細かく聞いていった。まとめれば、大人しくて控えめだけど、はっきり物事を言えて、質素な暮らしにも文句を言わない女性、だった。

「残念だが、オルレリアン」

「なんでしょうか？」

「こういう古風な女性はあまりいない」

頑張って探してほしいと、ベルナールは思ってしまった。


ベルナールは若干落ち込みながら、薄暗い街並みを歩いていく。無理もない。自らが望むような女性を見つけるのは難しいと、はっきり言われたから。振り返ってみると、物心ついた頃から、彼の周囲にいる女性は気が強く、自己主張の激しい者ばかりだった。ジジルや母親のような女性が家に一人増えたらと考えるだけでゾッとする。結婚相手は、慎重に選ばなければならない。

世の中には、結婚前は可愛らしい猫の皮を被り、結婚後に真なる姿を現す恐ろしい女性がいると聞いたことがあった。そのような女性と結婚をすれば、男は家庭内で身を小さくして過ごすことになる。仕事で疲れ、家でも心休まる時がなく、息苦しい生活を送る。そんな既婚男性は少なくない。帰ってきて出迎えてもらった時にホッとできるような、そんな女性と結婚したい。けれどもその望みを叶えるのは困難なことなのだろう。

重たい気分を引きずりながら馬車に乗り込み、帰宅をする。

「おかえりなさいませ、旦那様」

出迎えたのはジジルだった。ただいまも言わずに、溜息を吐く。

「どうかされましたか？」

「いいや、なんでもない」

ジジルはとぼとぼと執務室に歩いていくベルナールを、首を傾げながら見送った。


夕食後、ドンドンと部屋の扉を元気よく叩く者が訪れる。どうせキャロルとセリアだろうと思い、うんざりしながら返事をした。

訪問者は予想通りで、双子は注文していた新しい仕着せを着て、ベルナールの前に現れた。

「旦那様、お仕着せ、できました！」

「買ってくれて、ありがとうございます！」

興奮した様子のキャロルとセリアを適当に相手にして、部屋から追い返そうとする。

「あ、あとでアニエスさんもくるって」

「お仕着せのお礼、言いたいって」

「ああ」

別にいいのにと思ったが、変装した姿を確認しなければならない。今すぐくるように伝えろと命じる。三分後、扉が控えめに叩かれた。入るように声をかける。

「失礼いたします」

部屋に入ってきたアニエスは頬を染め、羞恥に耐えるような表情でいた。ベルナールはいったいどうしたのかと、疑問に思う。老婆が纏うような、時代錯誤の仕着せを着るのが恥ずかしいのか、あるいは、せいぜい十代前半の少女がするような三つ編みのおさげ姿に照れているのかと。全身を確認しようとすると、ふと、いつもとシルエットが違うように見えたのだ。

ベルナールから見られていることに気付いたアニエスは、耐えきれずに両手で顔を覆う。

「ご、ごめんなさい！」

アニエスは床に膝を突き、胸の前で祈るように手を重ね合わせていた。

「あ、新しく、お仕着せを作ってくださり、ありがとう、ございます。で、ですが、そ、その、このような姿を晒してしまい――」

「いや、お前、どうしたんだ？」

「その、これまでは矯正下着《コルセット》を身に着けないと、お仕着せを着ることができなくて……。わたくしは、なんと言いますか、太っておりますので」

ここで、以前アニエスが矯正下着で体を絞っていると話していたことを思い出す。

「お前、太っているって、あー、なんだ。今まで、体を補正していたのか？」

「はい、申し訳ありません」

体に沿う形で作られた仕着せは、矯正下着で締め上げていないと上半身の体つきがはっきりとわかってしまう。彼女は太っているのではなく、単に胸が他の女性よりも大きいだけだった。

「いや、なんと言えばいいのか」

アニエスは自身を恥じるような様子でいるが、胸元以外に変化はなかった。世の女性の美の追求や理想の体型など、一生理解できないものである、とベルナールは思う。

それよりも、新たな問題に気付いた。あどけない三つ編みのおさげをした美しいメイド。地味な仕着せを纏っているのが、逆に色気を際立たせていた。

「どうしてこうなった！」

頭を抱えて叫ぶ。作戦は大失敗。以前の仕着せ姿よりも注目を集めてしまいそうな結果となってしまった。

「おい、ちょっと座れ」

「はい」

アニエスは盛大に落ち込んでいる。まずは勘違いから正さなければと思った。

「お前は、自分のことを太っていると言っていたな？」

アニエスはしゅんとする。いつも綺麗に伸びている背筋は、すっかり丸まっていた。

体型ごときでよくもここまで落ち込むことができるものだと、呆れる。

「まあ、なんだ。俺から見れば、まったく太っていない。だから、しようもないことで落ち込むのは止めろ」

「太って、いない？　この、わたくしが？」

「そうだ。だから、堂々としていろ。びくびくしていたら、逆に注目を集める」

「は、はい。ありがとう、ございます」

アニエスは信じがたい表情でいた。念のため、ジジルにも確認しておくようにと命じておく。

「もう一つ、聞きたいことがある」

ずっと聞こうか聞くまいかと躊躇《ためら》っていることであった。それは、アニエスの手のひらのマメのこと。看病をしてもらった時に気付いていたが、勝手に手を握ったことが恥ずかしかったので、今まで言えずにいた。いい機会だと思い、ついでに聞いておく。どうしたのかと聞けば、いつの間にかできていたと話す。ジジルにたくさん仕事をやらされて作ったのかと聞いても、首を横に振るばかりだった。

「理由がわからないだと？」

「はい。下働きは、少ししか」

「例えば、何をしている？」

「箒で玄関を掃いたり、ブラシで床を磨いたり」

「ならば、原因はそれしかないだろう」

「で、ですよね」

箒の柄などを強く握りすぎていたので、マメができてしまったのだ。掃除は力を入れたらいいというものではないと、ベルナールは指導する。

「ジジルに力任せに掃除をしろと習ったのか？」

「いえ、違います。悪いのは、わたくし、です」

もじもじしていたので、いいから理由を言えと急かす。アニエスは申し訳なさそうに言った。

「目が、よく見えなくて、きっと、掃除に力が入ってしまっていたのだと」

「ああ、そういうことか」

目が悪いアニエスには、床の埃や塵《ちり》が見えない。なので、綺麗になったかどうかもわからず、その不安感から箒やブラシを持つ力が無意識のうちに強くなっていたことが発覚した。

「わかった。お前、眼鏡をかけろ」

「え!?」

アニエスの近視は生活に支障をきたしている。このままでは使用人としての仕事も儘《まま》ならないだろうとベルナールは思う。

「で、ですが、眼鏡はとても高価で、わたくしにはとても」

「だったら、金を貸してやる」

ベルナールはアニエスに、少しずつ返済すればいいと勧めた。

「お言葉に甘えても、よろしいのでしょうか？」

「別に構わない。それに、眼鏡は変装にもなる」

そう言うと、アニエスも眼鏡を買う決意が固まったようだ。

だが、一番の問題はどうやって眼鏡を作るかだ。訪問販売などは顔なじみの上客との間で行われる。誰にでもしてくれるわけではない。

「その辺はエリックやジジルと相談だな」

「はい。よろしくお願いいたします」

とりあえず、次なる作戦は決まった。

翌日、ベルナールはラザールに頼まれていた書類を事務局に提出し、帰ろうとしたが、眼鏡をかけている事務員を発見して声をかけた。

「ちょっと聞きたいことがあるのですが――」

「はい？」

眼鏡をどこで買ったのか聞いてみる。

「ああ、これですか？　下町にある〝虹色堂《にじいろどう》〟というお店ですよ」

「下町なんかに眼鏡屋が？」

「はい。中央街に店を構えると家賃が倍以上かかるらしくて」

その代わり、値段もそこまで高価ではないと言っていた。ついでに中央街にある貴族御用達眼鏡屋があるが、二倍以上の値が付いていることを教えてもらった。

虹色堂の眼鏡の値段は、金貨一枚から五枚。形によって差があると説明する。

「鼻にかける眼鏡は安いものですが、長時間かけておくには負担が大きいですね。なので、私はこれです」

事務員が外して見せてくれたのは、耳にかけるつる《テンプル》の付いた眼鏡。値段は金貨三枚ほど。アニエスの一ヶ月の給料は金貨一枚。払えない金額ではないが、大きな出費であることは間違いないと思った。

第四章　アニエスの変装大作戦！

終業後、ベルナールは事務員から聞いた眼鏡屋に向かう。〃虹色堂〃――下町の商店街の片隅に、眼鏡を取り扱う店は存在した。外観は下町の商店と変わらず、高級感はなかった。まだ、営業中の看板が下げられている。外から店内を覗き込むと、ずらりと並んだ眼鏡が見えた。

とりあえず、中に入って話を聞いてみることにした。

人の良さそうな店主が出迎え、どういう品を求めているのかと聞いてくる。

「近視用の眼鏡で、使うのは俺じゃないんだが」

「さようでございましたか」

店内の棚やガラスケースには、様々な種類の眼鏡がびっしりと並んでいた。王都で一番の品揃えだと、店主は自慢をするように話す。

「使われるのは男性ですか、女性ですか？」

「女だ」

「ご伴侶様ですね？」

「は？」

「少々お待ちください」

「な、ちょっ」

否定する暇も与えず、店主は「女性でしたら」と言って、店の奥へと品物を取りにいく。眼鏡の在庫はここにあるだけではないらしい。

店主が持ってきたのは、眼鏡に持ち手の付いたローネットと呼ばれる物。

縁や持ち手は銀色で、花や蔓などの細やかな模様が彫ってある。華やかな印象の眼鏡だった。

「こちらは演劇鑑賞用に作られた品でして、貴族のご婦人などに密かに人気がある一品です」

「そんな物があるのか」

手に取ってみてくださいと勧められたので持ち上げてみると結構な重量があり、女性が長時間持ち続けるのはつらいだろうなといった印象である。そもそも、持ち手付きの眼鏡など作業をしながら使う物ではない。ベルナールは他の種類を見せてくれと頼む。

「比較的安価なのが、こちらの鼻眼鏡ですね」

鼻を挟んでかける眼鏡は、じっと座った状態で使うなら問題はないが、動き回ればズレてしまう。

最近仕入れるようになった、耳にかける形のつる《テンプル》付き眼鏡は安定感があり、ほとんどズレることもないと教えてくれた。

「つる付きの眼鏡は多少値が張りますが、お客様からの評判は上々でございます」

「そうか」

一つだけ、つる付きの眼鏡を持たせてもらう。先ほどのローネットよりは軽量であったが、それでも分厚いレンズに金属の縁取りとつるがある眼鏡はずっしりと重みのある物だった。

「最初は違和感を覚えるかもしれませんが、じきに慣れます」

「なるほどな」

置いている品物はいい物ばかりに見えた。少なくとも、安っぽい作りではない。訪問販売を行っているかどうかを聞いてみたが、店主は首を横に振る。客の目の見え方も様々、これだけの種類の中から眼鏡を探すためには、店頭にきてもらうのが一番だと勧めてくる。

「わかった。また後日、買いにくる」

「はい。ご来店をお待ち申し上げております」

店をでて、はあと溜息を吐く。白い息がでていたことに気付き、外套のボタンを留めた。

馬車の時間が迫っていたので、早足で乗り場まで歩いていった。

帰宅後、ベルナールはジジルに相談した。どうやってアニエスを街まで連れていけばいいかと。

「それは変装しかないでしょう」

「変装って、具体的にはどうすればいい？」

「例えば、旦那様が女装して、アニエスさんは侍女の格好をするとか」

「なんでだよ！」

「男性が女性の使用人を連れているのは珍しいでしょう？　街中で目立ってしまいますよ」

「確かに」

だからといって、アニエスは体型的に男装向きではない。ベルナール自身も女装向きの体型ではなかったが。

「旦那様」

「なんだ？」

「男女が連れあって歩くものとして、ごくごく自然な形がございます」

「もったいぶらずに早く言え」

「夫婦です」

聞き間違いかと思い、もう一度言うように命じたが、ジジルは「夫婦の振りをして、店にいけばいいのです」と言いきった。

「アニエスさんはつばの広い帽子を被り、髪の毛は綺麗にまとめれば目立たないでしょう。体型も、社交界にでていた時とは違いますし」

眉間に皺を寄せて話を聞くベルナールに気付き、ジジルは質問をする。

「何かご不満でも？」

「いや、不満はないが、そこまでする必要があるのか？」

「ありますよ」

もしも、虹色堂にアニエスを捜す者達が訪れたと仮定する。

「その人達はこう聞くでしょう。〝美しい金の髪を持ち、青い目をしていて、痩せ型のご令嬢を見かけなかったか〟と」

社交界においての金髪は、美しい女性の特徴の一つとされているため、王都には金の髪を持つ女性は大勢いる。大半は染めている者ばかりであるが。

「青い目は希少だ。店側も印象に残るんじゃないか？」

「女性の顔をまじまじと覗き込む人はいないでしょう。失礼ですから」

「眼鏡屋も？」

「そうだと思いますよ。店主が眼鏡をかけた姿を確認する時は、目を閉じればいいのです」

それらに気を付ければ、眼鏡を買いにきたアニエスの特徴はどこにでもいる貴族の女性である。特別印象に残らないだろうとジジルは言う。

「なんで俺まで？」

「旦那様もきちんと髪を整えて、一番仕立てのいい服を下ろしましょう」

「旦那様も別人になる必要があります。知り合いに見られたら大変でしょう？」

「ああ、そうか」

他にいい案が浮かばないので、ジジルの考えた作戦を実行することに決めた。

「ですが、その前に身に付けなければならないことがあります」

それは何かと聞いてみれば、想像もしていなかった言葉が返ってくる。

「夫婦としての自然な雰囲気です」

「必要か、それ？」

「絶対に必要です」

ぎこちない様子を見せていれば、不審に映ってしまう。だが、新婚の夫婦ならば、ぎこちないのも普通ではと指摘してみる。けれど、ジジルはそんなことはないと首を横に振った。

「新婚とはいっても、夜を共にすれば多少は打ち解けているものです」

「よくわからない理屈だな」

「結婚すればわかりますよ」

「そうかい」

納得していない様子のベルナール。ジジルは重ねてお願いをする。

「別に、夜を共にしてくださいと頼んでいるわけではないのでどうか――」

「わかった。わかったから、それ以上言うな」

新婚の甘い空気は作らなくてもいいから、並んでいても違和感がないような雰囲気作りをしてほしいとお願いされた。

「そういうの、演技でだすのは難しいだろう」

「ええ。ですが、アニエスさんのためです。この前の看病のお返しだと思って、努力をなさってください」

看病してもらったことを出されたら、何も言えなくなる。渋々といった感じで、ベルナールは了承することになった。

「で、何をすればいいんだ」

「一週間ほど、アニエスさんに妻役を体験していただきましょう」

「あのなあ、だからそこまでする必要はないと思うのだが」

「いいえ。大いにあります。それに目が見えなくては、使用人の仕事も儘《まま》ならないでしょうから」

「それもそうだが」

「はい。ミエルの世話は引き続きしてもらうとして」

そもそも、連れてきた当初は子猫の世話係だけを命じていた。それ以外はしなくてもいい、できないだろうと考えていたが、彼女は思いのほか、働き者だったのだ。これらの事情を説明すれば、アニエスは迷惑をかけるからと遠慮をした。だが、ジジルが力技で説得し、なんとか作戦は実行に移る。

◇◇◇

朝、身支度を整えたベルナールをジジルは笑顔で迎えた。外は雨。今日は早めにでなければ馬車は混雑しているので、いつもより早く送りださなければならない。

アニエスはベルナールがやってくるなり、慌てて立ち上がって朝の挨拶をした。

「早いな」

「はい。ご主人様、おはようございます」

その様子にジジルが待ったをかける。ベルナールとアニエスは何事かときょとんとしていた。

「旦那様。朝の挨拶は早いな、ではありません」

「いいだろう、なんでも」

「よくありません」

自分のせいで怒られてしまったとアニエスはオロオロする。そんな彼女にも、注意が飛んできた。

「アニエスさんも」

「は、はい」

「夫と会っても、席から立ち上がる必要はありません。それに、呼び方はご主人様ではなく、名前で呼んでください」

「わかりました」

反省をして終了と思いきや、ジジルはやり直しをするように提案をする。

「いや、明日からきちんとすれば」

「よくないです！」

「はいはい、わかったよ。おはよう」

これでいいかという視線をジジルに向ける。

「まあ、いいでしょう。今度はアニエスさん」

「はい。おはようございます……べ、ベルナール様」

名前を言っただけで頬を染めていた。これでは駄目だと、ジジルは思う。

「とてもぎこちないです。名前の呼びかけは要練習ですね」

「はい」

「旦那様も、付き合ってください」

「暇があったらな」

夫婦らしい穏やかな食事風景は完璧なものであった。だが、問題は山積みである。

どうにかして夫婦としての雰囲気を身に付けさせなければと、ジジルは一人はりきる様子を見せていた。


ジジルは愕然とする。アニエスと街にでかける際の練習として、家でも本当の夫婦のように振る舞う練習をしていたが、まったく進歩が見られなかったのだ。ベルナールは眉間に皺を寄せた状態を維持し、アニエスはひたすら赤面している。ジジルは休憩所の机に肘を突き、頭を抱える。

唸るように「いったいどうして」と呟く。その様子を見て、調理場担当で彼女の次男であるアレンは呆れた様子で話しかける。

「仕方ないって。旦那様、男兄弟の中で育って、十代前半から騎士団に所属していて、同じ年頃の女性と関わる機会なんて皆無《かいむ》だったから、接し方がわからないんだと思う」

「でもアンナやキャロル、セリアがいたでしょう？」

「あいつらは異性として見ていないから」

「そうね。娘達をそういう目で見ていたら私が困るわ」

アニエスは顔を紅くしているだけで、それ以外は違和感がないように見える。問題はベルナールだった。

「アレン、あなた、よく女の子とでかけているわよね？　どうやって仲良くなっているの？」

母親の発言を聞き、アレンは口にしていた茶を机の上に噴きだした。

「汚いわねえ」

「いや、なんで知っているの!?」

「母親の勘よ。それに、やたら気合の入ったおしゃれして街にいく時と、そうでない時があるでしょう？」

「か、勘だったのかー！」

アレンはがっくりと肩を落とす。真面目に交際している女性がいるのならば紹介するように言われるが、親密な関係ではないと手を軽く振って否定した。

「いいところまでは進むんだけどね」

「どうして駄目になるの？」

「ある程度仲良くなった状態で料理食べにいくと、ついつい彼女よりも料理が気になって――」

どういう味付けをしているのか、どれくらい食材に火を通しているのか、料理人の悲しい性《さが》なのか、女性そっちのけで料理に夢中になってしまうのだ。

「酷い話だわ」

「でも、その研究のおかげで、旦那様においしい料理を作れているし」

「職業病ってことね。それで、どうやってある程度仲良くなる状態まで持っていくの？」

母親からの追及を避けられないと思ったアレンは、女性と付き合う際に自分なりに気を付けていることなどを話した。

「女の子は一緒に食事したり、買い物したりしたら仲良くなる。ちょっとした気遣いも忘れずに。椅子を引いてあげたり、人混みを避けるように歩いたり。花とか、ささやかな贈り物も効果的」

「なるほどね。確かに家に籠もっていても、なかなか距離を縮めるというのは難しい気もするわ」

だからといって、王都にでかけるのは危険なことだった。

「だったら、リンドウの村の雪祭りに行くのは？」

リンドウの村は王都から馬車で三時間の場所にある。雪祭りは年に一度開催されるもので、周辺地域では一番の盛り上がりを見せる催しである。

「確か、あの祭り、動物の被り物を被るから、見つかる心配はないんじゃない？」

「あ、そうね！」

おいしい食べ物を食べて、雑貨屋の露店を覗き、祭りの雰囲気を楽しむ。

被り物があるので、誰が誰だかわからない。

二人の距離を縮めるのにはいい機会だと、ジジルも思った。

「問題は、どうやっていくように仕向けるのか、ね」

「だったら、いっそのこと祭りに出店するのは？」

話の中に突然入ってきたのは、部屋の隅で大人しく読書をしていた執事のエリック。偶然にも雪祭りの露店の申込書を持っており、休憩室の棚から出して机の上に置いた。

「旦那様は、屋敷の修繕費の資金繰りにお悩みです」

「そっか！　出店で一儲け、とかだったら喜んでいくかもしれないわ！」

ジジルはエリックにいい子だと、抱擁《ほうよう》をし、ついでに頬に口付けをする。さっそく話をしにいってくると言い残し、休憩所からでていった。嵐のような母親を見送ったあと、アレンは苦笑する。

「いい子じゃなくてよかった」

その一言に、両手を上げて肩を竦《すく》める仕草で返すエリックであった。


ジジルは急ぎ足でベルナールの私室へと急いだ。扉を叩き、中へと入る。室内にはぎこちない表情で並んで座る偽夫婦の姿があった。アニエスは恥じらうような顔をし、ベルナールは顔を顰めている。だが、そんなことは問題ではない。ジジルはすぐさま、雪祭りの出店について相談をすることにした。

「――というわけなのですが」

「話はわかった。商売するのはいいが、肝心の売る物はどうするんだ？」

「ドミニクの薬や、アレンのクッキーなんかどうかと思っています」

「なるほどな」

開催は一ヶ月後。手の込んだ物はあまり作れない。

「クッキーに薬か。微妙な組み合わせだな」

「確かに。どちらかにしますかねえ」

ベルナールとジジルが悩んでいたら、アニエスがぽん！　と手を打って提案した。

「でしたら、薬草クッキーとかいかがでしょう？」

乾燥させた薬草や香草を入れたクッキーは、貴族女性の間で人気だとアニエスは言う。

傷薬と薬草クッキーで、ちょっとした家庭薬局的な店にしたらどうかという着想《アイデア》だ。

「薬草クッキーは健康にもいいですし、甘さも控えめで、お酒にも合うと聞いたことがあります」

「いいですね。お茶用に乾燥させた物がいくつもあるので、クッキー生地と相性がよい物を選んで試作品を作るように頼んでみます」

アニエスのおかげで、意見はあっさりとまとまる。

「当日、旦那様も店番してくださいね」

「わかってるよ」

「アニエスさんも」

「え？　わたくしも、ですか？」

「嫌ですか？」

アニエスはぶんぶんと左右に振る。店番が嫌なのではなく、祭りの当日は留守番かと思っていたので驚いていたようだった。

「雪祭りはね、とっても寒いから、動物の被り物を被るらしいの。誰が誰だかわからなくなるから安心なのよ」

「そうなのですね」

アニエスに被り物を作る手伝いをしてくれないかと頼み込んだところ、快く応じてくれた。

「もちろん、わたくしも頑張ります！」

「よかったわ。キャロルとセリア、お裁縫《さいほう》苦手なの」

こうして、話はまとまった。翌日から祭りの準備が始まる。

◇◇◇

アニエスは動物の被り物作りに挑戦していた。手先が器用なエリックが作った被り物の型紙に、布を縫い付けていく。ベルナールとアニエス、ジジルで、全部で三つ。キャロルとセリアは学校の祭りで作った兎《うさぎ》の被り物があるので、それを使うことになっていた。当日、ドミニクとエリック、アレンは留守番となる。ジジルは黄緑色の鳥、アニエスは白い猫、ベルナールは茶色の熊の布と型が用意されていた。芯地にそれぞれの動物の布を縫い、内側には起毛素材を貼って、温かくしている。途中、ミエルの遊んで攻撃に何度も陥落しながらも、アニエスはせっせと縫い進めていく。

薬草クッキーは祭りの三日前に、一気にまとめて大量に焼くことに決めている。材料の手配や、役割分担など、当日あたふたとしないような取り決めをしていた。

ドミニクは庭仕事をしつつ、空いた時間は傷薬を黙々と作ってくれる。

ベルナールも、休日は薬作りを手伝った。

◇◇◇

祭りの三日前に、アニエスの被り物が完成する。彼女もクッキー作りに参加をすることになった。

今回、特別なクッキー型をドミニクが作る。製作を任されたアレンは人一倍気合が入っていた。

葉っぱの形が数種類、机の上に置かれている。味によって抜き型を変えるらしい。

作るのは四種類。若返りの薬草と言われている迷迭香草《ローズマリー》。胃腸の調子を整える花薄荷《ミント》。鎮静効果がある目箒草《バジル》。疲労回復効果がある立麝香草《タイム》。以上の体によい薬草クッキー作りを開始する。

材料を量り、生地を作って休ませ、型抜きして焼く、という作業を繰り返す。

アニエスは型抜きを手伝った。クッキー作りは朝から晩まで行われ、屋敷の中は甘い香りに包まれていた。準備が整った頃には、アレンは魂が抜けたように虚《うつ》ろな目をしていた。

そんな一番の功労者に、ベルナールが街から買ってきた土産を手渡す。差し入れは瓶詰めキャンディ。女性が喜びそうな、色鮮やかな物だった。

アレンは涙を浮かべ、礼を言う。

「旦那様！　あ、ありがとうございます」

みんなで分けて食べると、喜ぶ。それと同時に、切なげな表情となる。

――旦那様、アニエスさんにも、こういうふうに自然な優しさを見せてください……。

二人の仲が良くならないと、今回みたいに大変な事態に巻き込まれる。

アレンは切実な願いを思い浮かべていた。もちろん、ベルナールは知る由もない。

◇◇◇

雪祭り当日。骨董品《アンティーク》と呼んでもいい古い馬車に乗り込み、片道三時間かかるリンドウの村まで移動する。馬車を操《あやつ》るのはベルナール。最初はジジルが御者《ぎょしゃ》をしていたが、飛ばしすぎる傾向にあったので、怖くなって途中で交代したのだ。馬車は木々に囲まれた街道を、ガタゴトと車体を揺らしながら走る。ベルナールは安全運転をしながら、なぜ、使用人の乗る馬車を操っているのかと切なくなる。一方で、馬車の中は楽しげだった。

「アニエスさん、これ、街で流行っているお菓子なの！」

「包装がとっても可愛いでしょう？」

「こら！　アニエスさん困っているでしょう？　二人でいっぺんに話しかけないの！」

車内は店で販売する商品でいっぱいいっぱいで、その隙間に人が座っているような状態であった。加えて、古い馬車なので余計に振動が響く。そんな状態だが、アニエスは初めての遠出を楽しんでいたようだ。一時間ごとに休憩を取ったのちに、祭りの会場であるリンドウ村に到着した。村は豊かな自然の恵みに囲まれた場所で、夏は避暑地として観光客が訪れる。雪祭りは閑散期にも客を呼ぼうと考え、始まったものだった。

馬車から降りる前に、動物の被り物を装着する。キャロルとセリアはアニエスの作った、愛嬌のある猫や鳥を羨ましがっていた。

外にでると、一面雪景色が広がっている。かといって、足が埋まるほど深く降り積もっているわけではない。リンドウの村は森の深い場所にあるが、そこまで大量の雪が降ることはないのだ。

村の中はすでに、大勢の人で賑わっている。クッキーの入った箱三つをベルナールが持ち、薬の入った籠を女性陣で協力して運ぶ。ジジルは村の入り口で受付に書類を提出しにいった。

残った者達はその場で待機をする。

「わくわくする」

「わくわくするわ」

キャロルとセリアははしゃいでいた。初めての雪祭りなので、いつもより余計にそわそわとしている。そんな双子にベルナールは注意する。

「お前ら、迷子になるなよ」

「わかっています」

「気を付けます」

一方で、猫の頭部を被ったアニエスはとても大人しくしていた。被り物で表情は見えないが、佇まいから人混みに圧倒されているようにも見える。

なんとなく目を離したら危ないような気がして、アニエスをじっと眺めていたら、彼女の後方から箱を三段に積み上げて運ぶ男が歩いてきていた。

互いに気付く様子はない。ベルナールはアニエスの腕を引き、衝突を未然に防いだ。アニエスは危うくベルナールとぶつかるところだった、と驚いている様子を見せていた。

「背後から荷物を抱えた人が接近していたのには、気付いていなかったようだな」

「あっ、申し訳ありません。ありがとうございます」

「いや、被り物があるから、仕方がない話だが」

視界の狭い被り物に加えて、アニエスは目が悪い。人混みは極めて危ない場所だと思った。

アニエスにいろいろと注意をしていたら、ジジルが戻ってくる。彼女の誘導で、出店場所まで移動することになった。

出店するのは、雑貨を扱う店が並ぶ場所。天幕や商品を置く台は主催側が用意してくれている。

出展者は会場にきたら商品を並べるだけとなっていた。ジジルは台の上に綺麗な布を敷き、その上にクッキーや薬を並べていく。陳列作業をするアニエスを見ていると、案外手際がよかった。そんな彼女を、ジジルが褒める。

「アニエスさん、商品の並べ方がお上手ね。センスがあるわ」

「ありがとうございます。実は、孤児院の慈善市《バザー》で何度か陳列や店番をしたことがあって」

「そうだったの」

ここ数年は社交界の付き合いで忙しく、参加できなかったとアニエスは話す。

「ですのでわたくしも、キャロルさんやセリアさんみたいに、わくわくしています」

「だったらよかったわ」

準備が整えば、最後にドミニクの作った立派な看板を店先に置く。手作り薬と薬草クッキーの店〝子猫と子熊亭〟。

「なんだよ、この店の名前」

「とっても可愛くないですか？」

ジジルの可愛いはよくわからない。ベルナールは首を傾げるばかりだった。

キャロルとセリアは〝子猫と子熊亭〟の看板を店先にだす。店名と熊、猫が彫ってある、ドミニク特製の木の看板はよくできていた。道行く人達も可愛いと言っている。客を引きつける役目は大いに果たしているので、それ以上何も言わなかった。

「さて、頑張りますか！」

寒い中、ジジルは気合を入れる。祭りの勝負は午前中。二人の仲を取り持つことは目的だが、商品を売って利益を得るのも重要だった。

「午前中は私と娘達で店番をしますので、旦那様とアニエスさんは先に祭りを楽しんできてください」

「いいのでしょうか？」

「ええ。私達はお昼から回りますので」

ジジルはベルナールにも同じことを伝え、でかけるように言う。店の看板キャラクターであるはずの熊と猫の被り物をした二人は、早々に追いだされることになった。

開けた場所にでる前に、ベルナールは後ろからついてきていたアニエスを振り返って注意する。

「逸《はぐ》れるなよ」

「はい」

二人は無計画に祭りの人混みの中へと入っていった。

〝子猫と子熊亭〟が出店している雑貨屋通りは、様々な品物が売られていた。石鹸《せっけん》に蝋燭《ろうそく》、布小物、文房具など。混み合っている中なので、ゆっくり見るような余裕はない。

ベルナールが他の場所に移動すると伝えるために背後を振り返ると、さっそくアニエスの姿はなかった。慌てて周囲を捜すと、アニエスはずいぶんと後ろをよろけながら歩いていた。ベルナールは人をかき分けながら戻り、アニエスの腕を掴んで人の少ない場所まで移動する。

「あ、ありがとうございます。その、どうやって進めばいいかわからなくなっているうちに、ご主人様と逸れてしまいました」

「いや、いい」

このまま祭りの散策を再開させても同じことが起きる。そう思ったので、ある提案をした。

「お前は俺の上着を掴みながら歩け。じゃないと人混みに呑み込まれてしまう」

「よろしいのでしょうか？」

「気にするな」

こうして、アニエスは片手に籠を持ち、片手はベルナールの上着を掴んで進むことになった。

アニエスとベルナールがやってきたのは菓子を売る店が並ぶ通り。スコーンにクッキー、チョコレート、飴《あめ》など。甘い香りが辺りに漂っている。

「ご主人様は、甘味はお好きですか？」

アニエスの質問に、一瞬狼狽《うろた》える。甘い物は大好物であるが、なんとなくそれを言うのは恥ずかしい。そのため「食べられないこともない」という言葉を返す。アニエスが「よかった」と微笑みながら手に取ったのは、アーモンドに淡く色付けした砂糖を絡《から》めた菓子。給料を貰ったばかりの彼女は、自分の所持金でそれを購入する。他にも、ケーキやチョコレートなどを買っていた。

次に、食べ物の屋台が並ぶ通りに移動する。広場に面した食べ物屋は、種類豊富で、どの店からも魅惑的な匂いが漂っている。

「ちょうど昼前だから、何か買って食べるか」

「はい。あの、わたくし達も、広場で食べるのでしょうか？」

「ああ、そうだな」

広場には丸太から作った椅子が置いてあり、皆、そこに座って食事を楽しんでいた。当然ながら、被り物は取っている。

「あそこにいる人達は飲食に夢中だから、お前には気付かないだろう」

それに、雪祭りは庶民の催し物だ。アニエスの顔を知る貴族は参加しない。

「でしたら、心配はいりませんね」

「だが、万が一のことも考えて、警戒はしておけ」

「はい、承知いたしました」

会話を終えると、二人は人混みの中へと進んでいく。

「何か、食べたい物はあるのか？」

「よくわからないので、お任せいたします」

「嫌いな物は？」

「ございません」

「そうか」

屋台では様々な料理が売られている。

野菜たっぷりの甘くない野菜ケーキに、魚の蒸し焼き、豚肉の網焼き、仔牛の煮込みなどの家庭料理が食べやすい形で販売されていた。ベルナールは適当に見繕い、昼食の確保をした。途中、焼きたての丸い田舎風パンも買って広場まで移動する。皆、ワイワイと楽しそうに食事を取っていた。

残念ながら席は空いていない。

ベルナールは木陰になった場所に上着を脱いで敷き、アニエスに座るように勧めた。

「そんな、ご主人様の服に座るなんて！」

ぶんぶんと首を振って遠慮をしていたアニエスであったが、命令だと言われたら大人しく座るしかなかった。ベルナールはアニエスの頭から猫の被り物を取ってやる。

猫の下にあったアニエスは、買った料理をどうすればいいかわからず、困り顔だった。

「食い物は地面に置け」

その言葉はなかなか衝撃的だったようで、アニエスは目を見開く。その様子を見て、ベルナールは思わず吹きだして笑ってしまった。

「ご、ご主人様？」

「いや、すまない。お前を笑ったわけじゃないんだが、昔を思い出して――」

厳しい環境の中で育てられたかつてのベルナールにも、同じような経験があったのだ。

それは騎士団の見習いとして入った一ヶ月目。

「演習場で炊き出しを手伝って、先輩騎士が食べたあと、俺も食事を取る時間になったんだが」

机も椅子もない場所でどうやって食べればいいのか、ベルナールは途方に暮れる。ふと、そばにいた同期を見ると、地面に座り皿も地面に置いて食べており、仰天してしまったのだ。

「まあ、そういうわけだ。ここに机も椅子もなければ、フォークもナイフもない。諦めろ」

「えっと、はい。承知いたしました」

アニエスは意を決したような表情で食べ物を地面に置く。

「よし、食べよう」

「はい。いただきます」

購入したのは鶏の塩茹《ポシェ》でに黄金ソースを絡めた料理。それをパンに乗せて食べるのだ。ベルナールはパンを二つに割る。すると、ふわりと白い湯気が浮かび、焼きたての香ばしい香りが漂ってくる。円錐状の厚紙の中に入っていた鶏をパンに載せ、がぶりと噛みつく。アニエスはベルナールの一連の動作を、まじまじと眺めていた。視線に気付いたベルナールはパンが喉に詰まるかと思い、慌ててジュースで流し込む。

「見ていないで早く食え」

「も、申し訳ありません」

どうやって食べればいいものか、悩んでいると呟く。ベルナールは大きな溜息を吐き、アニエスが大事そうに抱えていたパンを取ると、四つに割ってそのうちの一つをさらに二つに割って、女性が食べやすい大きさにしたあと、中に鶏を挟んで手渡した。同じ物を他に三つ、作ってやる。

「あ、ありがとうございます」

「いいから食えよ」

「は、はい」

アニエスは受け取ったパンを食べる。

「うまいだろう？」

「はい！」

アニエスを眺めながら、ベルナールも食べる。パンの皮はカリッ、生地はふんわりしていて、コクのある甘辛な黄金ソースが絡んだ歯ごたえのある鶏は想像以上においしい物であった。

二人共、あっという間に完食する。

そろそろ交代の時間なので、二人は〝子猫と子熊亭〟のある場所まで戻ることにした。

午後からはベルナールとアニエスで商品の販売をする。とはいっても、ほとんど売り切れていた。

「ほぼ完売状態じゃないか」

「ちょっと頑張りすぎてしまいました」

「本職が使用人とは思えない」

「ですね。まさかの商才に、私も驚いています」

午後からの仕事はそこまで多くないようだった。

使用人母娘を見送り、ベルナールとアニエスは椅子に座って店番をする。

「寒いな」

「寒いですね」

倦怠期《けんたいき》の夫婦のような会話をしつつ、道行く人に商品を勧めたりしていた。

三十分もしないうちに、品物は完売してしまう。

「もっとたくさん作ればよかったのに――って、アレンが死ぬな」

「仕込みも大変だったみたいですから」

完売後も、客から普段はどこで売っているのかと聞かれたりもした。まさかの評判に、驚くことになる。一応、怪しまれないように、個人が趣味でやっている商店で、次回の出店予定は未定とだけ答えておいた。人の往来《おうらい》も疎《まば》らになる頃になると、ベルナールは空腹を覚える。

「小腹が減ったな」

「何か買ってきましょうか？」

「迷子になりそうだからいい」

買いにいくほどではないとベルナールは言葉を返す。それに、軽食をジジルに買ってくるように命じていたので、しばらく我慢なのだ。

「でしたら、これを」

アニエスが差しだしたのは、先ほど購入したアーモンドの砂糖絡め。

「自分用に買った物だろう？」

「いえ、ご主人様に差し上げようと思って」

紙袋に入っているだけだったので、リボンを結んでから渡したかったのだとアニエスは言う。

「なぜ、俺に？」

「お礼、です」

「なんの礼だよ」

「いろいろと、今日まで親切にしていただきましたので」

「そうかい」

断る理由もないのでベルナールは受け取った。大通りに背を向けて座り、熊の頭部を取り外す。

アニエスにも、被り物を外して休むように言った。

ベルナールはさっそく、貰った菓子を口の中へと放り込む。

「お前も食べるか？」

「いいえ。全部、ご主人様がお召し上がりになってください」

「だったら、ありがたくいただこう」

カリッとした糖衣の甘さと香ばしく炒ったアーモンドの風味が不思議とよく合う。昔、食べたような記憶があるが回数は多くない。何か特別な菓子だったような気がしたが、思い出せなかった。

「なあ、これ、なんて菓子なんだ？」

「ドラジェ、といいます」

「へえ、初めて聞くな」

「お祝いの日などに振る舞われる、伝統的なお菓子です」

「ああ、だからあまり食べた記憶がないのか」

教えてもらって思い出す。以前食べたのは、一番目の兄の結婚式の前日にあった茶会の場だった。母親にあまりバクバク食べるものではないと注意された記憶まで蘇った。

「子どもの頃は食える物は雑草でもなんでも遠慮せずに口に放り込んでいたと、ジジルが言っていたような気がする」

「えと、召し上がっていたのは野草、ですか？」

「多分な。ドミニクから食える草って聞いていたかららしいが、まったく覚えていない」

そんな話をすればアニエスは口に手を当て、ころころと笑い始めた。ベルナールはそういう笑い方もできたのかと、ぼんやり眺めていたが、目が合ったので視線を逸らす。

「野草はともかくとして、ドラジェはたくさん食べるお菓子ではないのかも、しれません」

「母上も、最初に言ってくれたらいいものを」

その頃のベルナールは七歳か八歳くらいで、食べ盛りだったのだ。

幼い頃の思い出を語りつつ、新たなドラジェを口の中へと放り込む。

「ドラジェか。どういう意味なんだ？」

「あなたの、幸せの種が芽吹きますように」

ベルナールは思わず、アニエスの顔を見てしまった。視線が交われば目を伏せ、頬を染めて恥ずかしそうにしている。その刹那《せつな》、彼は底のない穴に落ちたような、不思議な感覚に陥る。

――恋という感情を知らない男は、その正体に気付いていなかった。

◇◇◇

寒い中で愛を育《はぐく》む、〝雪祭り大作戦〟。ベルナールが聞いたら、身の毛がよだつようなこの計画。

「進展、あったと思う？」

ジジルは深刻な顔をしながらアレンに聞く。しかし無残にも、首を横に振られてしまった。

やっぱりと呟き、切ない顔で窓の外の景色を見る。

雪が積もり、木の葉は散っていた。今日は北風が強く、空には曇天《どんてん》が広がって、誰も庭に踏み込めないような荒れた天気だった。

まるで、ベルナールの現状を示すかのような風景だとジジルは思う。

「春は、こない」

「いや、春なんてすぐにはこないでしょう」

絶望しているように見える母親に、アレンは冷静な指摘《ツッコミ》を入れていた。

それから、あまり追い詰めるのもよくないと忠告しておく。

「それもそうね。ゆっくりゆっくりと、暖かくなっていって、春が訪れるのよね。すぐに季節が変わったら、心も体もついていかないもの」

「そうそう。お節介はほどほどに」

「ええ。しばらくそうしておくわ」

しばらくという言葉が気になったが、平和な日々が戻ってくることに安堵するアレンであった。

◇◇◇

祭りの開催から一週間後。並んでいてもなんとか違和感がない雰囲気になった、とジジルより合格を貰う。さっそくベルナールとアニエスは、王都の下町にある眼鏡屋に向かうことにした。

なるべく人目につかないように、自家用馬車でいく。操縦するのはドミニクで、すぐに帰れるよう、王都の駐車場で待機を命じる。駐車代が地味に懐に響くことになったが、仕方がないと涙を呑むことにした。二人きりの馬車の中では、アニエスが緊張の面持ちでいた。

「おい、顔が強張《こわば》っている」

「ど、どうしましょう？」

どうしようかと聞かれても、他人の緊張感の解し方など知る由もない。

「ご主人さ、ではなくて、ベルナール様は、緊張なさった時、どうされますか？」

「俺か？」

緊張する場面といえば、昇格試験の面談を受ける前はガチガチだったことを思い出す。その時はジジルが持たせてくれた飴を噛み砕いて、その場を凌《しの》いだ。そうすれば、気が紛《まぎ》れていたのだ。

「飴を、噛むのですか？」

「そうだ」

どうやるのかと聞かれ、普通に奥歯で噛むだけだと言う。

アニエスは想像できないからか、不思議そうな顔をする。

「ちょっと、見てみたいような気もします」

「今は飴がない」

「わたくし、持っています」

アニエスはベルナールが空腹を訴えた時にいつでも渡せるよう、飴とチョコレートを鞄の中に持ち歩いていた。銀紙に包まれた蜂蜜風味の飴を、ベルナールに差しだす。

飴を受け取り、口の中へと放り込んだ。ガリゴリと音を立てながら、噛み砕かれていく。

顔色一つ変えずに飴を噛み、飲み込んでしまった。

アニエスは目を見開き、信じがたいような表情を見せている。

「それは、わたくしにもできますか？」

「お前は止めとけ、歯が欠ける。飴は舐める物だ」

「誰にでもできるわけじゃないのですね。素晴らしい特技です」

顎《あご》が強いことを感心されるとは思わなかったので、反応を意外に思った。目を輝かせているアニエスに向かって、念のためこんなことは自慢にならないと忠告しておく。

「わかりました」

「あと、このことを誰にも言うなよ」

「二人の秘密ですね」

変な秘め事ができてしまったとぼやくと、アニエスは笑う。気が付けば、強張った表情はすっかり解れていた。

馬車は、中央街の円形地帯の前で停車する。今日は劇場で人気の演目があるので、混み合っていた。停まったまま動きそうにないため、ベルナールは馬車の小窓からドミニクに声をかけ、この場で降りることにした。まずは先に降りて、危険がないか確認。それからアニエスに手を差しだす。

「ありがとうございます」

「急がなくていいから、ゆっくり降りろ」

ベルナールの他にも、途中下車をしている貴族達がたくさんいた。

どうやら開演時間が迫っているらしく、皆慌てた様子でいる。アニエスは帽子のつばで顔が隠れるように俯いた。

「ここから少しだけ歩くことになる」

「わかりました」

「いくぞ」

「はい」

歩き始めても、繋いだ手が離されることはなかった。

「もしも歩くのが速かったら言ってくれ」

「はい、ありがとうございます」

人通りが多いので逸《はぐ》れてはいけないからと、目も合わせずに言う。

「それ以外に、手を繋ぐ意味はない」

「わかりました」

言い訳のような言葉であったが、アニエスは素直に頷いていた。

やっとのことで人混みから脱出しようとしたその時、突然背後より声をかけられる。

「あれ、ベルナールじゃないか？」

それは、聞き覚えのある声だった。聞こえなかったふりをしようとしたが、残念なことに相手はどんどん近づいてくる。帽子を深く被り直し、アニエスに歩調を速めることを伝えてから一歩踏みだそうとしていたが、追いつかれてしまった。

「お～い、ベルナール！　やっぱりベルナールじゃないか！」

思わず舌打ちしてしまった。行く手を阻むようにして現れたのはベルナールの同期の騎士である、ジブリル・ノアイエだった。

「なんで知らないふりをするんだよ」

「なんだよ、何か俺に用事か？」

「何って、別に用はないけれど」

アニエスはさっとベルナールの背後に隠れる。連れがいることに気付いたジブリルは、嬉しそうにからかい始めた。

「あれ、彼女？　うわ、いつの間に？」

エルネストの次に会いたくない人物に見つかってしまった。じわりと額に汗が浮かんでくる。

アニエスを覗き込もうとしたので、手で制した。

「ちょっと見るくらいいいじゃないか」

言葉が浮かばず、肩を掴んでぐっと押す。ジロリと睨むと、ジブリルはベルナールのいつもとは違う様子に気付いた。何かを察したのか、ぽんと自らの拳を手のひらに打ちつける。

「あ、悪い悪い」

そう言って近づき、「極秘任務なんだよな」と耳打ちをした。彼はベルナールの切羽詰まった表情を、斜め上に解釈してくれた。

「本当、邪魔をした。じゃ、あとはお若い二人で」

ぶんぶんと手を振って、去っていくジブリル。ベルナールは深い安堵の息を吐いた。

背後にいたアニエスは、ベルナールの上着を掴んだ状態で震えていた。

「おい、もう大丈夫だ」

「はい……あっ！」

「どうした？」

「す、すみません」

「だから、どうしたんだよ」

顔を伏せ、しょんぼりとした様子で前にでてくる。上着を強く握りすぎて、皺になってしまったと神に懺悔《ざんげ》をするように告げる。

「服はジジルに任せれば元に戻る。気にするな」

「あ、ありがとう、ございます」

「この辺は知り合いがいるかもしれない。急ぐぞ」

ベルナールは再びアニエスの手を握り、今度は最初から歩みを速めて進む。煌《きら》びやかな貴族御用達の商店街を抜け、庶民の集まる市場を横切り、下町の細道へと入っていく。下町には古くからある商店が並んでいた。時計店に靴屋、刃物店に楽器屋。各店に専属の職人がいて、一個一個丁寧に作られた良質な商品を売る。取り扱う品は最上《ピン》から最低《キリ》まで。そんな店には、特注品を作ってもらうために、貴族が訪れることも珍しくない。そのため高価な服を纏ったベルナールやアニエスが下町を歩いていても、住民達は気にすることはなかった。

ほどなくして、眼鏡屋に到着した。店先に到着した途端、二人揃ってホッと胸を撫で下ろす。

「冷や冷やした」

「無事に、到着できて、よかったです」

アニエスは肩で息をしていた。無理をさせてしまったと、若干の罪悪感を覚える。

「大丈夫か?」

「はい、なんとか」

「だったらいいが。足は?」

「今日は踵の低い靴なので、平気でした」

ベルナールは前日にジジルから「女性は速く歩けないですからね」と言われていたのだ。何はともあれ、無事目的地に到着できた。二人は謎の達成感に満たされている。まだ、着いただけだというのに。

カランカランと、扉に付けられた鐘が鳴る。ベルナールが眼鏡屋の扉を開き、アニエスに先に入るよう促す。幸いなことに、今回も眼鏡屋の店主に他の客はいなかった。

「いらっしゃいませ」

人のよさそうな店主はアニエスに微笑みかけ、ベルナールを見て再訪を喜ぶ。

「お待ちしておりました」

「ああ。以前言っていた品を」

「はい。奥様の眼鏡ですね」

店主に「奥様の」と言われた瞬間、ベルナールは顔を赤くする。自分でもそれがわかったので、帽子を深く被って顔を隠し、目線を逸らした。ガラスケースの上に、つる《テンプル》付きの眼鏡が並べられる。

「こちらの銀縁の眼鏡は最新型で、女性がかけても華やかな印象になるかと」

縁が銀色の派手な物では変装にならない。ベルナールは他の品も見せるようにと頼む。

様々な形状の眼鏡が並べられる。異国で流行しているという品は、つるに花模様が彫られており、おしゃれだった。その分、値段も高くなっていた。鼻眼鏡や柄付き眼鏡も見たが、作業をしながらかけたいので、やはりつる付きの眼鏡の購入を決める。いくつか見て、最終的に選んだのはレンズの丸い眼鏡。現在、楕円形が流行りだという中で、時代遅れの一品となる。そのため処分価格となっており、値段は金貨一枚。レンズも分厚くて重たいが、掃除や料理を手伝う時など、視力を必要とする時にだけかければいいので、本人もさほど問題にはしていなかった。

「では、こちらでよろしいでしょうか」

「はい、よろしくお願いいたします」

その場で会計を済ませ、店主は木箱《ケース》の中に納めた眼鏡を紙袋に詰めている。

アニエスは受け取った眼鏡を胸に抱き、ベルナールに深く頭を下げた。

「ベルナール様、ありがとうございます」

「ああ」

二人の姿を見た店主は、「仲がよろしいですね」と言って微笑む。再びカッと顔が熱くなったベルナールは、手にしていた帽子を深く被り、またくると言い残し店をでる。店主に会釈をしたアニエスもそのあとに続いた。外にでれば、人通りはほぼなく、閑散としていた。帰りはゆっくりとした足取りで進んでいく。アニエスは初めて通る下町の道を、物珍しそうな目で見る。世話になっていた宿屋は裏手にあり、職人系の店が並ぶこちら側の商店街にはきたことがなかったのだ。

ふと、一軒の店が目に留まる。

「あら、あのお店は？」

アニエスが見ていたのは、三階建ての細長い建物で、皆、本を持ってでてきていた。王都に書店は一軒しかないと言われていたので、首を傾げる。

「あれは貸本屋だ」

「貸本、ですか」

「貴族とは違って、庶民からしたら本は贅沢品なんだ。だから、皆ああやって借りて読むんだよ」

「そうなのですね」

貸本屋は会員登録をして、一定期間本を貸し出す代わりに、賃貸料を取って商売をする店である。気軽に書籍を買えない庶民の間で流行っており、人気の本は予約だけで半年待たなければならない物もあると言われていた。ベルナールも従騎士時代、暇潰しに本を借りに通っていた。仕事が忙しくなると、休日は疲れて家で過ごすことが多くなっていたので、貸本屋へやってきたのは数年ぶりだった。

「覗いていくか？」

「いいのでしょうか？」

「大丈夫だろう。貴族や記者はこんな所に出入りしないだろうからな」

「でしたら、見てみたいです」

ベルナールは扉を開き、中に入るように手で示した。

「ありがとうございます」

アニエスは初めての店に、緊張の面持ちで一歩踏みだした。アニエスはまず、店内を見て驚いた表情を見せる。隙間なく置かれた本棚には、ぎっしりと本が詰まっている。

「まあ、こんなにたくさん本が――」

感想を言いかけて、アニエスは咳き込む。

「埃っぽいからハンカチか何かを口に当てておけ」

店内はあまり綺麗な状態に保たれていなかった。本自体も古く、色あせた物ばかり並んでいる。

本棚の陳列は数年前と変わっていなかった。ベルナールは戦記物の本棚へと歩いていく。

少年時代に読んでいた作品の続きがでていたので、二冊借りることにした。

「お前はどうする？」

「わたくし、ですか？」

「代金は一冊銅貨一枚くらい、だったような気がする」

「お安いですね」

新品で本を買えば安くても銅貨十枚ほど。貸本屋は十分の一の価格で借りることができるのだ。

「読みたい本があれば借りるといい」

「ですが、返却ができないので」

「通勤の帰りにでも返すから気にするな」

遠慮はしなくてもいいと言うと、アニエスは嬉しそうに頷いた。

「何か読みたい本でもあるのか？」

「はい！　冒険小説を」

アニエスは目を凝らし、本の題名を確認しながら探している。そんな彼女に、ベルナールは指摘した。

「おい、眼鏡使えよ」

「あ、そうでした」

アニエスは鞄の中から眼鏡を取りだしてかけてみる。

「これは――！」

アニエスの瞳はキラキラ輝き、辺りを興味深そうに見回していた。

　このように明るい表情を浮かべるアニエスを見るのは初めてである。

　視力が悪いというのはとてつもなく不便なのだろう。これからはどんどん眼鏡を使ってほしい、とベルナールは思った。

「どうだ？」

「よく、見えます。とても、素晴らしいです」

　律儀な彼女は、ベルナールに向かって深々と頭を下げる。そんなアニエスに、ベルナールは礼なんていいから本を探すように勧めた。

「まあ！」

「どうした？」

「こ、こんなに、続刊が！」

　アニエスは珍しく大きな声をだし、嬉しそうな様子で本棚を見上げていた。彼女が大好きな熊騎士の冒険シリーズの未読本がずらりと並んでいたようだ。

「知らなかったのか？」

「はい！」

　修道女《シスター》から借りた本はすべて寄付された本で、全巻揃っているわけではなかった。アニエスが読んだ熊騎士シリーズは七冊。貸本屋には、全部で二十冊置いてあった。

「えっと、どうしましょう」

「貸出期間は一週間。一回で借りられるのは十冊までだが」

「では、三冊だけ」

アニエスは本棚に手を伸ばしたが、あと少しのところで届かなかった。踵を上げて取ろうとしたので、ベルナールが取ってあげる。

「八巻からの三冊でいいのか？」

「はい、ありがとうございます」

アニエスは頭を深々と下げ、本を受け取ろうとしたが、ベルナールは本を持ったまま「いくぞ」と声をかけて受付へ向かう。ベルナールはすでに会員登録をしてあるので、一緒に借りる。賃貸料もまとめて払った。アニエスが銅貨を三枚差しだしたが、ベルナールは受け取らない。

「出世払いにしといてやる」

「そんな」

「いいから、そういうことにしておけ」

「あ、ありがとうございます。お仕事、頑張ります」

貸本屋をでると、昼を知らせる時計塔の鐘が鳴り響く。ベルナールは借りた本五冊、小脇に抱えながら歩いていく。アニエスもすぐ後ろに続いていた。貴族達も演劇の鑑賞中だからか、道を歩く姿はほとんど見られない。中央街の円形地帯《ロータリー》の路肩には露店が並んでいた。

売っている品は菓子や花など、ちょっとした手土産にできる物だった。マドレーヌに厚焼きガレット、リンゴのパイにクルミとチョコレートのケーキ、メレンゲ焼きに、香辛料たっぷりのクッキー。

手の込んだ物ではないが、庶民が好むような、手頃な価格かつ素朴な菓子ばかりだった。

「キャロルとセリアに土産を買っていくか」

　なんでもキャロルとセリアは試験前で、休日に街に遊びにいくことを禁じられていた。不満げな顔をしていたので、土産を買ってやろうと思ったのだ。

　購入したのはマドレーヌ。双子の好物だ。焼きたてを店から持ってきたようで、受け取った袋はほんのりと温かい。御者が待つ休憩所にいき、ドミニクに馬車の用意を頼む。ベルナールとアニエスは、馬車乗り場にある木製長椅子《ベンチ》に座って待っていた。

　本日は晴天。見事なお出かけ日和《びより》であったが、アニエスのことが露見したら大変なので、用事が済んだら帰宅をすることになる。

　馬車を待つ間、空腹を覚えていたベルナールは、バターの香りを漂わせているマドレーヌを袋から取りだした。生地は貝の型で焼かれ、手のひらと同じくらいの大きさがある。買ったのはセットになっていた七つ。キャロルとセリアが家族で分けるとしたら、一個余ってしまうのだ。

「一個余れば喧嘩になるからな」

　争いの種は未然になくさなければならない。ベルナールはそう言って半分に割り、片方をアニエスに差しだす。

「わたくしも、食べてもいいのでしょうか？」

「口止め料だ」

　ベルナールはアニエスに共犯者になるように言いながら、一口でマドレーヌを食べる。

　ふんわりとした生地は甘ったるく、渋い紅茶が欲しくなるような味わいであった。

「口の中の水分を全部持っていかれた」

　報告を聞いてから、アニエスもマドレーヌを口にすれば、ベルナールの言葉の意味を理解することとなってしまった。

「マドレーヌは茶の席以外で食べる菓子ではない」

「ふふ、紅茶があれば、もっとおいしかったですね」

意見が一致したところで、ドミニクの操る馬車がやってきた。

ベルナールは杖を掲げ、合図をだす。二人は馬車に乗り込み、家路に就いた。

◇◇◇

翌日。アニエスは新しい仕着せを纏い、髪を三つ編みに編んで眼鏡をかけた。全身鏡に映ったその姿は、なんとも言えない感じがした。自然と頬が緩んでしまう。まだ眼鏡は慣れなくて、見慣れない景色に頭が追いつかず、気分が悪くなることもある。だが、それ以上に、周囲が鮮明に見えるということは何よりも嬉しいことだった。朝、ベルナールに眼鏡をかけた姿を見せるように言われていたので、ミエルに餌を与えたあとで食堂に向かった。

緊張の面持ちで中へと入る。朝の挨拶をして、頭を深々と下げた。アニエスの姿を見たベルナールは、一瞬目を合わせて視線を逸らす。

しばしの沈黙。アニエスはこれでも駄目だったのかと思い、肩を落とす。

その様子に気付いたベルナールは、斜め上を見た状態で感想を述べる。

「いいんじゃ、ないか?」

「ありがとうございます」

アニエスは表情がパッと明るくなる。ベルナールは喜ぶ彼女に釘を刺した。

「だが、変装しているからといって気を抜くなよ」

「はい、承知いたしました」

とりあえず、合格を貰ってホッと一息。

アニエスは職場へ向かうベルナールを笑顔で見送った。

◇◇◇

ベルナールは屋敷から徒歩十五分ほどの森の中にある停留所から馬車に乗り込み、窓際の席に座った。ぼんやりと窓の外の景色を眺めながら、物思いに耽《ふけ》る。

思い浮かべるのは、先ほどのアニエスの姿。

彼女は店の中で一番時代錯誤な眼鏡を選んだ。これで変装は大丈夫だろうと、ベルナールも思った。眼鏡をかけ、髪をおさげの三つ編みにして、老婆が着るような仕着せを纏えば地味な使用人に仕上がると、そんなふうに考えていた。

それなのに、そんな状態となってもアニエスは可愛かった。

一目見て、これでは駄目だと思ったが、しゅんと落ち込むアニエスの様子を見たら、正直な感想は口になんてできない。代わりに「いいんじゃないか」と評したあとで、何を言っているのだと、自らの発言に驚いてしまった。

食後、改めてアニエスを眺める。手押し車に机の上の食器を載せている最中であった。眼鏡におさげの三つ編み、時代遅れの仕着せ姿は、冴《さ》えない使用人に見える。先ほど可愛く見えたのは間違えで、やっぱり変装作戦は成功していたのではと思う。けれど、ふとした瞬間に目が合って彼女が控えめに微笑むと、そんな考えも消えてなくなった。

アニエス・レーヴェルジュは、至極可憐な女性であった。それゆえに、ベルナールは苦悩する。可愛く見えたり見えなかったり。いったいどうしてと考えたが、明確な理由は思い浮かばない。いいと言ってしまった以上、あれ以上の変装を命じることはできなくなった。

だが、仮に髪の色を変えたり、短くしたりしても多分、アニエスの見た目は損《そこ》なわれることはないだろうと、ベルナールは諦める。

彼が惹かれているのは、彼女の外見の美しさではない。内なるものから感じる何かであったが、残念なことにその事実には気付いていなかった。

生まれ育った故郷を飛びだし、騎士となって早くも八年がすぎていた。

長年男所帯で過ごし、色恋沙汰《ざた》とは無縁だったベルナールには、異性に対する情緒というものが欠けていたのだ。突然生まれた感情に戸惑い、理解できず、受け入れられないでいる。

いくら考えてもわからないので、ベルナールは即座に腹を括った。

自分がアニエスを守りきれば、何も問題はない。

考えがまとまれば、モヤモヤとした気分も晴れた。今日も一日頑張るかと、気合を入れて職場へ向かう。

——彼が恋を自覚するのは、もう少しだけ先の話だった。

◇◇◇

アニエスは掃除を任された部屋で、箒で塵を掃いていた。地面にあるごみが見えるのが嬉しくて、誰もいない部屋で鼻歌を歌いながら掃除をする。いつもの半分以下の時間で掃き終え、仕上げにブラシで磨く。綺麗になった部屋を見渡すと、達成感で心が満たされていた。

それと同時に、疲労感も覚える。休憩所の椅子に座ってしばらく休み、ミエルの様子を見にいく。眼鏡があるおかげで、仕事が随分と捗《はかど》るようになった。時間も余ったので、先送りにしていた話をジジルに聞いてみることにした。それは、アニエスの部屋の問題だった。

「そろそろ、お部屋を移動したいと考えているのですが……」

「そういえば、旦那様に聞いていなかったわ」

現在、アニエスは客室を使っている。屋根裏部屋の修理は終わっていたが、夫婦役の件もあったので移動の話がうやむやになっていた。

「屋根裏部屋、いつの間にか旦那様が荷物を持ち込んでいるの。多分だけれど、あそこを使用人部屋にする気はないのかもしれないわ」

童話にでてくるような可愛らしい部屋で、アニエスは気に入っていた。だが、雨を被ったせいで古い家具や寝台は使えなくなってしまったのだ。

「他の部屋は空いていないの。何も言わないから、アニエスさんはそのままでいいと思うけれど」

「いいえ、客間なんて、わたくしにはもったいないお部屋です」

花柄の壁紙に、赤で統一された内装は女性好みの部屋で、アニエスも気に入っている。だが、使用人の分際で使うことは心苦しいと思っていた。

「う〜ん。キャロルとセリアを一緒の部屋にすれば、一部屋空くけれど」

「それは、申し訳ないです」

「難しい問題ね。でもまあ、旦那様が何も言わない限り、こちらから口出しするようなことでもないと思うわ」

「そういうものでしょうか？」

「そういうものなのよ」

ジジルがはっきり言いきったので、アニエスは素直に聞くことにした。

「あ、そうそう。時間が余ったって言っていたわよね？　アニエスさんに新しい役目を命じるわ」

今までアニエスはミエルのお世話係だった。最近はお世話する頻度も少なくなってきたので、ジジルは新しい仕事を授けてくれるようだ。いったいどのような仕事を任されるのか。アニエスは期待に満ちた眼差しで聞く。ジジルの口から発表されたのは、意外な仕事だった。

「それはね、旦那様のお菓子係！」

ベルナールが甘い菓子が好きなのを知っているかと聞かれ、アニエスは頷く。

「困ったことに、旦那様はお菓子が好きなのを、恥ずかしいことだと思っているのよ」

「まあ、どうしてでしょうか？」

「男の人はお菓子をあまり食べないから、気にしているだけ」

「そうだったのですね」

一度、ジジルがうっかり指摘してしまい、それ以降、意地を張って食べなくなってしまったという、ある意味切ない事情を話した。

「好きなのに食べられないって、なんだか可哀想になって、多分アニエスさんが一生懸命作ったって言えば、食べてくれると思うの」

菓子を食べればホッとでき、心癒されて元気になる。ベルナールにも、何日かに一度、そういう時間があってもいいのではと、ジジルは話す。

菓子作りは簡単な物から始める。きっちりとレシピ通りに作れば失敗することもない。難しいことではないと、ジジルは菓子作りについて語って聞かせた。

「どうかしら？」

「とても、素敵なお仕事だと、思います」

アニエスは「お役目、ぜひともお受けいたします」と返事をする。即答だった。

「だったら、今日の夕方からさっそくお菓子作りに取りかかっていただこうかしら？」

「はい、頑張ります！」

夕刻になると、意外な菓子作りの指導役が紹介された。

「アニエスさん、今日はこの子達に習ってね」

「先生です」

「先生ですよ」

アニエスの前に現れたのは、エプロンをかけたキャロルとセリア。彼女達は小遣いを節約するために、家にある材料で菓子を作っていたのだ。

「えっと、キャロルさん、セリアさん、よろしくお願いいたします」

ぺこりと頭を下げるアニエスに、双子も同じようにお辞儀をして返した。

「お菓子作りは初めてなので、いろいろとお手を煩《わずら》わせるかと思いますが」

「ええ、大丈夫ですよ」

「お菓子作りは簡単です」

窯は温度調整が難しいので使わない。加熱する道具として取り出されたのは、柄の付いた浅い鍋。

「アニエスさん、これでどんなお菓子を作るでしょう？」

「ヒントは小麦粉を使って作るお菓子です」

浅い鍋《スキレット》でパンケーキを作るのかと質問すると、同じタイミングで首を横に振る。

「浅いお鍋で作る、小麦粉のお菓子……他に思いつきません」

「ヒントその二！」

「ザクザク、サクサク！」

アニエスは首を傾げながらヒントを元に考え、ビスケットかと答える。

「正解！」

「大正解です」

本日アニエスが双子の姉妹から習う菓子は、ビスケットだった。窯だと温度の調節が難しく、何度も焦がしてしまったという失敗から、兄アレンの助言を元に試行錯誤をして完成された物だという。材料は小麦粉にバター、牛乳、砂糖、卵、メープルシロップ。バターは熱で軽く溶かし、砂糖とメープルシロップを入れて混ぜ合わせる。その中に小麦粉と牛乳、溶き卵を投入。ひたすら練って、まとまるまで混ぜ合わせる。

「普通だったらこのあと生地を寝かせるんだけど、省略します」

「ちょっとでも早く食べたいので、寝かせません」

生地を寝かせる理由は表面がべたつかずに扱いやすくなり、加えてサクサクと軽い触感をだすためだが、キャロルとセリアはあまり気にせずにそのまま焼いてしまうと言う。仕上がった生地を伸ばし棒で平らにしていく。あとは型抜きをするばかりだが、キャロルが取りだしたのは包丁だった。

「型抜きは面倒なのでいたしません」

「包丁で四角に切ります」

キャロルは延ばした生地を切り、セリアはフォークでビスケットに穴を開けていった。穴を開けるのは加熱時間の短縮のためだと言う。温まった鍋にビスケットを並べ、焼いていく。ジュウジュウという音と共に、ふわりと甘い香りが漂っていた。弱火でじっくりと焼き、両面がキツネ色になったら完成となる。

「ビスケット、完成です」

「題して――」

「また雑ビスケット作ったのか？」

双子の間に割り込んできたのはアレンだった。皿に盛りつけられたビスケットを見て、呆れた顔をしている。

「雑ビスケットじゃない！」

「石板《タブレット》ビスケットって素敵な名前があるのに」

「そんな名前があったのか」

アレンはなるほどなと呟く。

「これ、今はそこそこ食べられるけれど、時間が経ったら石みたいに硬くなるもんなあ。ぴったりな名前だ」

名前の由来を褒められ、キャロルとセリアは自慢げな表情をする。アニエスにはふくらし粉を入れて、二時間ほど寝かせた生地で作るようにと、アレンは助言をしていた。

双子は茶を淹れてくると言って、準備をしにいく。アニエスはその場で待機をしているように言われていたので、大人しくしていた。アレンは焼きたてのビスケットを摘まんで食べる。

「懐かしい味がする。このビスケットに似た物を、昔母さんがよく作っていたんだ」

「そうだったのですね」

「そう。当時、忙しかったのか、石のように硬いお菓子を作ってくれて」

ジジルに習ったわけではないのに、独自で同じような菓子を生みだしてしまった妹達の才能が恐ろしいとアレンは言う。アニエスは思わず笑ってしまった。

「兄と僕と旦那様は、母の硬いお菓子で顎を鍛えられたんだ」

「まあ、そんなことが」

ベルナールが平気な顔をして硬い飴を噛み砕いていたわけを知り、微笑ましいような気分となる。

「石板《タブレット》ビスケット、時間が経ったやつは食べないほうがいいかも」

「そんなに硬いのでしょうか？」

「甘く見てはいけない」

「わ、わかりました」

その後、焼きたてのビスケットを囲み、茶会が催された。初めて食べる石板《タブレット》ビスケットは素朴な味わいで、茶との相性も抜群な菓子だった。

アニエスは明日、一人で作ってみようと心に決めたのだった。

◇◇◇

一日の仕事を終えたベルナールは更衣室で私服に着替え、家路に就こうとしていた。ところが、そんな彼の行く手を遮る者が現れる。

「やあ、オルレリアン君！」

更衣室前でベルナールを待ち構えていたのは、エルネスト・バルテレモンだった。珍しく私服姿で現れる。いったい何用かと聞けば、意外な場所に誘われることになった。

「今から公儀主催の競売があるんだけど、一緒にいかないかい？　お上が差し押さえた品を売る催し事なんだけど」

競売に使うような金もないし、そもそも欲しい品もなければ興味もない。早く帰って風呂に入りたいと思ったので、「いや、いい」と言って即座にお断りをする。

片手を挙げ、また今度と言ってこの場から去ろうとしたが、引き止められる。

「ま、待ってくれ！　今回はただの競売じゃないんだ！」

「他の人を誘えばいい」

「君じゃないと駄目なんだ」

「気持ち悪いことを言うな」

「え？」

「気持ち悪いことを言うなと言った」

「や、やっぱり、気持ち悪いって言ってた！　いや、そんなことはどうでもいい。今日はどうしても、付き合ってほしいんだ」

あまりにも必死なので、話だけでも聞こうかと、執務室に移動する。ラザールはすでに帰宅をしていて不在だった。

「で、なんだって？」

「あ、ああ。今回の競売は、アニエス・レーヴェルジュの家の品物がだされるらしい。中でも、彼女の母親の、婚礼衣装を落札したいと思っている」

アニエスは親しい友人に、将来母親の婚礼衣装を着たいという話をしていたらしい。エルネストは、彼女に関する情報を集めていた。ベルナールは愛人にしたいと思っている女性に、大した熱の入れようだと思った。狩猟をする時と似たような心境なのかと考える。逃した獲物は、実際よりもいいものに見えると聞いたことがあった。理解できないことだと思う。

「それで、なんで俺を誘った？」

「一人だと楽しくないだろう。落札した喜びは誰かと一緒に分かち合いたい」

「知るかよ」

「そんなことを言わずに！　お願いだよ！」

しつこく誘ってくるので、結局付き合うことになった。

移動はエルネストの馬車で向かう。十分も経たないうちに会場に到着した。競売会場は夜会などが開催される建物の中で行われる。

誰でも参加できるわけではなく、貴族のごく一部の者達に招待状が送られてくるとエルネストは自慢げに話していた。

「服装規定《ドレスコード》はこれだ」

ベルナールの目の前に差しだされたのは、目元を覆う仮面だった。

「なんだ、これ？」

「差し押さえ品や公有財産の買い取りは匿名で行われる。つまり、落札した品は誰が買ったかわからないようになるらしい」

「どうしてこんなことをするんだ？」

「さあ？　私も詳しくは知らないが、取引をするにあたっていろいろと不都合があるとか」

「変な決まりだな」

ベルナールは文句を言いながら、仮面を装着する。

「私も競売にいくのは初めてでね」

「意外だな」

「まあね。買い物は自分から足を運んだことがないんだ」

「そうかい」

つまり一人でいくのが不安だったのだ。しようもない理由で誘ってくれたものだとベルナールは思う。会場の入り口では、たくさんの招待客達が列を成していた。近くにいた男女が、いつもより参加者が多いと言っていたのを耳にする。

「お宝か何かが出品されているのだろうか？」

「知るかよ」

正装でいる参加者達の中で、普段着のベルナールは浮いていた。

ちらちらと不躾な視線を感じていたので、目立たない場所まで移動するように急かした。

「おい、さっさと席にいくぞ」

「ああ、そうだね」

慣れない場所でキョロキョロと周囲を見渡していたエルネストの肩を叩き、奥にある広間へと向かう。広い会場には椅子が置かれ、前方には競《せ》りを行う高座が作られていた。

席は自由席で、半分以上埋まっている。エルネストはどこに座ろうかと迷っていたので、後方の席がいいと言って勝手に腰かけた。

招待客は男性がほとんど。貴族以外に、商人のような雰囲気の者達もいた。仮面をしていても、長年騎士を務めていたベルナールには個々の所作などでなんとなく職業はわかってしまう。

しばらく待機をすれば、招待客同様に仮面を着けた男が現れる。挨拶をしたのちに、競売開始の宣言が言い渡された。最終的に会場の席は満席となっていた。後方には、立ち見で参加をしている者達もいる。さっそく、一品目が出品されていた。

「こちらは人魚の涙と言われた宝石の付いた首飾り。金貨五枚からどうぞ」

参加者達は次々と札のような物を掲げる。

「なんだ、あれは？」

「パドルだよ」

エルネストはベルナールにパドルと呼ばれている番号札を渡した。

「欲しい品物があればこれを挙げてビット、入札をするらしい」

複数の入札希望者がいれば値段はどんどん上がり、番号札《パドル》を下げれば入札権は取り消される。番号札《パドル》を挙げる者が自分の他にいなくなれば落札者となり、商品の購入が可能となる仕組みであった。番号札《パドル》の話を聞いているうちに、一品目の入札は終了していた。落札額は金貨三十七枚。商人風の男が競り落としたようだった。ベルナールの一ヶ月の給料は金貨五枚。よくわからない次元の取引だと思ってしまう。絵画に壺、宝石類に彫刻、時計、陶芸品など、様々な品物が出品され、ベルナールの給料の何十倍、何百倍の価格で落札されていく。

エルネストは先ほどから競売に興味がないのか、のんきに欠伸《あくび》をしていた。だが、目的の品がでてくると、身を乗りだしてベルナールの肩を叩く。

「オルレリアン君、あれだ！」

それは胴体彫像《トルソ》が纏った純白の婚礼衣装だった。アニエスの母親が結婚式に着ていたドレスで時代錯誤な意匠《デザイン》だったが、保存状態がよく、遠目で見れば新品同様に見える。

「こちらの婚礼衣装、なんでも、社交界で噂の聖女の母君のドレスということです」

司会の言葉を聞いた参加者達がワッと沸く。それを聞いたエルネストは、目を剥いていた。

「なっ、い、いったい、どうして⁉」

「噂が広まっていたみたいだな」

司会者が「社交界に降臨せし聖女の祝福にあやかってはいかがでしょうか」と紹介の言葉を締めくくれば、次々と番号札《パドル》が挙がる。エルネストはわかりやすいほどにぶるぶると震え、怒っているようだった。それから、番号札《パドル》を掲げ、入札に参加していた。

ベルナールは冷めた目で、ことの成り行きを見守る。あっという間に金貨六十枚となった。挙がっている番号札《パドル》の数は二つ。エルネストともう一人、貴族風の男性。後ろ姿しか見えないので年齢はわからないが、身なりのいい男である。

「おい、大丈夫なのか？」

「百枚までいける」

「無理すんなよ」

親衛隊はいったいいくら給料を貰っているのかと、ベルナールは呆れながら入札を続けるエルネストを眺めていた。給料云々《うんぬん》の前に、親からのお小遣いである可能性も浮上し、馬鹿らしいと溜息を吐いてしまう。瞬く間に金額は跳ね上がり、百枚を超えた。

「あ、あの男、いったい何者なんだ!?」

「俺からしたら、お前も十分何者かと疑っている」

「私は第二親衛隊――むぐ」

ベルナールの問いかけに素直に答えようとしたので、慌てて口を塞いだ。匿名で参加をする競売の場で、自らを名乗る馬鹿がどこにいるのかと注意をすれば、すぐに大人しくなる。

競りは続く。エルネストの表情から、余裕が消えていた。

「くっ、ここまでか！」

「お前、よくそこまでできるな」

「彼女のためなんだ！」

ベルナールは母親の形見の話をしていたアニエスを思い出す。生活に困窮し、大切な品物を売らずに済んだと微笑む表情は、なんとも痛ましいものであった。そんなアニエスに母親の婚礼衣装を贈ったらどんなに喜ぶだろうか。だが、金貨百枚以上の贈り物なんて無理な話だった。

だが、一つだけ、金貨百枚以上のドレスを手に入れる手段がある。それは、商人である祖父に頼み込んで、金を借りることだった。ベルナールの母方の祖父は大変裕福な商家で、困ったことがあれば金を貸すと、しきりに言っていたのだ。そこまで考えて、我に返る。

そもそも、どうしてそういう考えに至ったのかと、自分のことながら不思議に思った。ぼんやりと考え事をしているうちに、入札額は金貨百二十枚まで上がっていた。さすがのエルネストも予算を超過してしまったからか、掲げていた番号札《パドル》を下ろした。ぶらんと力なく垂れた腕と番号札《パドル》が、彼の無念さを語っている。司会者が「金貨百二十枚以上で落札希望の方、他にいらっしゃいませんか？」と呼びかけている。エルネストは全身がぶるぶると震えていた。番号札《パドル》を持った右手を左手で押さえている。

「あの男、許さない！」

「いや、あれだけ金を持っているってことは、国の重鎮か何かだろう」

「いったい、なんの目的で!?」

「お前もな」

怒りで震えているエルネストには、ベルナールの最後の一言は耳に入っていなかった。これで競りは終わりと思いきや、新たな番号札《パドル》が挙がった。

まさかの展開に、会場は騒《ざわ》めく。争奪戦に割り込んできたのは、女性だった。背筋がピンと伸びていて、凛とした印象の後ろ姿。若い女性ではなく、威厳のようなものを発しているようにも見える。そんな中、ベルナールは我が目を疑う。入札に参加をした女性の後姿に見覚えがある気がしたのだ。

「オルレリアン君、どうかしたのか？」

エルネストの問いかけにびくりと肩を揺らす。

「い、いや、なんでもない」

わずかに浮かんだ可能性をありえないことだと思い、頭の中で必死に否定する。だが、女性の後ろ姿は、あまりにもよく見知った人物に似ていたのだ。

結局、アニエスの母親のドレスは金貨百五十枚で落札された。競り勝ったのは、途中参加の女性だった。ベルナールは頭を抱え、地面を眺めている。

「オルレリアン君、大丈夫かい？」

先ほどまで怒っていたエルネストだったが、今はベルナールの心配をしている。途中退席はできないので、もう少し辛抱するようにと、優しく励ましていた。

二時間ほどで競売は終了した。第二部として、仮面を被ったままの交流会が開かれるようだ。

「もう帰るだろう？」

「当たり前だ」

ベルナールはエルネストに早口で「じゃあな」と言い、会場をあとにする。

階段を大股で降りていると、背後より声をかけられた。

「お待ちになって、ベルナール」

それは、物心ついた時から独り立ちするまで、毎日のように聞いていた声。聞き違いだと脳内で処理して、先を急ぎたかったのに、体はぴたりと動きを止めてしまった。競売の参加者達はほとんど交流会に行ったようで、帰り道を急ぐ者はベルナールの他にいなかった。

カツカツと、踵が階段を叩く音が近づいてくる。ベルナールの心臓は、ドクドクと高鳴っていた。額は汗が滲み、昇格試験の面接時よりも緊張しているのに気付いた。

恐る恐る振り返ったその先にいたのは――。

「ふふ、ごきげんよう」

背後にいた女性を見た瞬間に、膝から崩れ落ちそうになる。

「あら、もしかして、仮面をしているから、誰だかわからないのかしら？」

相手が誰かわかっていた。それなのに、言葉を失っている状態で、ただただその場で身動きが取れなくなっていたのだ。女性は仮面を外し、微笑みを向けてくる。

それはベルナールにとって、止《とど》めのような、大打撃を受ける笑顔だった。

「私はあなたのこと、仮面を着けていても気付いたのに、薄情な息子だこと」

「あ、の……は、はうえ」

「ええ、あなたのお母様ですわ」

予想通り、謎の女性の正体はベルナールの母、オセアンヌだった。

どうしてここに？　という言葉はでてこない。それ以上に気になっていることがあったからだ。

「婚礼衣装を、落札、したのは、も、もしや……？」

「ええ、私です」

なぜ、高価な婚礼衣装を落札したのか。金はどこから調達したのか。そもそも、どうしてこの場にいるのか。疑問は尽きない。

「まあ、お義母様《かあ》、そんな所で何をなさっているの？」

少し離れた場所から聞こえてきた声に、愕然とする。オセアンヌ同様に仮面を着けて階段を降りてくる女性。栗毛の髪にすらりとした体型の、美しい人。仮面を着けていてもわかる。

彼女は、ベルナールが幼少期より恐れている女傑《じょけつ》の一人――一番上の兄の妻。

まさかの義姉の登場に、ベルナールは今度こそ膝から崩れ落ちた。


ベルナールと母オセアンヌ、義姉イングリトは喫茶店に移動する。

「お義母様はカフェオレでいいのかしら？」

「ええ」

確認後、店員に目配せをすると、注文を取りにくる。

「カフェオレとショコラショーを二つ」

「かしこまりました」

義弟の好みは大人になっても変わっていないだろうと、チョコレートを使った甘ったるい飲み物を勝手に注文する。ベルナールは文句も言わずに大人しくしていた。

「久しぶりね、ベルナール」

「どうも、ご無沙汰しております」

「あら、他人行儀ねえ。いつの間にか大人になって、なんだか寂しいわ」

イングリトは余裕たっぷりだったが、ベルナールは額に汗をかいていた。

「ふふふ、久々で恥ずかしいのかしら？」

一番上の兄、ロベールの妻であるイングリトは、十歳年下の義弟を見ながら目を細める。姉妹の中で育った彼女は弟が欲しかったようで、嫁いでからいろんな意味で可愛がってくれたのだ。

「覚えているかしら？　一緒に野遊びにでかけて、猪《いのしし》を仕留めた日のことを。私は昨日のことのように思い出すことができるわ」

それは、ベルナールが八歳の時の話。嫁いだばかりのイングリトは、近くの森の散策がしたいと言って二人ででかけることになった。色鮮やかな初夏の森を歩いていたら、運悪く野生の猪に出会ってしまう。しかしながら、イングリトはベルナールに心配いらないと言いきる。彼女は都会育ちだったが、父親の狩猟についていく変わった娘だった。そのため、野生動物に出会っても、ごくごく冷静に対応した。念のためにと持ち歩いていた鉄砲を構え、頭部を一発で撃ち抜く。

「おいしかったわねえ、あの時の猪」

さも、美しい思い出のようにイングリトは語っていたが、ベルナールにとって少年時代の恐怖の記憶でもある。

「ベルナール、あなたが王都にいってから、とても寂しかったわ」

そんなイングリトには、現在七歳と五歳の子どもがいる。今回一緒に王都にきているので、顔を見てほしいと言っていた。

「義姉上《あねうえ》、その、子ども達はどこにいるのですか？」

「私の実家に預けているの」

休みの日を聞かれ、あっという間に予定が決まっていった。

カフェオレとショコラショーが運ばれ、思い出話が一段落したところで本題に移る。

「それで、母上と義姉上は、なぜこちらに？」

「言っていたでしょう、近日中に訪問する、と」

「いえ、あまりにも早かったので」

イングリトが里帰りをすると言うので、一緒についてきたとオセアンヌは話す。

「久々に王都の社交場《サロン》に行けば、公儀競売の話題になっていて――」

アニエスの母の婚礼衣装が出品されると耳にし、オセアンヌは慌てて参加をすることになったようだ。

「母上、飛び入りに近い形で参加など、可能なのですか？」

「ええ、父の名前をだせば、手配していただけましたわ」

さすが、大陸の中で一、二を争う商会一族の者だとベルナールは思った。

「資金はいったいどこからだしたのですか？」

「父からあなたへの生前贈与金の一部から」

祖父からベルナールへの生前贈与金と聞き、目が点となる。

「は……母上、生前贈与の話など、聞いておりません」

「だって、説明していませんもの」

扇を広げ、優雅に扇《あお》ぎながら言う。さらに、金額を聞いて驚くことになった。

「金貨五百枚のうち、今回、百五十枚使いました」

「な、金貨、五百枚!?」

どうしてそのような大金をと聞くと、オセアンヌは事情を説明する。

三年前、オセアンヌの父は孫全員に金貨五百枚ずつ贈与した。受け取ってすぐに三番目の兄ルイが事業準備金に使い込み、一年後に経営破綻。五百枚の金貨はあっという間に溶けてなくなった。

「そんなことがあったものだから、残りの息子達の財産はきっちりと私が管理しよう、と思いまして――」

そういうことだったのかと、深い溜息を吐く。

渋々といった感じにどうするかと聞いてきたが、使い道は思いつかないので、そのまま管理を任せることにした。

「お祖父《じい》様に、お礼の手紙を送らなければ」

「ええ、お喜びになるでしょう」

話は変わって、アニエスの婚礼衣装は結婚式当日のサプライズにしようとオセアンヌは楽しそうに提案した。ベルナールは口に含んでいたショコラショーを噴きだしそうになる。

「結婚式もいただいたお金を使えばいいでしょう」

「楽しみね、お義母様！」

「本当に。それにしても、偶然とはいえ、ドレスを落札できてよかったですわ」

状況が落ち着けば、盛大な結婚式を行うと、はりきっていた。そんな母親に、ベルナールは非難めいた発言をする。

「ドレス一着に金貨百五十枚も払うなんて」

それに関して、オセアンヌは素直に謝った。勝手に財産を使って申し訳なかったと。

「ですが、アニエスさんがお母様とのドレスの思い出を切なそうに話をしていたから、なんとしてでも手に入れようと思いまして、ついつい熱が入ってしまいました」

アニエスの母親は娘の結婚式を見届けることはできない。ならば、せめてドレスでも共に在《あ》れば喜ぶだろうと、オセアンヌは話す。イングリトは話を聞きながら、眦《まなじり》に涙を浮かべていた。

一方で、ベルナールは額に汗を浮かべている。現在、頭の中を占めているのは結婚式のことではない。家で使用人の格好をしているアニエスのことを母親に知られたら大変なことになると、焦っていたのだ。そして、勇気を振り絞って質問してみる。

「母上と義姉上は、今晩はどちらに？」

結婚式の話で盛り上がっていた二人は、同時に動きを止める。ベルナールはごくりと、生唾を呑み込んだ。扇を畳みながら、オセアンヌは今晩の予定を伝える。

「今日はイングリトさんのお家でお世話になろうと思いまして」

それを聞いて深く安堵する。帰ってから作戦会議をしなければと、頭の中でいろいろと情報を整理していた。時刻は九時前となる。そろそろ馬車の最終便の時間が迫っていた。

「では、お開きにいたしますか」

支払いはベルナールが済ませ、店をでる。外にはイングリトの家からやってきた、迎えの馬車が停まっていた。母と義姉を見送ったあと、馬車乗り場まで急ぐ。なんとか最終便に乗ることができた。ガタゴトと激しく揺れる馬車の中で、ベルナールはぐるぐると考え事をする。母親及び義姉の襲来、アニエスの母の婚礼衣装落札の件、祖父からの生前贈与金などなど、大変な事実が複数発明らかになった。どうして問題が次から次へと降りかかってくるのかと、頭を抱える。そうこうしているうちに自宅近くの停留所に到着をした。一刻も早く帰ろうと馬車から飛び降り、支払いを済ませてから家まで駆け足で帰る。玄関を開くと、アニエスが出迎えてくれた。

「ご主人様、おかえりなさ――」

「話がある」

肩で息をしていたベルナールは急いでいたのでアニエスの体を抱き上げ、急ぎ足で移動した。

「えっ、あ、あの」

アニエスは少しだけ驚きの声を上げたが、すぐに大人しくなって身を任せていた。ベルナールは私室の前でアニエスを下ろし、手を引いて部屋に入る。長椅子の所まで連れていき、座るように命じた。そのまま向かいの席に座るかと思いきや、地面に片膝を突いて話を始める。

「大変なことになった」

「え？」

ベルナールは情報を選別して、アニエスに今日のことを語って聞かせた。母親の婚礼衣装については黙っておく。一番重要なことは、母親と義姉がきたことである。

明日、やってくるというので、再び婚約者役を頼むことになった。

「すまないが、また話を合わせてくれると助かる」

「それは、はい。お役に立てるのならば、お任せください」

今回は母オセアンヌだけでなく、義姉イングリトにも注意するように促した。

「義姉上は母以上に勘が鋭い。なので、嘘を言う時は気を付けておいてくれ」

「承知いたしました」

「それから」

問題は服のこと。今の体型に合うように服を仕立て直したのかと聞けば、首を横に振る。

「矯正下着《コルセット》を着ければ、以前いただいた服が着られますので」

「ああ、そうだな。いろいろとつらいだろうが、少しだけ我慢をしてもらうことになる」

「ええ、大丈夫です」

ベルナールは膝を突いた状態で、頭《こうべ》を垂れた。

その様子を見たアニエスは慌てふためいた。

「あ、あの、そんな、平気ですので」

「だが、こちらの家庭の事情に巻き込んでしまって申し訳ない」

「わたくしは、ご主人様のお役に立ちたいと、常日頃から思っていますので、お役目をいただけて、嬉しいです」

アニエスも椅子から立ち上がってしゃがみ込み、ベルナールと同じ視線の高さになる。

「えっと、頑張ります」

健気な様子で決意表明をするアニエスに、ベルナールは思わず見惚れてしまう。

途中、ぼんやりしていることに気付き、言葉を返す。

「あ、ありが、とう」

互いに頑張ろうと、励まし合った。
——ベルナールにとって手強い母に加えて、油断ならない義姉がやってくる。
アニエスと協力し、乗り切らなければならない。
何もかも解決した暁には、感謝の印として、アニエスの母親の婚礼衣装を渡そう。
と、そんなふうに考えていた。
ただ、この時のベルナールは知らない。
アニエスの母親の婚礼衣装が、とんでもない事件を巻き起こすと。
今はぎこちなく微笑みながら、アニエスと結束を固めていたのだった。

～下巻に続く～

番外編　ジジルの日記帳

Frimaire.3（霜月）

今年も社交期の季節となる。

王宮より宮廷舞踏会の招待状が旦那様宛に届いた。

夜、帰宅をした旦那様に持っていくと、興味がなさそうな様子でその辺に置いておくようにと視線で示される。衣装など準備はいかがなさいますかと聞いても、今年もその日は仕事が入っているとのこと。またかと肩を落とす。

旦那様は宮廷舞踏会の参加——つまり将来の伴侶探しに積極的ではない。

もうそろそろ身を固めてもいいのではと進言しても、仕事が忙しいからと理由を付けて真剣に向き合おうとしないのだ。

宮廷舞踏会への招待状が届くようになった三年目から、このような態度でいる。

いったいどうして？

そんな思いに駆られるが、私は一介の使用人。追及など許されるわけもなく——。

それよりも、必死になって昇格しようとしているところが気になる。

二十歳という若さで副長職に就けたのは素晴らしいことだが、なんだか誰かを見返したいような、そんな投げやり感が垣間《かいま》見えるのは気のせいだろうか？

それに、疲れている後ろ姿を見るのもつらい。

こういう時に、可愛らしいお嫁さんがいて癒してくれたら——などと思ってしまうのだ。

旦那様は、まあお金は持っていない。口も若干悪い。だけれど、根は優しく、正義感に溢《あふ》れる好青年だ。顔も男前ではないけれど、愛嬌があって可愛い。

おっとりとした包容力のある女性がお似合いかな？　……なんて、こっそり考えるだけなので許してほしい。

けれど、現実問題としてなんとかならないものかと思ってしまう。いっそのこと、私が社交場にいって探すとか。

そういう計画があると家族に相談すると、次男のアレンに余計なことはしなくてもいいと止められる。余計なお節介らしい。

外は曇天。肌を刺すような冷たい風が吹き荒れる。

それはまるで、旦那様の現状を示すかのよう。

春は——まだこない。

Frimaire.27（霜月）

王都は地方からきた貴族達で溢れ、どこにいくにも人混みだらけでくたびれ果てる。

どこもかしこも浮かれた雰囲気になっているのに、うちの旦那様は通常営業。

少しくらい、浮かれたらいいのに。

昨晩は宮廷舞踏会だったが、夜通しの警備がしんどかったという感想しか聞けなかった。

綺麗な女性はいなかったかと訊ねれば、急に不機嫌な顔になり、うるさいと怒られる。

あらいやだ、まだ反抗期なのかしら？

Nivôse.4（雪月）

今年も何もないまま社交期が終わるのか。庭の散りゆく枯れ葉を眺めながらそう思っていたが、信じられないほどの奇跡が舞い降りてくる。

夕刻、旦那様に呼ばれ外にでてみると、なんとまあ、女性を連れてきているではありませんか！　私に隠れて女性とお付き合いしていたとは。なかなかやるなと、旦那様の隠れた才能に深く感動。

背後にいた女性は、驚くほどの美人。格好は町娘に見えるが、雰囲気はどこぞのお嬢様のように感じる。体の寸法に合っていない薄い服装だからか微かに震えていた。

早く家の中に案内をしなければ。

とりあえず、旦那様に素敵なお嬢様を紹介してほしいと頼んだ。

すると、想定外の名が告げられ、言葉を失う。

彼女の名前はアニエス・レーヴェルジュ。

彼女はつい最近不祥事で没落した貴族の家のお嬢様で――さらに、旦那様はとんでもない事実を明らかにする。

アニエスさんはお嫁さんにするために連れてきたのではなく、使用人として雇い入れるようだ。

いったいなんてことを。

どういう経緯があったかは知らないけれど、貴族のお嬢様に労働なんて務められるわけがない。

きっと、旦那様は困っている彼女を見捨てることができなくて、連れてきたのだろう。

相手がどんな問題を抱えていようとも、優しくできる姿に心が温かくなる。

けれど、使用人にするために連れてくるなんて……。

どうやらアニエスさんは住み込みで働くことになるらしい。これは大きなチャンス。

同居をすることによって深まる仲、というものもあるだろう。

もしかしたら、旦那様も照れているだけかもしれないし。

なんとか二人を結婚までこぎつけさせようと、決意を固める。

頑張れ、私。

それ以上に頑張れ、旦那様。

Nivôse.5（雪月）

アニエスさんはとても素晴らしい女性だった。

類稀なる美貌を持っているにもかかわらず、控えめでおおらかな性格をしている。

こちらが用意した食事にも、文句を言うどころか、おいしいと言って微笑んでいたのだ。

一応、仕事についても軽く説明をした。

下働きについては、滞在していた宿と孤児院を訪問していた時にいろいろとやっていたらしい。

まだ完璧ではないと言っていたが、ほどほどに頑張ってほしい。

仕事着は長女アンナが着ていた物を用意した。身長が同じくらいだったので、なんとか着られたが、ところどころ寸法が合っていないような気がする。

腰回りとか、肩とか、布が余っている模様。

アンナにはとても言えないけれど。

旦那様が帰ってきたら、新しいお仕着せを注文するようお願いをしなければならない。

夜、アニエスさんに旦那様が帰る時間を告げれば、嬉しそうに玄関で出迎えたいと言う。

これは、もしかして、アニエスさんってば……。

いやいや、いやいやと首を横に振る。

元伯爵家の美しいご令嬢が旦那様に惚れているなんて、ありえない、よね？

Nivôse.5（雪月）

昨晩は大変な目に遭った。

嵐のような雨が吹き荒れ、屋根を破壊してくれたのだ。

アンナの自慢だった屋根裏部屋は水浸し。せっかく綺麗に整えたのに、見るも無残な状態になっちゃって。

アニエスさんも、大変な事態に襲われる。

昨日の雨を被ったせいで、風邪を引いてしまったのだ。

知り合いの女医を呼び、診てもらう。安静にしていれば、すぐに完治するとのこと。

誰よりもびしょ濡れになっていた旦那様は、平然としていて普通に出勤していった。

頼もしい限りである。

さすが、〝熊のように強い男《ベルナール》〟だと、家族一同感心の一言だった。

アニエスさんの看病をしていたら、幼い頃病弱だったキャロルとセリアのことを思い出してしまった。あの二人、どうしてか風邪を引くのも同時だったのだ。

今ではすっかり健康になり、元気すぎるくらいだ。

アニエスさんも早く治るようにと、切《せつ》に願う。

Nivôse.6（雪月）

屋根が壊れた一件のせいで、お仕着せの発注について言いにくくなる。

旦那様は今日も大きな額の請求書に目を通し、盛大に溜息を吐いていた。

お気の毒にとしか言いようがない。

アニエスさんの合っていない服も気になる。本人は大丈夫と言っていたけれど……。

それにしても、美人は何を着ても魅力が損なわれることはないのだなと。

アニエスさん、恐ろしい子。

Nivôse.8（雪月）

アニエスさんの完治は意外にも早かった。若いって素晴らしいなという感想を抱く。

律儀にも、改めて旦那様にお礼を言いたいと申していた。

エリックに伝え、時間を作ってもらう。

旦那様が帰宅をしてすぐに、アニエスさんは呼びだされた。

数十分後、帰ってきた彼女の表情はどことなく沈んでいる。

どうしたのかと聞いたら、旦那様はアニエスさんを雇うことについて迷っているようだと話す。

それはまあ、仕方がないことで……。

レーヴェルジュ家は国王の反感を買ってしまった。その娘を雇っていると知られたら、旦那様の立場も危うくなる。

アニエスさんは「迷惑がかかるので、他を当たります」と悲しそうな笑顔で話す。

でも、旦那様はきっと、彼女を見放すなんてことはしないだろう。

だけれど、抱えているものが大きすぎるので、大丈夫だとか、心配はいらないとか、無責任な言葉はかけられない。

早く二人の間の問題が解決すればいいなと、陰から見守っていた。

Nivôse.9（雪月）

旦那様が突然子猫を拾ってきた。雨の中捨てられていて、見なかったことにできなかったらしい。なんてベタな展開だろうか。

ボロボロの状態の子猫だったが、乳離れをしているくらいまでには育っていたので、なんとかなりそう。明日、獣医に診てもらえば、さほど心配はないだろう。

そして、驚きの命令が下る。アニエスさんに、子猫の世話を任せると言うのだ。

それは、この先も彼女を雇い続けるということを暗《あん》に告げている。

さっそく報告に行けば、アニエスさんが涙をポロポロ流しながら喜んでいる姿を目にした。

きっと、今までつらい目に遭っていたに違いない。

ここで旦那様の優しさに触れ、心を癒してくれたら嬉しいなと願ってやまなかった。

Nivôse.10（雪月）

洗濯物を干していたら、アニエスさんのワンピースの胸ボタンが弾け飛ぶ。

いったいどうしてと思っていたところ、驚きの事実が明らかになった。

アニエスさんはとてもご立派な胸をお持ちだったのだ。

絶世の美女で、性格がよくて、スタイルがいいとか……！

神様は彼女に祝福を与えすぎだと思った。

だがしかし、神はアニエスさんに自信は与えなかったようで、大きな胸を恥ずかしいと言っていた。社交界では、すらりとした体型の女性が美しいとされているらしい。なんてことなのだろうか。

大丈夫、男性は大きな胸が好きだから——そんな慰めの言葉を口にしようとしたが止めておいた。

皆が皆、そういうわけでもないだろうから。

それにしても、大雨の一件で新しいお仕着せを頼むことを遠慮していたが、そういうわけにもいかない状況になってしまった。最近、成長期のキャロルとセリアもスカートの丈が短くなっているような気がする。すぐに旦那様に検討してもらうように頼んだ。

Nivôse.16（雪月）

朝、庭先で旦那様とアニエスさんが会話をしているのを見かける。

案外いい雰囲気で、お似合いの二人に見えた。

ふいに旦那様がアニエスさんの手首を掴む。

真っ赤になるアニエスさんに、それに気付いた旦那様も同様に赤面していた。

これはもしかして、互いに脈ありなのでは？

だがしかし、これ以上の接触は許されない。私は二人の間に割って入る。

アニエスさんには仕事を任せ、旦那様には忠告をしておいた。

もしも次に手をだせば、責任を取ってもらうと。

そのほうが話は早いと思ったが、これをきっかけに意識してもらえたらと期待。

それよりも、大変な問題があった。

旦那様の母君――オセアンヌ様が王都にいらっしゃると言うのだ。

目的は旦那様の伴侶探し。

昇格し、新しい職場に異動したばかりで、結婚する余裕はまだないと旦那様は言う。

それもそうだろうと思った。だがしかし、オセアンヌ様の進撃は止められない。

そんな旦那様に、私はある提案をする。

アニエスさんに、婚約者役を頼んだらどうかと。

Nivôse.17（雪月）

私の提案に驚きと戸惑いを覚えていた旦那様だったけれど、結局アニエスさんに婚約者役を頼んだらしい。

自分の発言がきっかけだったので、アニエスさんに迷惑ではなかったかと聞いてみる。

彼女はそんなことはないと首を横に振っていた。

どうしてそこまでしてくれるのか。そんな疑問を口にすると、アニエスさんは旦那様への想いを教えてくれた。

なんとまあ、二人は五年も前から顔見知りだったのだ。

しかも、これまでの言動を見ると、アニエスさんは旦那様に惚れ込んでいるように思えた。

直接本人の口からそうと聞いたわけではないけれど、間違いないだろう。

旦那様とアニエスさん。なかなか、お似合いのように思える。考えていたら、顔がにやついてしまった――が、我に返って頬を打ち、気分と共に表情を引き締める。

この奇跡のような縁を、焦って台無しにしてはいけない。

ゆっくりと、二人の仲が深まればいい。

結婚という二文字に、希望が見え始めていた。

Nivôse.25（雪月）

ついにオセアンヌ様がやってきた。屋敷の中は緊張感に包まれている。

一番顔が強張っているのは、旦那様だったけれど。

演技が上手いとは思えないお二方。大丈夫かなと心配したけれど、杞憂《きゆう》に終わった。

アニエスさんは演技ではなく、本当に旦那様を慕っているからか、オセアンヌ様の質問にも自然な様子で答えていたのだ。

一方で、旦那様は終始動揺して、残念なご様子だった。

Nivôse.28（雪月）

オセアンヌ様はアニエスさんを気に入ったようだった。慎重なお方なので、意外に思う。

婚礼衣装も作ると言い出した時には、話が早すぎるとさすがの私も焦った。

結婚を勧めることは大切なことだけれど、あまり急だと旦那様の心の余裕がなくなってしまう。

今回の作戦を考えたのは私だったので、深く反省した。

Pluviôse.12（雨月）

それから平和な日々が続いていた。

アニエスさんと旦那様の関係は大きく前進したようには見えない。

だけれど、少しずつ心が溶けてきているような気がしなくもなかった。

たまにお節介をしたくなるほどもどかしい時もある。

いいから結婚しなさいよと、大きな声で叫びたくなる日もあった。

けれど、それもぐっと我慢する。

雪が解けて春になるように、旦那様にも暖かな季節がやってくればいいなと、心から願っていた。

番外編　セリアとキャロルの、アニエス見守り隊！

ある日、旦那様が、信じられないくらい美しい女性を連れて戻ってきた。昔、お気に入りだった絵本に登場する、お姫様よりも綺麗でびっくりした。

ついに、旦那様も結婚するのか、と思っていたが違った。その女性は結婚相手ではなく、メイドとして働かせるために連れてきたらしい。どこからどう見ても、下働きができるようには思えない。肌はいっさい日焼けしていないし、腕だって驚くくらい細い。王族に仕える侍女の間違いでは？と思ってお母さんに質問したところ、うちで働くメイドで間違いないという。

絶対に〝ワケアリ〟だろうと訴えたら、お母さんはしぶしぶ認める。他言無用と前置きされたあと、あのお嬢様の事情について教えてくれた。

名前は、アニエス・レーヴェルジュ。ここでピンときた。彼女は父親が宰相だった、大貴族の娘だ。さらに、レーヴェルジュ家は当主の汚職で爵位や全財産が没収されたという。

つまり、アニエスさんは住む家さえ失った没落令嬢というわけだ。おそらく、旦那様はアニエスさんが気の毒になり、働き口を紹介するつもりで連れてきたのだろう。

けれども、強い風が吹いただけで倒れてしまいそうな、繊細さ溢れるお嬢様である。そんな女性にメイドとして働かせるなんて、旦那様は悪魔だ。

お母さんに「アニエスさんはメイドとして働けるの？」と質問したが、険しい表情のまま。頷くことはなかった。

きっと、私達と同じように、メイドなんて無理だと思っているに違いない。アニエスさんについては温かい目で見守ってほしい。なんてお母さんからの頼みに、私達は深々と頷いた。

それから、アニエスさんとの生活が始まる。やはり、と言うべきか。生粋《きっすい》のお嬢様暮らしをしていたアニエスさんは、メイドとして使い物にならない。

一生懸命覚えようとしているのだが、力は弱く、体力もない。バケツに張った水を少し運んだだけで、顔を真っ赤にして息を整えているのだ。働きたいという気持ちは人一倍あるようで、上手く働けない自分自身を嫌悪している様子も盗み見てしまった。

お嬢様として育った人が、メイドの仕事なんてできるわけがないのだ。アニエスさんは心優しく、平民である私達を見下したりしない。可愛い髪型に結ってくれたり、お化粧を教えてくれたり、いろいろと親切にしてくれた。お姉ちゃんが結婚し、寂しい思いをしていた私達だったが、アニエスさんのおかげで毎日楽しかった。本当のお姉ちゃんみたいに慕っていたので、仕事が上手くできなくて、思い悩むアニエスさんを見ていると、心が痛むのだ。

どうして旦那様は、アニエスさんをメイドとして雇ったのか。結婚し、妻として迎えてくれたら、アニエスさんは労働なんてしなくてもいいのに。我慢できなくなって、旦那様は責任を取って、アニエスさんと結婚すべきだ、と私達はお母さんに訴える。お母さんの眉間の皺はさらに深くなった。なんでも、旦那様の給料では、貴族女性を満足に養えないという。ただでさえ、アニエスさんはワケアリである。そんな女性を娶って守り抜くほどの地位と財産が、旦那様にはないというわけだ。

悲しい現実に、私達は切なくなった。誰も悪くない。悪くないのだが、メイドとして満足に働けずに思い悩むアニエスさんを見ていると、つらくなってしまう。

どうすればいいのかと考えていたところ、旦那様が捨てられていた子猫を連れ帰った。そしてなんと、驚くべきことに、アニエスさんを子猫の世話係として任命したのだ。子猫は弱っているので、メイドの仕事はしなくてもいいから、世話役を務めるようにと言ったらしい。

生まれて初めて、旦那様に対して天才だと思った。

アニエスさんは子猫のお世話係をするようになってから、次第に元気になっていった。さらに、メイドの仕事にも慣れてきたようで、いろいろできるようになったのだ。

ここ最近、旦那様とアニエスさんが揃って過ごす姿を目撃する。お似合いとしか思えない。

お母さんにいつか結婚してくれたらいいのにね、なんて言ったら、「そうね」と返してくれた。

私達は願う。おやつのクッキーを我慢するので、旦那様とアニエスさんが幸せになりますように、と。真剣にお願いしていたのに、アレンお兄ちゃんに笑われてしまった。

二人で声を合わせ、クッキー作りの刑に処したのだった。

番外編　ベルナールの母、オセアンヌの独り言

貴族というのは、継承者《エア》と予備《スペア》にのみ、特別な教育を施す。つまり、父親から特別目をかけてもらえるのは、長男と次男のみ。三男以降はぼんくらになろうが、怠け者になろうが、関係ない。成人すれば、家を追いだせばいいだけの話。

母親である私は子ども達すべてに愛情をかけよう、と思っていたのだが、夫はその辺の貴族とは違っていた。五人いる兄弟全員に、同じような教育を施したのである。

なぜか特に熱心に指導していたのは、末の息子、ベルナールだった。跡取りにでもするつもりではないのか、と思うくらい、徹底的に厳しく育てたのである。その教えに、ベルナールもついてくるものだから、夫も教育のしがいがあったのだろう。

びしばしと育てた結果、ベルナールは兄弟一の剣の腕前となった。夫は自信を持って、騎士隊へベルナールを送りだしたのだが、私は心配だった。

それは、ベルナールの性格である。基本的には真面目で、正義感が強く、貴族としての自尊心も兼ね備えている。それはいい。問題は女性に対し、ぶっきらぼうな態度を取ってしまうというもの。

彼がオルレリアン家の跡取りであれば、女性はベルナールを放っておかないだろう。しかし残念ながらベルナールは五男で、爵位を持たない騎士なんぞと結婚したいという貴族女性はまずいない。そうなれば、結婚相手は豪商や医者、学者などの娘と結婚するしかないのだ。彼女達も、愛想のない男となんて結婚したくないだろう。

ひたすら、この世の女性はお姫様だと思って接するように、と教え込んだものの、きちんと覚えているか怪しい。年頃になったら、女性に興味を持って、一人や二人、交際でもしているだろう。そう思っていたのに、ジジルに探らせても、それらしい話はないという。

あの子はいったい、王都で何をしているのか。ジジルに聞いたところ、真面目に騎士をしているという。なんでもかなり優秀らしく、若くして部隊の副隊長に抜擢《ばってき》されたらしい。

我が息子ながら、立派すぎる。けれども、そこまで騎士を頑張らなくてもいい。騎士の仕事はそこそこやって、温かい家庭を築いて、平和に暮らしてほしいと願っていた。

ベルナールも二十歳。そろそろ私が一肌脱ぐ時ではないのか。と、気合を入れているところに、思いがけない話が転がり込む。あのベルナールが、結婚したい女性がいるというのだ。

なんと、すでに同居もしているという。相手はあの、アニエス・レーヴェルジュだった。

本来であれば、ベルナールなんかが結婚できるはずもない、高嶺《たかね》の花である。

しかしながら彼女の家は没落してしまった。何もかも取り上げられ、困っている彼女にベルナールは手を差し伸べたのだろう。レーヴェルジュ家は社交界の鼻つまみ者になっていると耳にした。

そんな家の娘と結婚する決意をしたなんて、なんて優しい子なのか。

ただ、心配なのはアニエス・レーヴェルジュのほうである。彼女は社交界の花だった女性だ。

ベルナールなんか相手にするわけがない。

もしや、利用するつもりなのか。しっかり話を聞いて、見極めないといけなかった。

しかしながら、アニエス・レーヴェルジュは、極めて控えめな女性で、裏があるようには見えなかった。さらに、あのベルナールを心から慕っているように見えたのだ。

これは奇跡である。なんとしてでも、二人の結婚を取りまとめないといけない。

どうせベルナールのことだから、私の追及から逃れるために彼女に頼み込んだのだろう。あの子が考えそうなことなど、お見通しである。

私は寛大で優しいので、気付かないふりをしてあげたが。もちろん、彼らの結婚話を一時しのぎの嘘にさせるつもりはない。〝社交界のお見合い悪魔〟と呼ばれた剛腕で、まとめてみせよう。

ただ、彼女のほうは実家が没落したばかりで、心の整理はできていないだろう。

だからすぐに、という話ではない。ベルナールのほうも、彼女に特別な感情を抱いているのは確かだ。だから今は、優しく見守ってあげよう、と思った次第だ。

恋が芽吹き、愛が花咲きますように。そう、願わずにはいられない、お似合いの二人だった。

書き下ろし番外編　アニエスの、楽しいクリスマス！

アニエスはふと、庭のクリスマス・ホーリーの実が真っ赤に熟しているのに気付く。

今年もクリスマスシーズンがやってきたようだ。

予定なんて何もないのに、アニエスは憂鬱になる。というのも、かつてのレーヴェルジュ家では、クリスマスが始まる四週も前の待降節《アドベンド》から盛大なパーティーを開催していたから。

目的は社交界の人々との縁を広げるため。

母は若くして亡くなっていたため、アニエスが女主人の代理として招待客をもてなさなければならなかったのだ。

仕事が忙しく、めったに家に帰らなかった父も、クリスマスシーズンだけは毎日のように屋敷へ帰ってきていた。

賑やかで、華やかな、楽しいパーティーを開かなければならないという重圧は、相当なものだったように思える。

今年はその役割からも解放されたのだ。もう、無理をして人々の前に立たなくていい。

アニエスは胸に手を当てて、深く長い溜息を吐いた。

床磨きの仕事を終え、休憩室に戻ると、いつも以上に楽しげな声が聞こえてきた。キャロルとセリアだろう。

中に入ると、これまでなかった大きなもみの木の鉢が置かれていた。

「あ、アニエスさん！」

「ちょうどよかった！」

キャロルとセリアは満面の笑みを浮かべて駆け寄り、アニエスの腕を取る。

「これからクリスマスツリーの飾り付けをするの！」

「一緒にやりましょう！」

「え、ええ」

レーヴェルジュ家にも毎年、大きなもみの木が運び込まれていた。けれどもそれはもみの木を伐採して作ったもので、クリスマスシーズンが終わると枯れていたのだ。

その様子を見るたびに、枯らしてしまって可哀想だ、とアニエスは思っていた。

一度だけ、父親にもみの木は必要ないのではないか、と提案したことがある。

けれどもエントランスにもみの木の飾りがないと、示しがつかないから、と却下されたのだ。

ここにあるもみの木のように、鉢植えされたものであれば、枯らさずに済んだのだ。どうして気付かなかったのか、と今になって思う。

「アニエスさん、どうかしたの？」

「うちのクリスマスツリー、小さくてしょぼい？」

「いいえ、素敵です」

もみの木はキャロルやセリアと同じくらいの背丈だが、針状の葉は艶があって美しい。

色あせたように見えていたレーヴェルジュ家のクリスマスツリーとは大違いだった。

「よかった！　これ、お父さんが毎日お世話していたの！」

「自慢のクリスマスツリーなの！」

キャロルとセリアは楽しそうにお喋りしながら、棚の中から箱を取りだす。

「これはね、クリスマスツリーに飾るオーナメント！」

「ぜーんぶ、お父さんと、お母さんの手作りなの！」

箱を開けると、布を縫い合わせて作った球体や、木を削って作ったトナカイ、プレゼントを模した小さな包み、木の枝で作った羊飼いの杖やフエルト製の靴下など、見ているだけでわくわくするようなオーナメントがぎっしり入っていた。

キャロルとセリアは台に上って、オーナメントを飾り付けている。

「アニエスさんは、猫ちゃんと熊ちゃんのオーナメントをお願い」

「お気に入りなの。綺麗に飾ってね！」

手のひらに置かれたのは、木彫りの猫と熊。デフォルメされた可愛らしいもので、見ていると癒される。

頭の部分に紐が通っていて、クリスマスツリーに吊り下げられるようになっていた。アニエスはクリスマスツリーを前に、硬直してしまう。

「アニエスさん？」

「どうかしたの？」

「あ、あの、わたくし、クリスマスツリーの飾り付けをするのは初めてでして、どうやればいいのか、わからないのです」

レーヴェルジュ家のクリスマスでは、ツリーの飾り付けは侍女がやっていた。アニエスは最後の確認をするばかりだったのだ。

キャロルとセリアはポカン、とした表情を浮かべていたが、すぐに笑みを浮かべる。

「大丈夫！　アニエスさんがいいって思った所に飾って」

「どこでもいいの。でも、大事なのは可愛く飾ること！」

「わたくしがいいと思う所で、可愛く飾ること……」

猫と熊のオーナメントを眺めていると、熊騎士の物語について思い出してしまった。

どうせ飾るならば、猫と熊は一緒がいい。そう思って、台に上り、星の下に猫と熊を並べて飾ることにした。

「その位置、最高に可愛い！」

「アニエスさんったら、天才！」

キャロルとセリアもお気に召したようで、アニエスはホッと胸を撫で下ろした。

オーナメントをすべて飾り終え、一息吐いていたところに、ジジルがやってくる。

「あ、クリスマスツリーの飾り付け、終わったのね。今年は早かったじゃない」

「アニエスさんにお手伝いしてもらったの」

「えっへん！」

「成長したのかと思っていたら、アニエスさんのお手柄だったのね」

アニエスはそんなことはない、と首を振る。キャロルとセリアが否定しないので、ジジルから信じてもらえなかった。

「そういえばお母さん、クリスマスのカレンダーは？」

「明日から、待降節《アドベンド》なんだよ！」

「もちろん、用意しているわ」

ジジルは地下収納を開き、箱を取りだす。中には日付が刺繍された小袋がたくさん入っていた。

「あの、こちらは？」

「お母さん特製、クリスマスのカレンダーだよ！」

「一日一袋ずつ、開いていくの！」

小袋の中には菓子やオモチャが入っているらしい。

ジジルは箱を抱えながら、小袋をクリスマスツリーにかけていく。

「あの、ジジルさん、箱をお持ちします」

「あら、ありがとう。でも、少し重たいかも」

「大丈夫です」

ジジルから受け取った箱は、確かに重たかった。ここで働く前のアニエスならば、よろけていただろう。

けれども今は、なんとか耐えられる。

ジジルは〝一日〟と刺繍した小袋を三つ、クリスマスツリーに吊るした。

「あ、三つある！」

「もしかして、アニエスさんの？」

「ええ、そうよ」

ジジルはアニエスを振り返り、にっこり微笑んだ。

「アニエスさん、この小袋を、一日一袋ずつ受け取ってね」

「いいのですか？」

「もちろん！　中の品物を受け取ったら、メモに自分の良いところと、悪いところを一日おきに書いて小袋に入れてクリスマスツリーに戻してね」

それは一年の終わりに、自分を振り返るいい機会になるのだ、とジジルは教えてくれた。

「我が家でやっている、独自の習慣だけれど！」

「やってみます」

それからアニエスの淹れた紅茶を囲み、皆でクリスマスの話に花を咲かせる。

なんでも毎年、バルザック家の者達がベルナールを囲み、無礼講のクリスマスパーティーを行っているらしい。

「ここに移住したばかりの頃は、とっても貧乏なパーティーだったの！」

「クリスマスのごちそうが、カエルの丸焼きだったのよ！」

食用カエルを、ドミニクが捕まえてきていたらしい。ジジルは思い出したのか、口に手を当てて笑っていた。

「旦那様のお給料が少なかったから、カエルしか食べられなかったのよね」

「切なかった！」

「悲しかった！」

しかしながら、カエルのディナーがベルナールのやる気に火を点けたようだ。

「旦那様は飛ぶ鳥を落とす勢いでみるみるうちに出世して、次の年はウサギの丸焼きが食べられるようになったの」

「ウサギのお肉、硬かった」

「パサパサだったの」

クリスマスに食べるごちそうと言えば、七面鳥《しちめんちょう》の丸焼きである。

けれどもそれは夢のまた夢だったようだ。

「でも、年々、よくなっていたのよ」

次の年には鶏の丸焼きとなり、その翌年には鵞鳥《がちょう》の丸焼きとなった。

「でもそこから、何年も鵞鳥、鵞鳥、鵞鳥！」

「おいしいけれど、もう飽きたの！」

「文句を言わないの！　まったく、オルレリアン領にいた時は七面鳥なんて食べていなかったのに、どこで覚えたのかしら？」

「クリスマス当日の精肉店だよ」

「七面鳥がずらーーーっと店頭に並んでいるの」

登校中に目にしていたらしい。焼いて販売している物もあったようで、七面鳥が焼けるいい匂いが通りに漂っていたようだ。

「ああ、七面鳥、どんな味なのかしらー」

「ああ、七面鳥、気になるわー」

まるで舞台の看板役者のように、キャロルとセリアは芝居がかった物言いをする。

「はいはい、わかったから。あなた達の休憩はもう終わり！　宿題をしなさい」

「つまんないのー」

「いいところだったのにー」

ぶーぶー言いながらも、キャロルとセリアは休憩室からいなくなる。

ジジルと二人っきりになったので、アニエスは小声で質問した。

「あの、ちなみに七面鳥っておいくらくらいなのですか？」

「毎年変動があるけれど、金貨二枚くらいかしら？」

それはアニエスの二ヶ月分の給料と同じである。

買ってあげたい気持ちはあったものの、思っていた以上に高かった。

「七面鳥がそんなに高価だったなんて、知りませんでした」

「こんなに高いのはクリスマスシーズンだけなのよ。ぼったくりよねえ」

「あの、よろしければ、わたくしがお給金で七面鳥を――」

「ああ、いいの。どうせあの子達、七面鳥の味なんてわからないんだから。鵞鳥で十分なのよ」

毎年のように鵞鳥が食卓に並ぶものの、キャロルとセリアはおいしい、おいしいと言って食べているようだ。

あまりにもキャロルとセリアが七面鳥を食べたいと言うので、一度ドミニクがひな鳥から育てるのはどうか、と提案してきたらしい。

「絶対ね、あの子達、七面鳥を可愛がって、食べられなくなると思ったの」

そのため、七面鳥の飼育計画は実行前に頓挫《とんざ》したようだ。

「大丈夫！　家族みんな、鶩鳥は大好物だから、心配しないでね！」

「わかりました」

ジジルは肩を叩きながら、別の地下収納から毛糸の入った籠を取りだす。

なんでもジジルは、毎年家族全員分の手作りの贈り物を用意しているようだ。

「夫は腹巻きで、エリックは手袋、アレンは帽子、キャロルとセリアはマフラー。なかなか大変なのよ。肩が凝っちゃって」

ジジルは完成した品を、アニエスに見せてくれた。

話を聞きながら、ハッとなる。

「ジジルさん、わたくしも、ベルナール様に何かお品を用意したいです！」

「編み物にする？」

以前、習った記憶があったものの、やり方は忘れてしまった。

これからジジルに習うのも、なんだか申し訳ない。

「ハンカチに刺繍を入れた品とか、どうでしょうか？」

「いいと思うわ！　これから買いに——はいけないわね」

「申し訳ありません」

アニエスは外出を禁じられている。そのため、買い物にすらいけないのだ。

「イメージを教えてもらったら、明日、買ってくるけれど？」

「お願いできますか？」

「任せて！」

そんなわけで、アニエスはベルナールに贈るプレゼントを製作することとなった。


何を刺繍しようか、アニエスは迷っていた。

悩みに悩んだ結果、オルレリアン家の家紋とベルナールの名前を刺すことに決めた。

ハンカチは絹で、糸はベルナールの髪色と同じブロンズカラーの糸をジジルは買ってきてくれた。

「アニエスさん、この色で大丈夫？」

「はい、イメージ通りです！　ありがとうございます」

ベルナールの髪色のような茶色を、と頼んだら、ぴったりの糸を選んできてくれた。

「アニエスさん、作業はここの部屋で、一緒にしましょう」

「はい」

ジジルはアニエスの目を心配し、無理をしないように言ってくれているのだろう。

それをアニエスに悟らせないためか、明るい様子で「一緒に頑張りましょうね！」と声をかけてくれた。

刺繍は比較的得意だったものの、子猫のミエルが糸にじゃれ、作業を邪魔してくれる。

「ああ、ミエル、それはオモチャではありませんよ」

「ミャア！」

この日から、アニエスの奮闘が始まった。


キャロルとセリアが学校から帰宅すると、まっすぐクリスマスツリーの前に駆けてきた。

クリスマスのカレンダーを開けるのを、楽しみにしていたようだ。

「あ、アニエスさんもまだ開けていないんだ！」

「一緒に中身を確認しよ！」

「ええ」

皆で〝一日〟と刺繍された小袋を手に取る。

中には銀紙に包まれた丸いチョコレートが入っていた。

「わあ、ＦＡＳ社のチョコだ！」

「私、これ、大好き！」

キャロルとセリアはその場でチョコレートの包みを開封しようとしていたが、ジジルから「手を洗ってからにしなさい！」と怒られていた。

アニエスは母娘の様子を微笑ましく眺めながら、チョコレートをエプロンのポケットに忍ばせたのだった。


夕方の休憩時間になると、アニエスはカレンダーの小袋に入れるメモに書くことを考える。良いところと悪いところを交互に書くのだと、ジジルは話していた。

一日目は良いところを書かなければならない。

「わたくしの、良いところ……」

考えるのは生まれて初めてである。羽根ペンにインクを付けたのに、それ以上、手が動かせなくなってしまった。

悪いところならばすぐに思いつくのに、良いところとなれば頭の中が真っ白になる。

クリスマスツリーを見ると、すでにキャロルとセリアは〝一日〟と刺繍された小袋を下げていた。

彼女達二人の良いところであれば、いくらでも浮かんでくる。

キャロルとセリアは明るくて、可愛くて、元気いっぱいで。一緒にいると、楽しい気持ちになる
――。

けれどもアニエスは自身についてまったく思い浮かばない。

これ以上考えるのは時間の無駄だと思って、筆記用具を片付けたのだった。


夜になると、ベルナールが仕事から帰ってくる。

アニエスは今日も、一人で出迎えた。

「おかえりなさいませ」

「ああ、ただいま」

ベルナールは怪我もなく、顔色もいい。ひっそりと安堵する。

騎士という職業上、危険な場所にも足を運んでいるだろう。もしも何かあったら、と考えただけで気が気でない。

こうして何事もなかったベルナールを迎えられるだけで、アニエスは幸せだと思った。

「おい、どうしたんだ？」

ベルナールがアニエスの顔を覗き込んだので、ドキッとしてしまう。

「わたくし、ですか？」

「ここにお前以外誰がいるんだよ」

なんでもベルナールの目には、アニエスがいつもより元気がないように見えたらしい。

どうしてほんの些細《ささい》な変化に気付いてくれるのか。

アニエスはドキドキしてしまう。

「どうせまた、しようもないことで思い悩んでいるんだろうが。聞いてやるから言ってみろ」

「お、お仕事で疲れているのでは？」

「いいから言え」

申し訳ない、と思いつつも、アニエスは悩みを打ち明ける。

「実は、わたくし自身の良いところがまったく思いつかなかったのです」

「は？」

ベルナールは眉間に皺を寄せ、何を言っているんだ、という目でアニエスを見つめる。

「良いところがあるなんて、おこがましい話ですよね」

「んなわけあるかよ。お前は真面目で働き者で、健気じゃないか」

「あ――――！」

思いがけず、ベルナールから褒めてもらえた。

嬉しくって、涙がじんわり浮かぶ。

「お前、どうして泣くんだよ！」

「と、とても、光栄でした、ので」

瞬きをすると、涙がポロポロこぼれてしまう。

ベルナールは懐から皺《しわ》だらけのハンカチを取りだし、涙を拭くように渡してくれた。

アニエスが涙を拭いているところを、アレンに目撃されてしまう。

「あーーー、旦那様、まーーたアニエスさんを泣かせてるーー」

「アレン、この野郎！　俺が泣かせたわけじゃない！　それに〝また〟ってなんでだよ」

「しょちゅうアニエスさんを泣かせているって、兄貴が話していたんだ」

「誤解だ！　つーか、エリックめ、許さん！」

逃げるアレンを、ベルナールは追いかける。その様子が面白くて、アニエスの涙は引っ込んだ。


それからというもの、待降節《アドベンド》は楽しく過ぎていく。

クリスマスシーズンがこんなにわくわくするなんて、アニエスは知らなかった。

レーヴェルジュ家で開催されていた夜会とは大違いである。

ベルナールやバルザック家の者達と過ごすクリスマスならば、毎年心待ちになりそうだ、とアニエスは考えていた。

あっという間にクリスマス当日を迎える。

朝から料理の仕込みで大忙しだった。アニエスはアレンの補助役を務め、小麦粉の分量を量ったり、鍋をかき混ぜたり、ケーキの飾り付けをしたり、と彼女なりに頑張った。

夕方になると、身なりを整えてくるようにジジルから言われる。

パーティーの服装規定《ドレスコード》は正装。アニエスは以前ベルナールに買ってもらった、パウダーブルーのドレスを纏うことに決めた。

久しぶりに髪を結い、化粧を施す。

クリスマスの日、毎年憂鬱だったのに、今日はとても楽しい気分だった。

「アニエスさーん！」

「準備できたー？」

「はーい」

迎えにきてくれたキャロルとセリアは、揃いのコーラルピンクのドレスを着ている。

「キャロルさん、セリアさん、とっても可愛いです！」

「本当？」

「ありがとう」

二人はお姫様のようにくるりと回って会釈する。アニエスも返すと、本物のお辞儀だ！　と驚かれてしまった。

慌ただしく準備をしている間に、ベルナールが帰宅してきたようだ。

キャロルとセリアに手を引かれ、食堂へと向かう。

扉を開いた先にあった食卓には、大きな七面鳥が鎮座していた。

キャロルとセリアは知らなかったようで、悲鳴を上げて驚いていた。

「わーーーーー、七面鳥があるーー！」

「わーーーーー、嘘でしょーー！」

「奮発したんだよ」

騎士隊の制服姿のベルナールが、双子の叫びに言葉を返した。

彼もパーティーに相応しい格好で、参加しているようだ。

「さすが、副官様だ」

「さすが、将来有望！」

「いいから座りやがれ」

席は人数分用意されていて、キャロルとセリアは入り口に近い椅子に腰かけていた。

空いている席は、ベルナールのすぐそばである。そこに座っていいものか迷っていたら、ベルナールが立ち上がってアニエスの元へとやってきた。

「おい、何をぼんやりしているんだ。眼鏡をかけていないから、見えていなかったのか？」

「あ――！」

ドレスに眼鏡は合わないだろうと思って、部屋に置きっぱなしにしていたのだ。

「見えなかったら不便だろうが」

「え、ええ」

「だったら取りにいくぞ」

ベルナールはアニエスの手を取り、私室まで誘《いざな》ってくれる。

こうしてベルナールから手を引かれていると、過去に助けてもらった日のことを思い出してしまった。

眼鏡をかけてベルナールの元へ戻り、おかしくないか質問してみる。

「その眼鏡はお前の一部だろう？　おかしいわけがあるか」

「――っ！」

その言葉に、アニエスの涙腺は崩壊しかけていた。我慢しようと思えば思うほど、泣けてくるから不思議なものだ。

「お前はすぐ泣く！」

「す、すみません。う、嬉しくって」

ベルナールが差しだしたのは、アイロンが綺麗にかかったハンカチである。

以前、ハンカチを借りて以来、一日二枚、アイロンがかかったものをアニエスが用意するようにしていたのだ。

ありがたく受け取って、涙を拭うこととなった。

「ほら、食堂に戻らないと、ジジルが心配するから」

そう言って、ベルナールは手を差しだす。ぶっきらぼうな言葉だが、とても優しい表情でアニエスを見ていた。

眼鏡をかけにきてよかった、とアニエスは心から思ったのだった。

その後、クリスマスパーティーが始まる。食卓にはたくさんのごちそうが並んでいた。

中でも主役は、存在感を放っている七面鳥の丸焼きである。

アレンは調理が大変だったらしく、苦労を語っていた。

エリックが七面鳥を切り分け、美しく皿に盛り付けてくれる。

待望の七面鳥を前にしたキャロルとセリアは、瞳が星のようにキラキラ輝いていた。

ナイフとフォークで身を切り分け、赤ワインのソースでいただく。

「おいしーい！」

「さいこー！」

大絶賛であった。ベルナールもこくこくと頷きながら、おいしそうに食べている。

その様子を、ジジルとドミニクは嬉しそうに眺めていた。

エリックはクリスマスの伝統的な料理、プラムポタージュがお気に入りのようだ。すでに三杯目を食べている。アレンは酒が入って愉快な気持ちになったのか、クリスマスの祝歌《キャロル》を歌い始めていた。

クリスマスの夜は賑やかに、楽しく過ぎていく。


最後にプレゼントを贈る。

バルザック家の者達はお互いに贈り物を用意していたようだ。

楽しげな様子を眺めていたら、目の前にふわふわのぬいぐるみが現れる。

ベルナールはアニエスに、ぬいぐるみを押しつけた。

「お前にやる」

「え!?」

それは騎士の装いを纏った、熊のぬいぐるみであった。

「こ、こちらは熊騎士の？」

「ああ。店に似たのがあったから」

「わたくしに？」

「そうだよ」

「ありがとうございます！　嬉しいです！」

自分でもびっくりするほど、大きな声がでてしまった。

まさかベルナールが、このようにプレゼントを用意してくれていたなんて、アニエスは夢にも思っていなかったのである。

「宝物にします」

「大袈裟だな」

そう言って、ベルナールは優しげに微笑む。そんな彼の表情を目にした瞬間、胸がきゅんとときめいてしまった。

しばし見惚れていたのだが、ハッと我に返る。

「わたくしも、ベルナール様にプレゼントを用意していたんです」

刺繍入りのハンカチを差しだすと、ベルナールはすぐに家門と名前に気付いてくれた。

「器用だな。職人が刺したみたいだ」

「頑張りました」

「ありがとう」

初めてベルナールから感謝の言葉を言われたような気がする。アニエスは感激してしまった。

三時間ほどでクリスマスパーティーはお開きとなった。

キャロルとセリアははしゃぎ疲れたのか、ドレス姿のまま眠ってしまった。

ドミニクとエリックが、寝室まで運んでくれるらしい。

同じく、酒の飲みすぎで眠ってしまったアレンは、ジジルから背中を強打され、起こされていた。

ベルナールはワインを何杯か飲んでいたが、まるで素面《しらふ》のようだった。

「おい、今日は夜更かしせずに、ゆっくり休めよ」

「はい」

ベルナールと別れ、アニエスは部屋に戻る。

まだ、心がふわふわしていた。

こんなに楽しいクリスマスパーティーは、生まれて初めてだったからだ。

まさかこのようなクリスマスを迎える日が訪れるなんて、夢にも思っていなかったのである。

今日という日の思い出を、アニエスは永遠に忘れないよう胸に刻んだ。

あとがき

こんにちは、はじめまして、江本マシメサと申します。この度は『没落令嬢、貧乏騎士のメイドになります』の上巻をお手に取ってくださり、ありがとうございました。

こちらは八年ほど前、『借り暮らしのご令嬢』というタイトルで刊行したものを、再出版した作品となっております。

ありがたいことに今回は下巻の発売も決まっておりますので、安心して読んでいただけたらな、と思っております。

今回、再出版が叶うまで、紆余曲折ございました。

というのも、八年前に刊行した『借り暮らしのご令嬢』のほうは発売から早い段階で打ち切りとなり、そのまま終わってしまったコンテンツとなってしまったわけです。

そんな状況の中、コミカライズブームが訪れます。

実はぶんか社様でコミカライズが決定する前に、別の出版社からコミカライズを検討いただいたことがございました。漫画家さんを探してくださったのですが、その後、音信不通となり、問い合わせをしたところ、思いがけない返答があったのです。

なんでも作品を読んでもらった漫画家さんから、男性主人公視点の恋愛ものは読者さんからの共感を得られない、漫画にしても面白くない、という意見があり、コミカライズはできない、と言われてしまったのです。そこでその出版社からのコミカライズは頓挫しました。

それでも諦めなかった私は、ぶんか社様から漫画原作の話があった時に、この作品はどうかと勧めました。

結果、千世トケイ先生にご担当いただき、コミカライズが叶いました。

正義感が強いベルナールはかっこよく、アニエスは可憐で、各キャラクター達も魅力が溢れており、ドキドキわくわく、胸キュンがこれでもかと詰め込まれたような、素敵な漫画を描いてくださいました。

そんな中で、私はこの作品を再出版したい、と思うようになりました。

ぶんか社様に許可をいただき、他の出版社へ再出版できないか、と声をかけて回ったのですが、すでにコミカライズをしている作品の刊行は難しい、と言われるばかりでした。

無理だったか、と思っていたところに、ぶんか社様から刊行いただけることとなったのです。

奇跡が起きたとしか言いようがありませんでした。

私のわがままを叶えてくださったぶんか社様及び担当編集様には、足を向けて寝られません。本当に本当にありがとうございました。

最後になりましたが、再出版が叶ったのは、すばらしいコミカライズをしてくださった千世トケイ先生と、作品を応援してくださった読者様のおかげです。

心から感謝しております。ありがとうございました。

BKブックス f

没落令嬢、貧乏騎士のメイドになります　上

2024 年 7 月 20 日　初版第一刷発行

著　者　江本《えもと》マシメサ
イラストレーター　祀花《まつりか》よう子《こ》
キャラクター原案　千世《ちよ》トケイ

発行人　今 晴美

発行所　株式会社ぶんか社
〒 102 - 8405　東京都千代田区一番町 29-6
TEL 03-3222-5150（編集部）
TEL 03-3222-5115（出版営業部）
www.bknet.jp

装　丁　AFTERGLOW

印刷所　大日本印刷株式会社

ISBN978-4-8211-4685-7